鳴海 章

刑事の柩《ひつぎ》

浅草機動捜査隊

実業之日本社

実業之日本社文庫

刑事の柩　浅草機動捜査隊　目次

序章　護謨《ごむ》男　5
第一章　刑事《デカ》廃業　21
第二章　地取り　75
第三章　監視者《ウォッチャー》　131
第四章　死と、再生と　185
第五章　逸脱　241
第六章　箱の中のイヴ　303
終章　少女は消えた　361

序章　護謨男《ごむお》

背中のジッパーがぱっくり開いて、床にだらしなく伸びた黒いラバースーツに右足を入れ、両手の親指でしごくようにして伸ばし、ふくらはぎまで引きあげる。皮膚がぴりぴりするほど圧迫されるのを感じて胸の内でつぶやいた。

やっぱり〇・三ミリでは薄すぎたんだ……、この圧迫感は厚さ一ミリ以下では得られないということか。

左足を入れ、同様にふくらはぎまで引きあげたところで椅子《いす》から立ちあがった。広げ、伸ばしながら右、左と太腿《ふともも》まで引っぱり上げ、前を押しこみ、尻に被《かぶ》せて腰まで引きあげた。

早くもラバースーツの中には熱がこもり、両足、下腹、尻に汗がにじみ出す。肌をちくちく刺すような感覚が快感へと変わって尻から背筋へと這《は》いのぼってくる。天を見上げ、ふうっと息を吐いた。

へその前から床へだらりと垂れさがっている上半身を持ちあげ、右腕を通した。ともすればラバーは肌に張りつき、引きあげられまいと抵抗するところを片手だけで伸ばしながら徐々に引きあげていく。

いつか……、と思ってしまう。コールタール状になった黒いラバーそのものが意志を持ち、仁王立ちになった彼の躰《からだ》にまとわりつきながら、ほんの数秒で頭の天辺《てっぺん》まで覆い尽くしてしまうようにならないものか、と。溶けたラバーが口中、耳の穴、そして眼球の内側へと侵入していったときには、まるで呼吸できないうちに絶頂感《エクスタシー》すらおぼえるだろう。

両肩をスーツの内側に入れ、背を丸め、スーツの中に頭を入れた。酸っぱい臭《にお》いが鼻を突く。深々と吸いこみながら丸い襟《えり》に頭をねじ込み、首まで引き下げた。頭部はヨットパーカのフードのように首の後ろに垂らしておき、背筋を伸ばして両腕、胸、腹、左右の脇腹と撫《な》でながら密着させていった。

全身くまなくぴったり張りついたところで腰に左手をやってジッパーをそろそろと引きあげた。ジッパーの内側にはフラップが付いているので皮膚や体毛を挟む心配はなく、汗がしみだすこともない。背骨の中間辺りで左手から右手へと引き継ぎ、肩胛骨《けんこうこつ》の間までジッパーを引きあげた。

首の後ろに垂れさがっている頭部カバーを両手で持ちあげ、頭からすっぽり被った。ひたいから鼻先へとマスクを下ろして、両目に開口部が来るように調整し、顎《あご》の下で縮んでいた部分を伸ばして唇の下まで覆った。

鼻が圧《お》しつぶされ、息を吸うたびにひゅうひゅう音がするようになる。口をわずかに開くが、息苦しさはそれほど改善されない。皮膚呼吸ができなくなっている証拠だ。

厚さ一ミリのラバー製ソックスを穿《は》いて足首まで覆う。ただし、手袋だけは〇・三ミリ厚を使った。指先の感覚は大切にしたい。

姿見の前に立ち、両腕、両足、首を動かし、全身くまなく密着しているか、関節周辺に醜い皺《しわ》が寄っていないかを点検する。

次いで革製のハーネスを装着する。頭からすっぽり被り、左の腋《わき》の下にあるベルトを締め、腹部のベルトを巻いて左の脇腹にある三つの留め具で締めあげる。ウェストを締めあげるコルセットと似たような構造だ。鳩尾《みぞおち》の辺りに取りつけてある金具をつまみ、動かないことを確かめた。股間《こかん》にさがっているベルトも左右の太腿のわきにある留め具に差しこみ、締めつける。

左右の前腕に幅十五センチほどの革製リストバンドを装着し、最後にガスマスクを被って、目と口元を覆った。

呼吸音がガスマスクの内側にこもり、耳元に聞こえる。

全身がちくちくしていた。スーツの内側にこもった熱気と酸素欠乏に頭がぼうっとなってくる。

「あと少しだ」

かすれた声はもはや自分のものとは思えなかった。

まぶたを閉じ、ガスマスクに取りつけたフィルター越しの呼吸をくり返す。首筋を震わせていた脈動が少しずつ落ちついてきた。

ゆっくりと目を開く。

変態《メタモルフォーゼ》、完了。

鏡の中には股間にシリコン製の特大張り型《ディルド》を仰角六十度で屹立《きつりつ》させた、黒ずくめの護《ご》謨男《むお》が立っていた。

両手を上げ、手のひらの下部に飛びだしたリストバンドの端を中指と薬指で押さえたまま、手の甲を逸《そ》らした。リストバンドに内蔵された細身のダガーナイフがバネ仕掛けで飛びだし、ロックされた。

「完璧《かんぺき》」

護謨男は陶然としてつぶやいた。

バンザイをするように持ちあげられた女の両腕は手首を重ねて麻縄で固く縛られ、枕元に並ぶ格子状の鉄柱に結わえられていた。薄青く静脈が透けて見える手首から前腕、二の腕の内側にかけて、いまだかつて一度も日焼けしたことがないように白く、肌理《きめ》が細かい。それでいて露《あら》わにされた腋の下にはほんのり赤みが差し、毛を引き抜いた際に生じた微細な痕跡が見てとれた。

女は眉間《みけん》に皺を刻み、天井を見上げている。ベッドのわきに立つ護謨男に目を向けないようにしているのだ。

こう……、こう……、こう……。

吐くたびに生じる自分の息の音に耳を傾けながら護謨男は女を見下ろしていた。

無理矢理開かれた口には深紅のボールギャグを深々と嚙《か》ませてある。穴の開いたボールにフックで引っかけた黒い革バンドが頰《ほお》に食いこみ、頭の後ろへ回っていた。唇の端からは絶えず透明なよだれが流れつづけていたが、目尻からこめかみにかけて伸びた涙の跡はすっかり乾いて白くなっている。

小さな顎は咽《のど》に押しつけられ、やわらかそうな二重になっている。

丹念にブラッシングされていたであろう栗色の髪は見る影もなく乱れ、汚れていた。

胴体に横向きにかけた縄が小ぶりな乳房を絞りだし、張りつめた左右の乳首はやや外向きになって天を突いていた。乳暈《にゅううん》、乳首ともにほんのりと桜色だ。

左右の足はそれぞれかかとが尻につくほど膝《ひざ》を曲げられ、幾重にも重なった麻縄で縛られていた。縄の端は曲げた膝の辺りから伸び、ベッドの支柱に結びつけられていて、女の足はM字型に開かれていた。

扁平《へんぺい》な腹はへこみ、肋骨《ろっこつ》の下部に淡い影を作っていた。それ以外は天井から吊《つ》りさげた照明器具の強烈な光に照らされ、目映《まばゆ》いほど輝いている。

嘗《な》めるように視線を下げていく。扁平な腹にうがたれたへそ、さらに下へ……。

いくら張りつめても、まだ幼さが残る乳房と違って、股間を覆う陰毛は猛々《たけだけ》しいほどに繁茂していた。ちりちりに丸まり、重なり合って、もっとも奥深い場所を隠し、守ろうとしている。

ベッドの足元へとまわり、もっとも奥まった女の部分をのぞきこむが、何も見えなかった。

そうや——護謨男は胸の内で納得する——猛々しく左右に展開し、尻の割れ目にまで伸びている濃密な陰毛こそ、原初的な防御や。

ラバースーツの内側にこもる熱に促されて噴きだした汗が全身の皮膚と一ミリ厚のラバーとを密着させ、融合させている。今やラバースーツこそ護謨男の皮膚であり、反り返ったシリコンのディルドが官能器官そのものと化していた。

ベッドに上がった。

女が身じろぎする。

頭部を覆っているカバーの両耳には直径五ミリほどの穴が開いているのでかすかな麻縄の軋《きし》みも聞き逃さなかった。

女は決して護謨男に目を向けようとせず、身じろぎしようとする。

右手を女のわきにつき、覆いかぶさった。左手を女の鼻先に持っていくと、中指と薬指でリストバンドの端を押さえ、手首を返した。

鋭い擦過音とともに細身のダガーナイフが飛びだす。刃《ブレード》をロックするかっちりとした震動を手首に感じた。大きく見開かれた目がはじめて護謨男……、いや、ダガーナイフに向けられた。

それでいい、と胸の内で語りかけた。

右手を女の股間に持っていき、陰毛を掻《か》きわけ、中指で柔らかな部分を探る。すでにラバーと同化した指先は女特有の複雑な形状を隅々まで理解しただけでなく、ゆっくり動かしつづけるうちに分泌《ぶんぴつ》された体液によって潤っていくのさえ感知できた。分泌もまた躰に埋めこまれた本能的防御装置でしかなく、感情とはまったく無関係だった。

女から手を離し、ディルドの先端をつまんだとき、背骨の中を軽い電気ショックが走った。汗で溶けだしたラバーが皮膚に浸透してきただけでなく、皮膚を突き破った神経がラバースーツの表面へ広がり、ディルドの内側へと張りめぐらされている。研ぎ澄まされた感覚と想像力が幻想を現実に置き換える。

深い満足感とともに女の中へとめり込ませていく。

ゆっくり、ゆっくり、ゆっくり。

柔らかな壁が左右から押しよせ、護謨男の侵入を阻止しようとする。わずかに引いては、じりじり挿す。また抵抗を感じる。わずかに引いて、ふたたび挿す。女の奥深くを引き裂く湿った音が聞こえるような気がした。

ギャグを噛まされているというのに女は悲鳴を上げた。だが、いくら声帯を震わせても悲鳴は咽の奥へと落ちていくだけだ。

二十五センチ長のディルドをすっかり呑《の》みこませると左手のリストバンドの内側を探り、ブレードについた突起を探りあてた。ケースの内側に仕込んだレールに沿ってブレードを下げ、収納すると先端のストッパーをかけた。

それから護謨男は両手をベッドにつき、目を見開いた女の顔を見下ろしたまま、腰を強く押しだした。

女が背をのけぞらせる。

くり返し、くり返し突いた。より奥へ、より深く、下から上へ、背中から腹に向かって抉《えぐ》るように突きつづけた。

女は激しく首を振り、よだれが飛沫《しぶき》となってガスマスクのゴーグルにかかる。だらりと垂れおちるよだれ越しに女の顔が歪《ゆが》んだ。

ラバースーツの内側にこもる熱はもはや耐えがたいまで上昇し、呼吸は荒く、途切れがちになってきた。脳は酸素不足にあえぎ、目の前の光景が望遠鏡を逆さまにのぞいているように遠ざかる。

女が遠くなっていくことで、自分だけが真っ暗な空間に取り残されてしまいそうな凄《すさ》まじい恐怖が湧《わ》き上がってくる。

「一人にせんといて」

あえぎにも似た声を圧しだし、右手を腰の後ろに回す。

もっと深く、内臓までも一体にならなければ……。

腰骨の後ろに付けたケースから三本目のナイフを取りだす。両手首のダガーとは比べものにならないほど長い。全金属製で、柄の部分は短く切り落としてあった。

下腹でつながったまま、膝立ちとなり、鳩尾の金具に短い柄を差しこんだ。

ロックする音が聞こえたのだろう。女が首を振るのをやめ、鳩尾に全長三十センチの鋼鉄製ブレードを生やした護謨男を見上げた。

女に覆いかぶさっていき、両肩の下へ手を回して抱えこむ。

恐怖と絶望の叫びが咽を震わせるが、悲鳴は相変わらずくぐもっていた。

「一つになろうね」

女を抱きしめ、躰を密着させる。

鳩尾と股間、二つの刃が女の内側へ深々と突き刺さり、柔らかな肉体が硬直する。だが、一瞬でしかなかった。

こう……、こう……、こう……。

しばらくの間、吐息に耳を傾けていた。このまま闇の底へ落ちていきたいと思う。腕の中でぐったりしている女が真っ逆さまに落下しているだろう。

追いかけていきたい。

湧きあがってきた欲求を嚙みつぶし、護謨男は躰を引きはがした。ベッドから降りようとして足をもつれさせ、床に叩《たた》きつけられる。

両手をついて躰を起こす。まだ失神するわけにはいかなかった。四つん這いで姿見の前に戻る。ガスマスクをむしり取って、壁際に押しつけたスチールの棚から缶入りの酸素を取る。頭のラバーカバーを引きはがし、酸素缶の上部についている漏斗で口と鼻を覆うと噴射ボタンを押した。

鼻と口元に吹きつけられる冷たい酸素をむさぼった。

まだ気を失うわけにはいかない。暗闇に落ちるわけにはいかない。

最後の仕上げが残っている。きれいに梱包《こんぽう》してあげなくては……。

舗装がとぎれ、車が震動しはじめるとハンドルを握っていた山《やま》羽亭《はとおる》が舌打ちし、つぶやいた。

「またかよ」

助手席の本田《ほんだ》貴之《たかゆき》は聞こえなかった振りをして前方を見つめている。

やがて未舗装路は登りにかかり、あっという間にきつくなる。立山連峰はいきなりそそり立っている。道路の左を流れている川は水源となっている二千メートル級の山中から富山湾に注ぐまでたった二十七キロしかない。

捜査車輛の一・八リッターエンジンの唸《うな》りが一段と大きくなり、ゆるやかに蛇行する道路の砂利をはね飛ばし、走りつづけていた。

やがて道路が鋭角に右に折れ、山羽がブレーキを踏んだ。一度に曲がりきれず、いったん停止したあと、バックして切り返さざるをえなかった。

「この車で大丈夫ながけ？」

車首《フロント》が持ちあがり、ドアの上部に取りつけてある手すりをつかんだ本田が訊《き》いた。前輪駆動のフォードアセダンでしかない。

「機動鑑識《きかん》のワンボックスが先行してるって話ですから……」

あとにつづくはずの大丈夫でしょうという部分は省略された。ひょっとしたら山羽も自信がないのかも知れない。

傾斜はますますきつくなり、エンジンはうんうん唸りつづけているのに時速四十キロほどしか出ていない。知らず知らずのうちに右足を踏んばっていた本田は力を抜いた。

アクセルペダルを踏んでいるのは山羽の足なのだ。

ワイシャツの胸ポケットから携帯電話を取りだし、開いた。画面の右上に出ているアンテナのシンボルマークのわきに受信状態を示すバーが一本だけ残っている。だが、すぐに消え、ほどなく圏外の赤い文字が浮かんだ。車は深い谷間を進んでいる。

携帯電話を折り畳み、ポケットに戻す。

山羽がまたかよとぼやいたのにはわけがあった。場所こそ、もう少し南寄りだったが、二週間前にも同じような未舗装路を走っていたのだ。アクセルをべったり踏みながらもなかなか加速しない急勾配《こうばい》を登っている点も同じだった。

しばらく走ると道路の右側に紺色のワンボックスカーとパトカーが停《と》められているのが見えてきた。

「あそこのようですね」

「そやね」

躰を起こした本田はセンターコンソールのわきに取りつけてある無線機に手を伸ばし、マイクを取った。送話ボタンを押す。

「魚津《うおづ》三三、現場到着。これより車を離れる」

〝本部、了解〟

マイクをフックに戻したとき、山羽がパトカーのすぐ後ろに捜査車輌を停めた。

道路の右側は草に覆われ、所々に低木の生えた斜面になっている。かなり急だ。十数メートル下に紺色の作業服を着た四人の鑑識課員と制服警官が一人いて、彼らの間から泥に汚れた箱がちらりと見えた。

山羽がため息を吐《つ》いたが、目をやろうともせず、路肩に立っている若い制服警官に目礼して斜面を慎重に降りはじめた。背広のポケットから綿の白手袋を取りだし、両手に着けた。

降りたったところは少し平らになっていた。年配の制服警官に向かって、そっと敬礼する。警官は唇の両端を下げ、低い声でいった。

「一週間から十日ほどけ」

背後で山羽が生唾《なまつば》を嚥《の》んだが、無視した。

「ご苦労さまです」

箱の蓋《ふた》はすでに取り払われていた。すぐそばにしゃがみ、合掌してからのぞきこむ。全裸の女が背を丸め、両膝を抱くようにして横向きに詰められていた。上になっている躰の左側は蠟《ろう》のように不透明な白でわずかに青みがかっている。躰の下に敷きつめられた黄金《こがね》色の梱包材がきらきら陽光を反射していた。立ちのぼる腐臭に目がちかちかする。

通報があったのは、一時間ほど前になる。その点も二週間前とまったく同じだ。

本田は斜め上から女の胸元をのぞこうとする。だが、膝に邪魔されて鳩尾付近を見ることができない。

「刺し傷あるらしいわ。さっき鑑識がのぞいて確かめたんよ」年配警官が後ろでいう。

「おそらく即死だろうってことやちゃ」

「チクショウ」

低くつぶやいた。

本田の肩越しに箱をのぞきこんだ山羽が咽を鳴らすと駆けだした。数メートル離れたところで嘔吐《おうと》する。

「おい、現場保全やろが」

機動鑑識員の一人が呆《あき》れたようにいった。

第一章　刑事《デカ》廃業

1

会議テーブルを囲む男たち全員が火の点《つ》いたタバコを手にしていた。おかげで狭い会議室は窓から斜めに差す光がくっきり見えるほど煙が充満している。

夢かと思ったとたん、辰見悟郎《たつみごろう》ははっと目を開いた。

通称土手通りに面した浅草警察署日本堤《にほんづつみ》交番二階にある機動捜査隊浅草分駐所の中会議室は禁煙になっている。中会議室だけでなく、四階建てのかつてのマンモス交番は一ヵ所をのぞいて全館禁煙になっていた。

十年ひと昔なら、ふた昔も前かと辰見は思った。会議室のみならず刑事部屋、廊下、玄関ロビーでタバコが吸えたのは二十年も前だ。

「そのほか、本日未明になって窃盗事案が一件発生しており……」

すぐとなりで相勤者の小沼優哉《おぬまゆうや》が疲れた声で報告していた。

辰見と小沼が所属する成瀬《なるせ》班は昨日の午前八時から当務に就いていた。二十四時間の勤務を終え、分駐所内の中会議室で東郷《とうごう》班との引き継ぎを行っている最中、目をつぶった辰見は二十年前の会議室を夢に見ていた。

機動捜査隊浅草分駐所には六名で構成される班が三個配置されている。班長は成瀬、前島《まえじま》、そして四月に転勤してきた東郷の三名で、東郷は三十代後半、辰見より二十歳近くも若かった。

湧き上がってくるあくびを奥歯を食いしばって嚙み殺す。顔は上げなかった。ノートをめくる音、控えめな咳払《せきばら》い、折り畳み椅子の軋みを背景に小沼の報告がつづく。

「被疑者《マルヒ》は山田八郎、六十七歳、住所不定、職業不詳。今朝、午前四時頃、清川《きよかわ》×丁目のコンビニエンスストア××において、百十円の梅入りおにぎり一個を窃取《せっしゅ》し……」

気が滅入《めい》る事案ではあった。山田は一週間前に一泊九百円の簡易宿泊所——日本堤交番から歩いて二、三分のところにあった——を追いだされ、以来、商店街の路上に段ボールを敷いて寝ていた。三日前から何も食べておらず、コンビニエンスストアにふらふら入りこんでおにぎり一個をつかむと、レジから見えないように商品の陳列棚の陰にしゃがみ込んでむさぼり食った。レジにいた男性のアルバイト店員からはたしかに見えなかったが、防犯カメラは山田の姿をとらえ、レジカウンターの内側に設置されたモニターに映しだしていた。

山田は青森県の出身で十五歳で上京、以来、埼玉県川口市の鋳物工場、東京では北区、荒川区の町工場を転々としてきた。供述を聞くかぎり真面目《まじめ》に働いてきたことがうかがえた。転職の理由はいずれも工場の倒産、閉鎖、人員削減だったからだ。六十を過ぎてからはさすがに雇ってくれる会社もなく、日本堤周辺の、いわゆる山谷《さんや》のドヤ街にやって来て土木工事現場で働いていた。金がある間は簡易宿泊所に泊まり、なければ野宿するという生活をつづけてきたが、無理を重ねた結果、体力を消耗していた。前歯は上下の門歯があるだけ、髪は真っ白で薄く、ひどく瘦《や》せているので、実年齢より十は老けて見えた。一度も結婚したことはなく、出身地の親戚とは三十年以上音信がないという。

簡易宿泊所で寝泊まりをつづけている以上住所不定であり、手配師から声がかからなければ仕事にありつけない状態を職業不詳という。訛《なま》りを気にしてあまり喋《しゃべ》らないことをのぞけば、半世紀以上にわたって真面目に働いてきた。

所持金は四円しかなかった。

そのほか事件としては、午前零時頃、三十代の男が酔っ払って居酒屋の看板を蹴倒したという通報で臨場したのと、午前二時に北千住のスナックで四十代の男が無銭飲食で経営者とトラブルがあったくらいだ。死者は一名。昨夜十時に自転車で道路を横切ろうとした男が乗用車にはねられた事故があった。被害者は八十二歳の男性、車を運転していたのは同い年の女で、その場で呆然《ぼうぜん》としているときに通行人が一一〇番通報をした。

大きな事件がなく、どちらかといえば、平穏な夜だったといえるが、臨場がつづき、結局仮眠する時間を取らないまま、朝を迎えてしまった。三十代半ばの小沼もさすがに疲れきっている様子だが、辰見にいたっては眠りこまないようにしているのが精一杯で、ようやく引き継ぎを終えた。

十二名の機捜隊員が一斉に立ちあがり、大あくびをしているときに成瀬に声をかけられた。

「ちょっといいかな」

うなずいて中会議室を出ると、成瀬の後ろについて廊下を歩き、突き当たりにある小会議室に入った。交番内で唯一喫煙が黙認されている部屋である。玄関先であれ、屋上であれ、人目につく場所に喫煙所を設けることはできなかった。

成瀬につづいて会議室に入り、ドアを閉めるとテーブルの角を挟んで向かい合った。すぐ手の届くところにスタンド式の灰皿がある。背広のポケットに手を入れ、タバコのパッケージを探ったが、なぜか取りだす気になれなかった。

両手で顔をこすったあと、成瀬が切りだした。ぎょろりとした目はへこみ、二重《ふたえ》が深くなっている。

「辰ちゃんの誕生日って、何月だっけ？」

「七月」

「それじゃ、おれの方が三ヵ月ばかり若いんだな」

成瀬とは警察学校の同期だ。お互い誕生日に何かを贈り合う間柄ではない。だが、何の話か察しはついた。

「小岩なんだが、指導係が八月いっぱいで定年でね。九月一日でよければ、押しこめるが……」

成瀬は目を伏せたまま、ぼそぼそといい、まるで辰見の返事を恐れてでもいるように言葉を継いだ。

「来年四月となると、ちょっとわからない。実はおれもここにいられるのは年内いっぱいといわれてる。内示の内示みたいなものだが」

「どこへ？」

「わからん」成瀬は首を振った。「一応、西の方って希望は出しておいた。自宅に近い方が通勤にしても、再就職にしても都合がいいんで。書類整理でも何でもやりますっていったら人事の奴《やつ》に笑われたよ。昨今、人に会わないで古い書類を整理したり、始末したりする部署は人気なんだそうだ」

「何で、また？」

「三十代、四十代のうちから精神面ですっかり疲れきってる連中が結構いるらしい。共済会のローンも残ってるし、現場では使い物にならんといって即刻クビってわけにもいかないって」

成瀬はうつむいたまま、口元に弱々しい笑みを浮かべた。

「どんな部署になるかわからんが、どっちにしろ刑事《デカ》は廃業だ」

デカ廃業。

定年ぎりぎりまで現場にしがみついていられるわけではなく、残り三年を切ったところで第一線を外れるという不文律があった。警察という組織のためであり、本人のためだという。世間と折り合いをつけるためのオリエンテーション期間というわけだ。長年警察社会しか知らずに暮らしてきて、しかも現場一筋で来た人間をいきなり放りだすと、トラブルの元になる。

次の誕生日で辰見は五十七歳になる。

「想像ができんな」

「ん？」

「デカじゃなくなるってのは」

成瀬のいう指導係というのは、一応刑事課に席はあるものの、捜査に関わるわけではなく、若手の育成が主任務になる。だが、建前だ。捜査情報を与えられることもなく、口を出せば煙たがられる。

「いつかは……」一瞬、目を剝《む》いた成瀬だが、すぐにうなずいた。「たしかに、その通りだ。だけど、考えてみてくれないか」

「わかった。ありがとう」

成瀬がまたぎょろ目を剝いた。

「辰ちゃんに礼をいわれるとは……」

結局、タバコを取りだすことなく小会議室を出て、分駐所にある自分の席に戻ると、となりで小沼がノートパソコンに向かい、おにぎり万引き犯山田の弁解録取書《べんろくしょ》を作成していた。

辰見は立ったまま、声をかけた。

「拳銃出納《すいとう》、終わったか」

「いえ、まだです。こん中に……」

そういって足元に置いたソフトアタッシェをつま先でつついた。機動捜査隊の隊員は当務中拳銃の携行が義務づけられている。

「こっちによこせ」

手を出した。

「何をです？」

小沼は怪訝《けげん》そうな顔で辰見を見上げた。

「申し訳ないが、おれは野暮用があってな。今日はこれで引きあげさせてもらう。弁解録取書はよろしく頼む。その代わりというわけじゃないが、どうせおれも返納しなくちゃならん。ついでだ。お前のもやってくるよ」

「どうしたんですか」

小沼が目を見開いた。成瀬と似たような顔つきだ。

「つべこべいってねえで、さっさとしろ」

穏やかにいった。小沼は怪訝そうな顔を崩そうとしなかったが、それでもソフトアタッシェから拳銃を取りだし、辰見に渡した。


日本堤交番を出て、南に向かって歩きだした。赤信号で足を止め、空を見上げる。梅雨のさなかだというのに空は晴れわたり、夏を思わせる強烈な陽射《ひざ》しが照りつけてくる。

ここ数年、梅雨の中休みが増えてきたような気がする。晴れる日が多く、真夏のように気温が上昇するが、一方で、梅雨明け宣言が出されたあと、幾日も雨がつづき、肌寒い日があったりする。

辰見は上着を脱ぎ、指先に引っかけて肩にかついだ。信号が変わり、ふたたび歩きだす。

観音裏《かんのんうら》へと入り、さらに南へ下った。浅草寺《せんそうじ》を過ぎてからは人であふれかえる仲見世を避け、一本東寄りの路地を歩く。待ち合わせ場所である雷門《かみなりもん》まで来たときに腕時計を見た。午前十時四十五分になっていたが、約束の時間より十五分早い。

手を下ろし、何気なく顔を上げた辰見は一人の女性に目を留めた。ミントグリーンのワンピースにサマーニットの薄いカーディガンを羽織り、黒いショルダーバッグを右肩に掛けている。すらりと伸びた素足には白いミュールを履いていた。誰かと待ち合わせでもしているのか、しきりに周囲を見まわしている。

格好のいいふくらはぎをたっぷり鑑賞した直後、目が合った。わずかの間、動けなかった。相手も辰見を見ている。切れ長の涼しげな目をしていた。

やがて辰見はつぶやいた。

「三年か」

相手を見つめたまま、小さくうなずいてみせるとふくらはぎの格好のいい女――大川《おおかわ》亜由香《あゆか》が破顔した。笑みを浮かべると顔は一気に幼くなる。

駆けよってきて、ちょこんと一礼する。

「お久しぶりです」

「見違えたな」

「あのときは中学生《ちゅうぼう》でしたからね」亜由香が笑みを浮かべていった。「今は高校二年生です」

辰見はしげしげと亜由香を見た。

「背も伸びたか」

「百六十四センチあります」

ちらりと亜由香の足元を見た。ミュールのヒールは七、八センチはありそうだ。百七十センチとなるとわずかだが、辰見より背が高いことになる。後ずさりしそうになるのをかろうじてこらえた。

「お忙しいところを申し訳ありません」

「今日は非番だ。平気だよ」

亜由香がにっこり頰笑《ほほえ》んだ。

携帯電話にメールが来たのが一週間ほど前になる。相談したいことがあるので会いたいといってきた。勤務表を見て、当務明けの今日を指定し、返信した。

「今日、出てきたのか」

「はい。朝七時の電車で魚津を出てきました」

「魚津って、富山の？　たしか前橋《まえばし》に引っ越したんじゃなかったか」

「最初はそうです。でも、伯父《おじ》の仕事の都合で中学校を卒業するときに魚津に行くことになったんです。高校受験はばたばたして大変でした」

「そうだったのか」辰見は何度もうなずいた。「少し早いが、昼飯にするか。何か食いたい物はあるか」

「あの……」

亜由香はいいよどみ、辰見を見上げるように目を向けてきた。大人びた仕草に辰見の心臓が蹴つまずき、そのことにどぎまぎして背中に汗が浮かぶのを感じた。

「何でも遠慮なくいってくれ。久しぶりだ。何でもおごってやる」

「この間、テレビで見たんですけど、ホッピー通りというのがあるんですよね」

「すぐ近くだが……」辰見は亜由香を見返した。「ホッピーってのは酒だ。まだ未成年だろ」

「ソフトドリンクもあるんですよね。ウーロン茶とか」

探るような視線で迫られ、汗の量が増える。

「ああ。それなら」

並んで歩きだす。亜由香の肩の位置がどうしても気になった。


ホッピー通りは浅草寺境内の西側にある百メートルもない路地で、両側に並ぶ居酒屋にはホッピーと記された赤い提灯《ちょうちん》がぶら下がっていた。そのうちの一軒に入り、軒先に張りだしたテントの下のテーブルについた。土曜日とあって昼前だというのにほとんど席が埋まっている。とりあえず生ビールとウーロン茶、味噌《みそ》仕立て、醤油《しょうゆ》仕立て二種類のもつ煮込みを注文した。

亜由香は目をまん丸に開いて周囲を眺めていた。

「どうした、何か珍しいものでもあるか」

「本当に昼間からお酒を飲んでるんですね」

その店から歩いて二分ほどのところに場外馬券売り場があり、どの店でも大型テレビを据えて競馬中継を流していた。もともとは馬券を買うために集まった男たちが酒を飲み、腹ごしらえをする店ばかりだったのだが、最近はB級グルメ番組で取りあげられ、家族連れさえ歩くようになった。

亜由香はまっすぐに辰見を見た。

「テレビ用かと思ってました」

どこまでも真面目な顔つきである。辰見は苦笑してタバコを取りだした。ライターで火を点けると、亜由香が目の前に灰皿を置いてくれた。

「ありがとう」

辰見たちのとなりでは学生らしい若い男女のグループが大騒ぎしている。酒は飲んでいるが、タバコを喫《す》っている者はいなかった。

「テレビ用だな」

ぼそりというと、亜由香は不思議そうな顔をして首をかしげた。

注文の品が運ばれてきて、まずは生ビールとウーロン茶のジョッキを合わせ、乾杯といい合った。

小鉢に盛られたもつ煮込みは味噌仕立てが白っぽく、醤油仕立ては茶色をしている。

長時間煮込みつづけているのでもつは形が崩れていた。どちらにもたっぷりと刻みネギがかかっていた。

「唐辛子を振るんですよね」

亜由香が目だけ上げて訊《たず》ねる。

「好みだな。辛いのが得意じゃなければ、そのままでもいい。おれはどちらでもかまわない」

辰見にとって仕事明けのビールは何よりの楽しみで、いつもなら咽を開き、一気に流しこむところだが、ほんの一口飲んだだけでジョッキを置いた。

「では、遠慮なく」

亜由香は七味唐辛子の缶を取りあげると二つの煮込みに振りかけた。意外と量が多い。

「おい、大丈夫か」

「平気です。辛いものが好きなんで」

割り箸を二膳取ると、一膳を辰見の前に置いた。

「どうぞ」辰見はまたジョッキを手にした。「格別旨《うま》いってもんじゃないが」

「いただきます」

割り箸を手にして、味噌仕立ての方からもつを一片取りあげ、口に運んだ。亜由香が目を見開く。

「柔らかい」

「もつ煮込みは初めてか」

「はい」今度は醬油仕立てに箸を伸ばしながら亜由香はうなずいた。「こんなに美味《おい》しいとは思いませんでした」

もつ煮込みを交互に口に運ぶ亜由香を見ていると、まんざら悪くもなさそうに見えてきた。

2

少年老いやすくというのは年寄りのお節介《せっかい》な訓戒に過ぎず、光陰矢のごとしは実感だろう。いずれにせよ年寄りの言葉だと辰見は思った。生きてきた時間が長くなるほど思いだされる情景は数を増し、必然的に一つの記憶再生に費やされる時間は短くなる。目の前に起こった些細《ささい》な事象がきっかけとなって、それこそ物心ついたときから十代、二十代、三十代の似たような情景がいっぺんに浮かびあがってくる。生きてきた時間が短いほど情景の記憶は少なく、じっくりと再生できるが、齢《よわい》六十近くなるといくつもの情景がときに重なり合い、せめぎ合うように噴出する。歳《とし》をとるほどに時間が短く感じられる道理だ。

味噌、醤油両方のもつ煮込みをもう一つずつ注文し、二杯目のウーロン茶を飲んでいる亜由香を見ながら、初めて会った三年前の春浅い朝を思いだしていた。火葬場の駐車場に停めた車の中にいた辰見は、間をおいて動くワイパーがフロントガラスを濡《ぬ》らす雨を拭《ぬぐ》っていくのを眺めていた。

顔を合わせたのは、火葬を終え、引きだされた台の前だ。亜由香は今より背が低く、セーラー服を着ていた。それから二人で骨を拾った。亜由香の母で、殺人事件の被害者である大川真知子《まちこ》の骨だ。

それが三年前——。

もつ煮込みを口に運んではにっこりし、ウーロン茶のジョッキを口にあてたまま、好奇心剝《む》きだしで右、左を見ている亜由香と、中学校の制服に身を包んだ亜由香の間に共通点を見いだそうとしていた。辰見にしてみれば、三年などあっという間だ。だが、十四歳から十七歳までの三年となると時間の長さも重みもまるで違うだろう。

母親を失ったばかりの亜由香に淋《さび》しくなるなと当たり前のことをいった。亜由香は首をかしげ、生まれてからずっと母は夜はお出かけするものと思ってましたからと答えた。淋しくないはずはない。何と無神経なことを口にしたものか、と三年前の自分に腹を立てた。三年間、そうした会話を思いだしもしなかったこともちくちく胸の底を刺した。

生ビールはジョッキに三分の一ほど残り、生ぬるくなっていた。ぬるくなったビールほどまずいものはない。二本目のタバコに火を点けた。

「そういえば、どうして前橋から魚津に引っ越すことになったんだ？」

「魚津には伯父さんの実家があるんです。伯父さんのお母さんが一人で暮らしていたんですけど、ちょうどあの頃八十歳を過ぎて一人で生活していくのがいろいろ大変になって……」

ウーロン茶のジョッキを両手で持った亜由香がにやりとした。

「伯父さんはコンピューターのソフト開発をしてるんですけど、同じ頃に不景気でリストラされそうになったんです。リストラっていうか、会社自体が赤字で潰《つぶ》れそうになってたみたいですけど。伯父さんにとって魚津は元々地元だし、高校のときの同級生がコンピューターソフトの会社を経営してて、いっしょにやらないかって誘われたこともあって」

「それで引っ越したわけか。伯父さんのお母さんというと、亜由香のお母さんと伯母さんが姉妹ってことか」

「そうです」亜由香の笑みが広がる。「腹違いですけどね」

女子高校生が口にするには生臭すぎるような気がしたし、亜由香がさらりと口にしたことにもどぎまぎした。だが、そうした話し方は亜由香の母、真知子に似ているのかも知れない。

辰見はぬるくなったビールを飲みほし、二杯目を注文した。

「伯父さん、伯母さんには子供がなくて、それで私はすごく大事にしてもらいました。とくに伯父さんが急に女の子の父親になったんで張り切っちゃって」

「まずは何よりだな」

辰見は上着を脱ぎ、畳んでわきに置いた。すぐに運ばれてきた二杯目を、今度は一気に半分ほど飲んで息を吐いた。

「やっぱりちびちび飲むとうまくないな」

「私のことは気にしないでください」

「ああ」辰見は苦笑した。「若い娘と話すことなんてなかなかないからな。おかしな緊張をしてるのかも知れない」

「お仕事では話すでしょう?」

「仕事は仕事だ」

勤務中、亜由香より年下の女もいる。だが、女でもなく、子供でもなく、どの法律に引っかかるかしか考えていない。犯罪者にはいろいろ事情がある。まったく気にならないわけではなかったが、一つひとつに拘泥していたのでは仕事にならないし、神経がもたない。

取調室でうなだれていた山田の姿が脳裏を過《よ》ぎっていく。六十七歳、住所不定、職業不詳、真面目に仕事をしてきた工員のなれの果て……。

ほんの数年前なら書類を作り終えれば、思いだすこともなかった。これも歳をとったことの表れかも知れない。

デカ廃業という言葉が浮かんで、すぐに消えた。

灰皿に載せたタバコを取りあげ、一度喫ってから消した。煙を吐く。

「ところで、相談があるということだったが」

とたんに亜由香の顔から笑みが消え、素早く伏せた目が翳《かげ》った。わずかの間、観察してから言葉を継いだ。

「まだ、時間はある。話す気になったらいえばいい」

ひょいと上がった顔には拍子抜けするほど明るい笑みが浮かんでいた。

「はい」

ふたたび苦笑し、生ビールを飲みほした。ジョッキを置くと、亜由香が切りだした。

「行ってみたいところがあるんですけど、いいですか」

ビックリハウスの仕掛けは単純なものだ。箱の中に向かい合わせにベンチを配置し、ぐるりと囲んだ円筒の内側に窓や食器棚が浮き彫りになっている。そしてスイッチが入ると轟音《ごうおん》とともに周囲の円筒が回転することで、ベンチを置いた部屋がぐるぐる回っているように錯覚させるのだ。

向かいのベンチには若い両親と男の子が二人座り、辰見と亜由香は並んでいた。円筒が回りはじめると部屋自体も前後に揺れる。年かさの子の方が先に悲鳴を上げた。弟の方はまん丸に見開いた目で天井を見上げる。

亜由香まで嬌声《きょうせい》を上げて辰見の腕を取る。二の腕に押しつけられた乳房がやわらかく、ワンピース越しに見るよりも量感があることに驚かされた。わざとなのか、本当に怖がっているのかはわからないが、亜由香は辰見の腕をきつく抱きしめ、胸元をぐいぐい押しつけた。

回転はあっという間に止まり、箱の中は静けさを取りもどしたが、年かさの男の子は泣きやまず母親がたしなめた。

亜由香の行きたいところとは花やしき、浅草寺境内にある日本で最初に造られたという遊園地だった。亜由香に引っ張られるようにして、ジェットコースターに乗り、ゴンドラで地上六十メートルまで一気にはねあげられた。最初はおずおずと辰見の腕を取っていたが、だんだん大胆になり、部屋が回転するように錯覚させるビックリハウスではしがみついてきた。

箱の扉が開かれ、外に出る。陽光が目映く、目がちかちかした。亜由香はまだ辰見の腕を抱いている。

「もう大丈夫だろう」

「そうですね」

照れくさそうに笑って、亜由香が離れた。ちょっと残念な気持ちになりかけ、あわて
て打ち消す。ハンカチを出して、汗を拭った。

「クレープ、食べませんか」

ピンクの格子柄に黄色い文字で大きくクレープと記された店を見て、亜由香がいった。

「甘そうだな」

「いいでしょう。私、食べたいんです」

「それじゃ、一つだけ買ってこいよ」

尻ポケットから財布を出して亜由香に渡した。すんなり受けとったものの、亜由香は
眉《まゆ》を寄せた。

「一人だけ食べるって恥ずかしいじゃないですか」

「わかった。それじゃ、できるだけ甘くなさそうなのを選んできてくれ」

「了解」

敬礼の真似事《まねごと》をすると亜由香は小走りにクレープ屋に向かう。遠ざかる後ろ姿に向か
ってつぶやいた。

「敬礼は右手でするもんだ」

空いているベンチに並んで腰かけ、クレープを食べはじめた。薄い生地で生クリームとバナナ、溶けたチョコレートが巻いてある。一口かじっただけで胸焼けがしてきそうな気がする。

「私たち、どんな風に見えるんでしょうね」

クレープの包みを両手で持った亜由香が訊《き》いてきた。

「さあ」辰見は首をかしげた。「見当もつかんな」

「女子高校生を愛人にしてる金持ちの中年親父《おやじ》」

「そりゃないね。おれはどう見ても金を持ってるようには見えないし、中年というより爺《じい》さんだな」

「それじゃ、田舎から出てきたお父さんを案内してる東京住まいの娘」

お父さんという言葉が微妙に響く。くすぐったい感じがして、いきなり娘ができて張り切ったという亜由香の伯父の気持ちが少しわかった気がしたが、幾分かは落胆がないでもない。

「辰見さん、お子さんは？」

「いないよ。結婚したこともない。生涯独身ってのも今どき珍しくないがな」

「お母さんと結婚しようとは思わなかった？」

亜由香の母、真知子の面差しが浮かんだ。辰見は回っているメリーゴーランドに目をやったまま答えた。

「声が似てるな」

真知子と出会ったのは二十年近く前だった。いっしょにいるといい気分になれた。酒を飲み、他愛《たわい》ないお喋りをしていれば、幸せだった。別れれば、すぐにまた会いたいと思ったし、勤務中に真知子の声や仕草を思いうかべていたこともあった。恋というには、あまりに希薄な感情だった気がする。だが、真知子のあとに同じような思いを抱く相手には巡り会わなかった。

再会したのは三年前、そのとき真知子は公園内の公衆便所わきで絞殺死体となって横たわっていた。通報を受け、最初に臨場したのが辰見と小沼だったのである。

亜由香をふり返った。思い詰めたような眼差《まなざ》しを向けている。ふたたびメリーゴーランドに視線を戻した。

「お母さんの方からいきなりいい出したんだ。結婚するって。いわれたときにはそうかって感じで、おめでとうともいったが、そのあと……」

「そのあと、どうしたんですか」

「何といえばいいか」

辰見は唇を嘗めた。チョコレートがついていて、甘く、ほんの少し苦かった。

「胸の中から何かが抜けちゃって、空っぽって感じがしたな」

何が抜けたのかがわかったのは、真知子の死体を目の当たりにして、しばらくあとのことだ。

結婚すると宣言された夜以降、真知子とは会わなくなった。店を辞め、連絡先を知らせてはこなかったし、辰見も調べようとはしなかった。忘れてしまうしかないと思い定めていた。

横たわる真知子を見て思い知らされた。会わなくなってからも面差しや仕草、声を思い返し、今、何をしているだろうと考えることがあった。そして平和で幸せにやっていれば、それでいいじゃないかと自らの思いを締めくくっていた。

「お母さんは辰見さんのことを話してくれました」

「真知子……、お母さんが？」

口の中にチョコレートの苦みが残っている。

「はい。辰見さんがもらってくれれば、こんなに苦労することもなかったのにって」

それから亜由香は低い声で父親のことを話した。もっとも亜由香が赤ん坊の頃、真知子は離婚していたので父親についての記憶はまるでないという。大酒を飲むわけでも、ギャンブルに入れ込むわけでもなかったが、何しろ働かなかった男のようだ。

「何かと理由をつけてはうちにいたそうです。テレビの前に横になって、とにかく何もしない。お母さんはそれがダメだったみたいで。どんなに給料が安くても真面目に働いてくれれば離婚はしなかったっていってました。だけど、その人は会社の人や世間に文句ばかりつけて、全部他人のせいにして自分では動こうとしなかった。だから……」

「おれは……」

亜由香をさえぎったものの、首を振った。だが、亜由香にはちゃんと答えなくてはならない。

「おれは卑怯者《ひきょうもの》だ。お母さんが結婚するといったとき、胸が空っぽにもなったが、どこかでほっとしていた。お母さんの人生を引き受ける自信がなかった。いや、おれは捨てられなかったんだ、刑事《デカ》って稼業を」

「辰見さん」

亜由香に目を向けた。まっすぐに辰見を見ている眸《め》にはすがりつくような光があった。もし、あのとき真知子が……、思いかけて打ち消した。あの頃、辰見は四十手前だった。今は廃業を迫られている。

「何だ？」

「吉原に連れてってください。お母さんと辰見さんが出会った街に」

わずかの間、逡巡《しゅんじゅん》したが、うなずいた。クレープは三分の一ほどでついにギブアップし、片手拝みしたあと、ゴミ箱に放りこんだ。

初めて真知子と出会ったときにはソープ嬢と客だった。生活安全課にいた警察学校の同期生に紹介された。悪いようにはしないといわれて、店を訪ねると店長が案内してくれ、真知子がついた。

一週間ほどでもう一度行った。裏を返すなどと粋な真似《まね》を気取ったわけではなく、単純に真知子が気に入ったからだ。二度が三度となり、やがて店が終わったあと、飯を食い、酒を飲むようになった。

思い返せば、真知子に会っていたのは二年弱になる。その間、通ったのは何度だったかはっきりとは憶《おぼ》えていない。店長は金など要らないといったが、無理矢理受けとらせた。接待されるいわれはないと思ったからだ。刑事の給料では足繁《しげ》く通うというわけにはいかず、せいぜい二、三ヵ月に一度だったろう。

三度目から真知子が髪を洗うようになった。シャンプーしながら源氏名の美加《みか》から真知子に戻るんだといった。あけすけな物言いがよかった。声が心地よく響いた。何よりいっしょにいると楽しかった。だが、やがて訪れるであろう結末については考えないようにしていた。

道路の両側に派手な看板が並ぶ通りを歩きながら亜由香は左右を見まわしながらしっかりと辰見の腕を抱いていた。吉原《パーラー》のソープランド街は機動捜査隊の分駐所から歩いても数分である。店頭に立つ呼び込みの中には顔見知りもいたし、こちらが知らなくとも向こうから見れば、いかにも刑事面だろう。誰も声をかけてこようとはしない。

「たくさんあるんですね」

心なしか亜由香の声が震えを帯びている。ソープランドだけで何軒になるのか思いださせない。

「そうだな」

「きらきらしてる」

見た目ほどではない。とくに長引く不況のせいで客足が極端に落ちていると聞いていたが、ある老パイラーは首を振った。

『うちなんか大幅に値引きしましたけどさっぱりですよ。女を抱きたいって欲求が薄れてる連中が増えてんじゃないですかね』

とくに若い連中が、とその男は吐き捨てるように付けくわえた。

「お母さんが働いてた店って、どれですか」

たった今通りすぎてきた。〈伽羅《きゃら》〉という名前だ。店の外観は二十年前とまったく変わっていない。煤《すす》けて、古びただけだ。

「とっくに潰れたよ」

母親が働いていたソープランドを娘に教える趣味はない。

「ちょっといいですか」

いきなり亜由香が立ちどまる。

「何だよ」

亜由香はショルダーバッグを探ると折りたたみ式の携帯電話を取りだした。パールピンクのボディは傷だらけになっている。

「これ、お母さんの携帯なんです。とっくに解約してるんですけど、メールとか、アドレス帳とかそのままだし、カメラは使えるんですよ」

亜由香は辰見の腋の下に携帯電話を持った左腕を深く差しこんだ。

「な、何？」

「記念撮影です。せっかく来たんですから」

亜由香は辰見にぴったり躰を寄せると、携帯電話を持った左手を伸ばし、右手は顔の横でピースサインにする。

「笑ってください。はい、チーズ」

フニャッ――猫があくびしたような間の抜けた電子音が響いた。

3

ソープランド街を外れ、西に向かって歩いていた。かつて母親が働いていた店が潰れたと嘘《うそ》を吐《つ》く羽目に陥るくらいなら連れていかなければよかったか——辰見はぼんやり考えながらだらだらと歩を進めた。

陽は西に傾きはじめている。

「ところで、相談事って何だ？　そろそろ帰りのことも考えなくちゃならん。だろ？」

返事がなかった。足を止めて、ふり返ると亜由香は数メートル後ろにいて道端の建物を凝視している。視線の先にはホテルがあった。入口のわきに立てられた行灯《あんどん》には休憩、宿泊と記されている。ラブホテルだが、ソープランドで働く女たちが暮らしているレンタルルームとしても利用されていた。

思い詰めた亜由香の表情を見ているうちに花やしきのビックリハウスで押しつけられた乳房の量感が蘇《よみがえ》ってくる。

声を圧しだす。

「おい」

亜由香が辰見を見た。唇を結び、顎をひくようにしているために見上げるような視線になっていた。

道端に立ちどまり、ホテルを凝視している女が考えていることは明白……、馬鹿な……、亜由香はまだ十七……、もう十七……、いや、まだ十七だ、そして真知子の娘……。

ふいにソープランドの洗い場に跪《ひざまず》き、髪を洗っている真知子の姿が浮かんできた。泡だらけの髪を持ちあげ、露《あら》わになったうなじ、背中から腰にかけての優しい曲線、かかとの上に載った女そのものの尻……。

「何、やってんだ」

亜由香が辰見をまっすぐに見つめたまま、近づいてくる。踏みだされる足に固い決心が見てとれた。

だから機先を制した。

「相談したいことがあるっていってたろ。話したくないかも知れないが、そろそろ帰りの心配もしなくちゃならない。おれで役に立てるかはわからんが、とりあえず話を聞こう。無理にとはいわんが、せっかく東京まで来たんだ。学校もあるだろうし、そう簡単には来られないだろう」

何をべらべら喋っているのか、と思ったとたん、こめかみを流れおちる汗を感じた。

亜由香が正面から辰見を見据え、一歩踏みだしてきた。

思わず半歩後ずさった。

そのとき、盛りあがっていた亜由香の肩がすとんと落ちた。眸《ひとみ》の光が和らぎ、口元に笑みが浮かんだ。亜由香はショルダーバッグを探り、切符を取りだして辰見の目の前にかざした。

切符を注視したが、老眼のせいで細かい文字がにじみ、二重になっている。

「何だ？」

「帰りの切符です。午後八時十二分、東京駅から出る〝とき〟です。新幹線です。越後《えちご》湯沢《ゆざわ》で乗り換えて、魚津には十一時過ぎに到着して、伯母さんが駅まで迎えに来てくれることになってるんです」

息を吐き、肩の力を抜いた。

「わかった。八時に東京駅だな。腹、減ってないか」

「もうぺこぺこ」幼い笑顔に戻り、亜由香は切符をバッグに入れた。「また、お願いしていいですか」

「何でもいい。食いたい物を食わせてやる」

「お好み焼きが食べたいんです」

「それもテレビで見たのか」

こくんとうなずく亜由香を見て、どの店をいっているのかは想像がついた。老舗ではあるが、何度もテレビ番組で取りあげられ、半ば観光名所になっている。

「それじゃ、おれの知ってる店に行くが、かまわないか。有名な店じゃない。だけど、味は保証する」

「ジモティの店ですね」

「何だ、そりゃ？」

「地元の人が普段使いしてる店ってことです」

「そうだ」

うなずいた。おれは埼玉の奥の生まれだがな、という言葉は嚥みこんだ。

お好み焼きの店〈河童《かっぱ》〉は路地に建つ古びたビルの一階にあった。外観こそ煤けているが、自動ドアを通って中に入ると内装は明るく清潔感に満ちている。店の中央にL字型のカウンターが据えられているが、内側には長大な鉄板が敷かれていた。

夕間暮れ時で時間帯が早かったせいか、辰見と亜由香が入ったときにはほかに客の姿はなく、店主の渡邊《わたなべ》は手にしたスマートフォンを見ていた。辰見を見て、あわてて立ちあがる。

「いらっしゃい」

すぐに亜由香に気づき、会釈して低声《こごえ》でいらっしゃいませといった。

カウンターの椅子を引き、辰見は亜由香と並んで座った。

「おれは生ビール」注文して、亜由香に目をやった。「また、ウーロン茶か」

「いえ、私も生ビール……」

そういってちらりと舌を出してみせる。

「というのは三年先までお預けにして、ジンジャエールをください」

「はい、かしこまりました。食べる方はどうします？」

辰見を見る渡邊の表情が硬い。

〈河童〉は浅草界隈《かいわい》にありながら本場の広島風お好み焼き、大阪風お好み焼きをきちんと分けて出せる店だとして、犬塚《いぬづか》という男に紹介された。犬塚は警察学校の同期で、組織暴力担当が長かった。今は退職して、浅草にある大きなホテルの保安部長の職にあった。

『こやつは裏でレンタル業をやっててね』

そういって犬塚は右手で拳銃の引き金をひく真似をした。渡邊は硬直して目をぱちくりさせていたものだ。

昨今の暴力団は事務所や組長、幹部の自宅に滅多に武器を置かない。家宅捜索を受けて拳銃や日本刀が見つかれば、それだけで現行犯逮捕となるし、刑期が延びる。一方、不況が長引いているせいで、構成員の中には生活に困って拳銃をマニアに売り飛ばす者が出てきた。今では暴力団も使用者責任を問われるので、末端構成員の犯罪でも組長まで引っ張られる可能性がある。

銃器は特定の業者に頼んで調達するケースが増えた。渡邊が武器を保管しているのか、仲介屋なのか、犬塚ははっきりとは口にせず、ただにやにやしていた。辰見についてては名前をいっただけで何者か明かなかったが、風体から察しただろう。

『味は保証する』

犬塚の言葉に嘘はなかった。

強《こわ》ばった顔をして辰見を見ている渡邊にいった。

「今日は客を連れてきた。浅草でお好み焼きが食いたいっていうから。ほかに知らないんでな」

「はい」

「広島焼きと大阪焼きの大を一つずつ、それとホルモンを焼いてくれ」

サイズは大、中、小の三種類があり、大でほぼ一人半前になる。二人だが、亜由香が腹を減らしているというので大でも平らげそうだと踏んだ。ホルモン焼きは特製タレに漬け込んだ牛の腸を鉄板焼きにする。

「かしこまりました」

チーズやイカ天、明太子などのトッピングがあるが、プレーンを注文したのにすべてをバランスよく載せて出し、店のサービスだといった。

まず生ビールとジンジャエールが出された。二度目の乾杯をした。亜由香はホッピー通りでウーロン茶、〈河童〉に来てジンジャエールを注文した。いずれは酒を飲むようになるだろう。

ビールは三年お預けにするといった。三年後、亜由香は二十歳《はたち》、おれは……、と反射的に浮かびそうになり、抑えこんだ。

渡邊は目の前でお好み焼きを作りはじめると同時に亜由香に向かって説明した。

「この鉄板は厚さが十九ミリ、幅が三メートルありまして、ほかの店じゃなかなかお目にかかれませんよ。このくらいの厚みと大きさがないと熱が均等に回らなくて美味しくできないんです」

「マスターは広島のご出身なんですか」

「いえ、静岡です」

渡邊の答えを聞いて、亜由香は首をかしげた。静岡生まれの男が浅草で本場広島、大阪をうたうお好み焼きを出している。混乱しても不思議ではない。

まずは広島焼きが出来上がった。小皿にとりわけ、一口食べた亜由香が嘆声を漏らす。

「美味《おい》しい。ぱりっぱりですね」

「広島焼きは薄い生地が特徴です」

カリカリに焼きあげた薄い生地の上にキャベツ、天かす、豚バラ肉、焼きそば等々を挟みこんであるのが広島焼きだ。次いで大阪焼きが供される。こちらは生地に具材や玉子をまぜこんでふんわり焼いてあった。

二つのお好み焼きをほぼ一人でぺろりと平らげた亜由香は腹をさすった。

「美味しかったぁ。もうお腹《なか》いっぱいです」

辰見は渡邊に顔を向けた。

「テーブル席に移動したいんだが、かまわないか」

「ええ、どうぞ。お飲み物はそのままで。私が運びます。それとホルモン焼きと、お嬢さんにもう少し適当に見繕ってお出ししますよ」

「お嬢さん……、私には似合いませんねぇ」

亜由香はけらけら笑った。


「相談というのは私じゃなく、友だちのことなんですけど」

亜由香はテーブルに視線を落としたまま切りだした。視線を合わせられない場合、言葉の一部か全部が嘘であることが多い。

「友だちっていうのは魚津の？」

「はい」

「それじゃ、高校のクラスメートか」

わずかだが、間をおいて亜由香はうなずいた。

「そうです」

「タバコ、いいかな」

はっとしたように顔を上げた亜由香はほんの一瞬辰見を見て、また目を伏せた。辰見は背広のポケットからタバコを取りだし、一本をくわえて火を点けた。ホッピー通りの居酒屋を出て以来、タバコを喫っていないことに気がついた。歩行中の禁煙が身についたのかとほろ苦い気分になる。

そっぽを向いて煙を吐き、促した。

「友だちにどんな悩みがあるんだ？」

「まだ、全然はっきりしているわけじゃないっていうんですけど、誰かにつきまとわれている気がするって」

「ストーカー？」

「いえ」即座に否定して、首をかしげる。「そこまでいっているとはいえないのかも知れません。そんな気がするだけで」

平成十二年十一月、ストーカー行為等に関する法律、いわゆるストーカー規制法が施行された。以来、相手が嫌がっているにもかかわらず執拗《しつよう》につきまとったり、待ち伏せをしたりすると、単なる嫌がらせでは済まされず犯罪となる。法律の目的はつきまとったりする行為を犯罪とするだけでなく、被害者を事前に保護することにもあった。

ストーカー規制法では、取り締まりの対象を二つに分けて規定している。一つはつきまとい等という行為であり、尾行や待ち伏せ、住まいや職場の見張り、さらに監視していることをほのめかしたり、面会や交際の要求、乱暴な言動、無言電話等々を指し、警察が介入してやめさせることを認めている。二つ目がストーカー行為で、つきまとい等で規制されている行為をくり返した場合、ストーカーと認定される。

「顔見知りなのか」

「えっ?」

亜由香は顔を上げ、辰見を見てまばたきした。

「その友だちと、つきまとっているという相手……、男でいいんだな?」

「はい」

「その男は、以前から知ってる相手なのか」

「友だちが、ということですか」

「そう」

「たぶん……」ふたたび目を伏せ、付けくわえた。「いや、どうかな」

亜由香は友だちのことと切りだしてからずっと目を伏せている。友だちのことではなく、ひょっとしたら亜由香が被害者かも知れないと疑っていた。それで質問をわざと曖《あい》昧《まい》にし、亜由香の反応を見ていた。

何ごとであれ、予断は禁物だが、直感が的中することは少なくない。根拠がないから直感というのではない。警視庁巡査を拝命してほぼ四十年、そのうち三分の二は刑事だ。

今までの経験の蓄積が瞬時に結びついて犯罪を嗅《か》ぎとる。

「電話とか、メールが来るのか」

「それはないみたいです」

「自宅に押しかけてきたり、どこかで待ち伏せしたりとかは？」

亜由香は目を伏せたまま、右を見た。宙を見据えたときは嘘をでっち上げようとしていることが多く、下を向いたまま目を動かしたときは記憶をたどっていることが多い。すべてにあてはまるとはかぎらなかったが、亜由香の心の動きを知る上での手がかりにはなる。

「自分の家の近くで見たとはいってなかったと思います」

「それじゃ、通学の途中とかどこかに遊びに行ったときに姿を見かけたわけか」

「そうですね」

「何かを送りつけられたり、手渡されたりということは？」

「それはありません」

ストーカー規制法では、汚物や動物の死骸《しがい》、わいせつな写真などを送りつけることを違法としているが、たとえきれいな花束であったとしても贈られる理由がなかったり、送り主が不明だったりすれば気味が悪いものだ。だが、花束は条文に入っていない。強いていえば、気味が悪いという感情をもって嫌悪、不快感をおぼえるものと判定できなくもないが、ケースごとに事情は異なる。

痴話喧嘩《ちわげんか》が高じてストーカーだと警察に通報してきて、いざ臨場すると仲直りしていたというケースも少なくない。馬鹿馬鹿しいと感じながらも事件にならなかっただけましだといえる。

「今までに何度くらい気がついたんだ？　その男があとをつけてることに」

「二度か、三度か。はっきりとはわかりませんが、何だかじっと観察されているみたいな気持ちがするって」

そのとき、ほんの一瞬だったが、亜由香の唇が震えた。怯《おび》えのサインのようにも見えたが、すぐに消えた。

「地元の警察に相談はしたのか」

「いえ」亜由香は首を振った。「私の知り合いに東京の刑事さんがいるから一度訊いてみてあげるっていって、それで辰見さんに連絡したんです」

「そうか」

短くなったタバコを灰皿に押しつけて潰《つぶ》し、ぬるくなったビールを飲んだ。所轄署に出向き、今まで聞いた亜由香の話をすべて話したとしても警察としては動きようがない。

「もう一度、訊くが、以前からの顔見知りではないんだな？」

またしてもわずかに間をおいて、亜由香はうなずいた。

顔見知りというだけでなく、何らかの接点があったとすると厄介な事態に発展しかねない。ストーカー行為の発端は犯人が相手にないがしろにされたと思うところにある。自分ほどの人間が無視されて……、つまりは自己愛でしかなく、客観的な状況判断ができなくなっているのだ。本人は相手を振り向かせようとしているだけだと主張し、自分の愛に嘘はないと信じきっている。

お前さんを可愛《かわい》いと思ってくれるのは、お前さんの親くらいなもんだ、といってやりたいと感じる事例は今までいくつも見てきた。

世間はお前が思うほどにお前という人間を大事にもしないし、必要ともしていないのが現実だが、ストーカーは信じない。そして自分が傷つかないためにないがしろにした相手を抹殺しようとする。

同時に疑念は辰見自身にも向けられていた。亜由香の話ゆえに個人的感情で入れ込みすぎていないか、と。感情は直感を狂わせる。

それから一時間ほども亜由香の話を聞いていた。

4

東京駅の新幹線用改札口前に来たときには午後八時になろうとしていた。幾度か亜由香と真知子が重なり、二十年前と現在とを行きつ戻りつしたせいか、長い旅をしてきたような気分になった。

目の前に立ち、はにかんだような笑みを浮かべている亜由香は三年前初めて会ったときのように幼く、弱々しく映った。

辰見は名刺を差しだした。

「友だちに渡してくれ」

名刺には『警視庁巡査部長　辰見悟郎』とだけ印刷されており、携帯電話の番号を手書きで加えてあった。亜由香が出した手に名刺を置く。

「曖昧な供述をくり返したって感じですね」

「供述ってのは犯人がするもんだ」

笑みを浮かべてみせたが、ぎこちなく引き攣《つ》っているのが自分でもわかった。

「電話でもメールでもいい。時間帯は気にしないで、何かあったらすぐに連絡しろ」

「はい」

返事をして亜由香はふたたび頬笑んだが、胸の底を締めつけられるほど頼りなげに見えた。

「向こうに着くのは十一時過ぎだっけ？」

「はい。上越新幹線で越後湯沢まで行って、そこで金沢行きの特急に乗り換えるんです」

東京からいったん北東へ向かい、途中で西へ転ずる様子を大雑把に思いうかべた。

「魚津は金沢の手前なんで、途中で降りるんですけど。行ったこと、ありますか」

「いや」

刑事課にいた頃は被疑者を追って出張することもまれにあったが、機動捜査隊に配属されてからは皆無になった。プライベートな旅行もしたことがない。警察官が管轄区域を離れるときには、事前に上司に申請し、許可を受ける必要がある。

「富山湾は暖流と寒流がぶつかって、魚の種類が豊富で美味しいんです。米どころだからお酒も美味しいって……、観光案内みたいですね」

亜由香の笑みが照れ笑いに変わった。弱々しい微笑よりはるかにいい。

「友だちは……、さっきの話に出た友だち以外にもたくさんできたか」

「仲のいい子はいます。クラスもまとまってるし」

「部活とかは？」

「キタク部です」

「あん？」

「何にもすることがないんで、授業が終わったらうちに帰るだけ」

「それで帰宅部か、なるほど」

うなずいた。

「学校は共学だっけ？」

「はい」亜由香がにやりとする。「いっしょに遊んだりする中に男の子はいますけど、特定のボーイフレンドはいません。好きな人はいますけど」

「へえ……、まあ、十七だ。不思議はないか」

胸の底が抜けたような感覚があって、視線を逸らした。亜由香がまっすぐ辰見の横顔を見ている。

「目の前に」

またしても心臓が蹴つまずいた。顔が熱くなりそうになって慌てる。

「爺さんをからかうな」

亜由香は低く笑って、周囲を見まわした。

「やっぱり東京は人が多いなぁ。魚津の駅前って八時くらいになると暗くなっちゃうんですよ。最初に見たときは、どんだけ田舎《いなか》に来たのって思っちゃいました。今では好きですけどね」

「何よりだな」

「友だちのことを相談したかったのは本当ですけど、辰見さんに会いたかったし、久しぶりに東京に来てみたかったんです」

亜由香が東京を離れたときは中学二年生で、それから前橋に一年半、魚津に引っ越してからも一年二ヵ月しか経《た》っていない。東京に生まれ、十四年間暮らした。

「こっちに友だちはいるのか」

「たまにメールとかしてますけど、会いに来るほどの子はいません。東京の大学に進学することも考えてはいるんです。でも、その前に大川から佐原《さはら》に変わらなくちゃならないんで」

亜由香を見返した。養子縁組ということだろう。伯父夫婦に子供はないといっていたから自然な流れかも知れない。赤ん坊の頃に両親が離婚し、中学二年で母親を殺された。養子縁組によって姓が変わり、ふたたび東京に戻ってきて生活をはじめる……、十七歳にとってはなかなか波乱に富んでいる。

「どうせ結婚すれば、また名字は変わりますからね」

あっけらかんとした口調だった。

午後八時を回った。

「そろそろホームに行った方がいいだろう。申し訳ないが、おれの見送りはここまでだ」

「はい。今日はいろいろありがとうございました」

「肝心なところはまるで役に立てなかった気がするが。とにかく何でもいい。何かあったら連絡をよこせ。必要があれば、おれがそっちに行く」

「本当《マジ》ですか」

亜由香の顔が輝くのを見ただけではずんだ気持ちになる。辰見は深くうなずいた。

「ああ、マジだ。伯父さん、伯母さんによろしくな」

「はい」

亜由香が新幹線の改札口に向かうのを辰見は立ち尽くして見送っていた。改札を通りぬけたところで亜由香がふり返り、手を挙げる。手を振りかえしてから周囲の目に気づき、少々ばつが悪かった。

それでも人混みにまぎれ、姿が見えなくなるまで亜由香から目を離すことはできなかった。

東武伊勢崎線の東向島《ひがしむこうじま》まで帰ってきた。アパートに向かうゆるやかな弧を描く商店街を歩く。駅前こそコンビニエンスストアやファストフード店、居酒屋が並び、光にあふれてはいるが、商店街に入ると大半の店は営業を終え、午後九時ともなればひっそりしている。

暗いのは田舎ばかりじゃないよと胸の内でつぶやく。

靴音に耳をかたむけながらゆっくりと歩いた。昨日の朝、出勤するのに同じ商店街を歩いてから四十時間近く経過している。その間、眠っていない。今朝の引き継ぎのときにはしきりにあくびをしていたが、今は疲れすぎているせいかあくびすらでない。まぶたがごろごろするばかりだ。

暴力団の組事務所が三つあり、周囲に住む構成員たちも多いためにヤクザ通りの異名がある。実情を知らなければ、単なる商店街にしか見えないだろう。

もとをたどれば、昭和三十三年に売春防止法が施行されるまで遊郭だった。商店街を外れると、すぐ裏には迷宮のように入り組んだ路地が広がり、小さな住宅、アパートがひしめき合い、名残をとどめている。辰見が長年住むアパートもそのうちの一軒だ。

だが、古い住宅や商店が取り壊され、そのあとに巨大なマンションが建設されてもいた。街は変わろうとしている。この数年の間に暴力団から抜け、街を出ていった者も多く、新参者が多く住むマンションでは暴力団対策法をたてに組事務所の排斥《はいせき》運動が起こってもいる。

昔のままでいいじゃないかと個人的には思う。歳をとって、新しい環境に適応する能力が失われ、変化を恐れるようになったのかも知れなかった。

黄色い行灯が点いた中華料理屋の前を通りすぎた。今日一日ろくな物を食っていなかったが、空腹は感じなかった。

商店街を外れ、右に入る。軽トラックでさえ曲がり角で電柱を避けるのに何度か切り返さなくてはならないほど狭い路地を歩きつづけた。昭和に建てられた家々に囲まれるとほっとする。

やがて目の前に現れた二階建てのアパートにたどり着くと、外付け階段で二階に上がり、もっとも手前の部屋の鍵を外して中に入った。六畳の和室に四畳半の台所、ユニットバスが付いている。古ぼけているが、住むのに不便はなかった。

寝室として使っている和室に入り、取りあえず上着を脱ぎ、ネクタイを外してハンガーで鴨居《かもい》に吊《つる》すと、台所に戻った。食器棚から国産ウィスキーとグラスを取りだす。冷蔵庫に目をやったが、氷を取りだすのが面倒くさかった。デコラ張りのテーブルにグラスを置き、立ったまま、ウィスキーを注いでから椅子に腰を下ろした。

背もたれに躰をあずけ、両足を投げだす。歩きつづけた足がじんじんしていた。目をつぶり、両手で顔をこすった。手のひらにべっとりと脂を感じたが、シャワーを浴びる気力が湧いてくるまで時間がかかりそうだ。

両目を強く押した。真っ暗なまぶたの裏側にピンクや紫の波紋が浮かんでは消えていく。

両手をだらりと下ろす。足につづいて両肩がじんじんしてくる。

「疲れた」

つぶやきを漏らすと疲労が倍になったように感じた。

『小岩なんだが、指導係が八月いっぱいで定年でね。九月一日でよければ、押しこめるが……』

今朝方、引き継ぎのあとに聞いた成瀬の声が耳元に蘇る。だが、脳裏に浮かんだのはコンビニエンスストアの前でしゃがみ、背を丸めていた窃盗犯山田の姿だ。六十七歳といえば、自分よりちょうど十歳年上だと今になって気がついた。

十年後……。

何の情景も浮かばない。

目を開き、グラスを手にした。ひと息に飲み干す。ウィスキーが咽を灼《や》き、歯を食いしばった。二杯目を注いだとき、背広のポケットにタバコを入れたままなのを思いだした。唸り声とともに立ちあがり、和室の鴨居にかけた背広のポケットからタバコとライターを取りだした。

台所に戻って椅子に座った。しばらくは立ち上がれそうもない気がした。げっぷをして、タバコをくわえる。火を点け、天井に向かって煙を吹きあげた。

二杯目のウィスキーをちびちび飲みながら亜由香が話していた男について思い返しはじめた。

亜由香の身が危険だと感じた。

なぜだろう。亜由香の話のどこに引っかかったのだろう……。

「女はね、子供を産むと皆マリアになれるのよ」

カウンターに両肘《ひじ》をつき、支えるように生ビールのジョッキを持った真知子がいった。

ニットセーターに包まれた乳房を横から眺めながら夢を見ているなと思った。

たしかに真知子は子供を産めば、女は誰もがマリアになれるといった。だが、そのことを教えてくれたのは亜由香だ。三年前、東京を離れようとしているときに。

そもそも真知子が座っているのは〈河童〉のカウンターで、熱した鉄板を前に渡邊が真剣な顔つきでお好み焼きを作っている。〈河童〉を知って二年ほどでしかなく、真知子と酒を飲んだのは十八年前が最後だ。

真知子と亜由香が夢の中で溶けあっている。

ふいに真顔になった真知子が辰見を見た。

「心配なの」

胃袋にずしんと響いた。

真知子がいっているのではなく、自分自身の言葉であることは自覚していた。実際に亜由香の身に危険が迫っているのか確証はない。亜由香は本当に友だちの話をしていたのかも知れないし、その友だちにしても自意識過剰なだけかも知れない。いずれにせよ警察を動かすだけの要件はまるでない。まして富山県となれば、管轄のはるか外側にある。

もし、亜由香が管轄内に居住していたら……。

身辺警護などできるはずはなかったが、それでも亜由香の身辺をチェックすることくらいはできる。それに何かあれば、ただちに駆けつけられる。

駆けつけられる？

もはや自分の内なる声なのか、真知子の声なのか、判別がつかなくなっていた。カウンターに並んで座っているはずなのに真知子の姿は遠く、もやがかかったようにかすんでいた。

仰向けに倒れている女のイメージが過ぎった。片方の靴が脱げている。地面に転がり、街灯に照らされているのは白いミュールだ。

飛びださんばかりに見開いた目で天を見上げている蠟色《ろいろ》の顔は……。

物音に目を開いた。台所の椅子に座ったまま、眠りこんでいた。身じろぎして椅子が動き、目を覚ましたのだ。

右腰にかすかな振動を感じた。ベルトに付けた革ケースに入れてある携帯電話が震えている。取りだそうとする前に振動は止まった。メールだ。あくびをしながら携帯電話を取りだし、開く。

無事、魚津に到着しました。今日は、いろいろありがとうございました。亜由香

写真が添付されている。亜由香と伯母が並んで映っていて、二人とも笑顔だ。亜由香は右手でVサインを作っている。ソープランド街のときと同じように片手で携帯電話を持ち、自分に向けて撮ったのだろう。

液晶画面の亜由香を眺める。初めて会ったときに較《くら》べて伸びやかに成長しており、どことなく真知子に似てきたような気がする。返信のボタンを押したが、何を書いていいのかわからず、結局取り消して携帯電話を折りたたんだ。

上体を起こす。背筋が軋んだ。

「痛《つ》っ……、チクショウ」

台所の椅子に腰かけたまま、二時間以上も眠りこんでいた。座ったまま両腕を上げ、間の抜けた声を漏らしながら伸びをする。

腕を下ろした。

タバコに手を伸ばそうとして冷蔵庫の上に並べてあるキャットフードの缶詰に目が留まった。

いつの頃からか猫が部屋に出入りするようになった。最初はほんの気まぐれで、たまたま冷蔵庫にあった牛乳を皿に移して出してやったのだ。猫は警戒しながらもきれいに

嘗めていった。それから時おり姿を見せるようになった猫のため、缶入りのキャットフードを用意するようになった。どこかの飼い猫なのか野良かわからなかったが、辰見は勝手にバットと呼んでいた。

どこからともなく現れるのは黄金バット……、我ながら古ぼけたセンスだとは思った。去年の秋の終わりくらいからふっつりと姿を見せなくなった。冬に入っても寒さをこらえ、寝室の窓を開け放しておいたこともある。バットは寝室の窓から入ってくるからだ。

キャットフードの缶はすでに半年、手を触れていない。

タバコをくわえ、火を点けた。

翌々日の当務日、午前七時半に分駐所に行くと、相勤者の小沼はすでに出勤していて応接セットに置いてあるテレビを見ていた。

近づいた辰見に近づくと、小沼はふり返った。

「おはようございます」

「朝っぱらからテレビかよ」

「連続殺人の特集をやってたもんで。ずいぶん猟奇的な事件《ヤマ》なんですよ」

「刑事《デカ》が猟奇的だなんていってんじゃねえよ」

画面に目をやった。どこかの山中に張りめぐらされたブルーシートをヘリコプターから撮影しているようだ。

「どこだ?」

「富山県ですよ。魚津市の東の方とか」

心臓が蹴つまずいた。

第二章　地取り

1

開け放った窓から流れこむひんやりとした空気に本田は目を細めた。捜査車輌のエンジンは切ってあるので木々のざわめきが聞こえている。

「先輩」

運転席の山羽が焦《じ》れたように声をかけてくる。

「こんなところでじっとしてても何の意味もないでしょう」

「現場百回は捜査の基本や」

窓の外に目をやったまま、本田は答えた。

二人目の被害者が発見された直後、魚津警察署に特別捜査本部が設置された。富山県警本部刑事部から捜査員が大挙して押しかけてきただけでなく、周辺の所轄署からも刑事たちが応援に来ている。

箱詰めになった女の死体が二週間の間に立てつづけに発見されたため、捜査本部が特別捜査本部に格上げされた。捜査員の数は一気に倍増されて百名を超え、毎朝、捜査の進捗《しんちょく》についての報告を行う全体会議が行われている。

　今朝の会議を終えて署を出た本田と山羽は第二の死体発見現場へ来ていた。発見当日も来ているので、これで三日間連続して同じ場所に来ている。

「基本は重々承知してますがねぇ」山羽はため息混じりにいう。「何にもありませんよ」

　本田は何も答えなかった。東京出身の山羽にしてみれば、山深い中にいると落ちつかないのかも知れない。

　鑑識課による徹底した現場検証は済んでおり、しかも昨夜は強い雨が降っている。手がかりなど望むべくもなく、周辺に人影もなかった。本田、山羽組をはじめ、魚津署刑事課は市街地および海岸寄りの高速道路や国道と死体発見現場を結ぶルートに沿って目撃者を探す地取り捜査にあたっていた。そのため市街地にある魚津署から現場にやって来るのは不自然ではない。

　被害者の身元はすぐに判明した。どちらも地元の所轄署に捜索願が出されていたためである。一人目は氷見《ひみ》市に住み、高岡《たかおか》市の建設会社に勤めていた四十一歳のパート事務員、二人目は滑川《なめりかわ》市内の十九歳で市役所の臨時職員をしていた。今のところ、二人の間に接点は見つかっていない。

　しかし、遺体に共通点があった。まず致命傷が胸部への鋭利な刃物によるひと突きで、司法解剖の結果、使用された刃物は刃渡りが二十五センチから三十センチのサバイバルナイフであり、肺や心臓が損傷しているところから即死と見られた。また、遺体はサイズ二〇〇——長さ約八十センチ、幅約五十センチ、高さ約六十五センチ——と呼ばれる規格品の段ボール箱にきちんと梱包されていた。

両足を曲げて抱えこむようにし、背中を丸め、躰の右側を下にしていた。底部には防水シートが敷かれ、隙間《すきま》は黄色いプラスチック製の紐状梱包材できちんと埋められていたのである。段ボール箱、梱包材、ガムテープなどはいずれも市販品で大型ホームセンターや通販でも手に入れられる。

遺体を入れた段ボール箱は地中に埋められていたが、通報によって発見されたときには死後一週間から十日が経過しているという点も共通している。発見が遅れるほど、死亡推定時刻の判定が難しくなる。

それでも箱そのものが損傷していなかったのは防水加工がきっちり施されているためだった。

県警本部刑事課は捜査の指揮を執るほか、変質者をあたり、被害者が行方不明になるまでの足取りは在住地の所轄署が調べることになった。そして魚津署が発見現場周辺の地取りを行うことになったのである。

遺体には致命傷となった刺し傷のほか、手首、腕、足などに縛られた跡が見られ、さらに性交の痕跡まであったにもかかわらず犯人特定につながる毛髪類や皮膚片、体液などが一切見つかっていない。

　女を身動きできないように縛りつけた上で強姦《ごうかん》し、その上で刺し殺したんだ――本田は助手席のドアを開けながら胸の内でつぶやく――変態野郎に決まってる。

　車から降り、道端に立つと背広のポケットからタバコと携帯用灰皿を取りだした。火を点けているうちに山羽が降りてきてとなりに立つ。

「タバコなんて喫いはじめたんですか」

「再開したん。娘が生まれたときに禁煙したがだけど、ここんとこいらいらしとってね」

　娘は今年春に小学校に入学した。正確には妻の妊娠がわかった直後にタバコをやめているので、かれこれ七年になる。山羽と組むようになって三年だからタバコを喫っていた頃の本田を知らなくても無理はない。

「効果ありました？」

　山羽に訊かれ、本田は指に挟んだタバコを見た。風はほとんど感じられなかったにもかかわらず煙は見えなかった。

「なーん、ない」

　首を振った。それでも唇に挟み、深々と吸いこむ。

　顔を上げた山羽が道端から下っている斜面を見やった。

「雨のせいですかね。何にもなかったみたいだ」

「そうでもなかろう」

死体を掘りだしたあとは埋め戻されているが、雑草の間でそこだけ濡れた土が剝《む》きだしになっている。直径二メートルほどの範囲だ。

「すぐに雑草が生えてきますよ」

「そやな」

本田はうなずいた。一、二週間もすれば、繁茂する草が剝きだしの地面を覆い、周囲と区別がつかなくなるだろう。

山羽が周囲を見まわす。

「それにしても森が深いですねぇ。これじゃ頼みの綱を頼りにするわけにもいかないや」

「しゃれのつもりけ。頼みの綱なんて情けないこというな」

そういう自分の声が情けないほど弱々しく響いているのは自覚していた。

山羽のいう頼みの綱とは、防犯カメラである。ひき逃げ、喧嘩、通り魔等々、ひとけのない場所での犯罪を捜査する上で今や防犯カメラは絶大な力を発揮している。大型スーパーや銀行、コンビニエンスストア、街頭の防犯カメラは周囲を二十四時間監視しており、犯行の場所周辺をあたり、犯行時刻前後の録画を丹念に調べることで犯人検挙に結びつく事例は少なくない。

だが、今回の事案では設置されている防犯カメラがほとんどない上、遺体からわかるのは死後一週間から十日が経過していることだけで、犯行時刻を推定するのが難しかった。また、どこで殺され、どのように運ばれたのかも今のところまるでわかっていない。

靴の底にタバコを押しあてて消し、携帯灰皿に吸い殻を収めた。

「だけど、ここに死体が埋まっとった。被害者《マルガイ》がいる以上、殺した奴は絶対におる。見つけ出すまでよ」

「はい」

二人は車に戻った。

県道沿いに建つ公民館の駐車場に車を乗り入れ、山羽はエンジンを切った。富山県警の名前が入った駐車許可証をダッシュパネルの上に置く。

本田は小さく首を振った。

「周り見ろ。こんなところに誰も車なんか停めんぞ」

十台ほどのスペースがあったが、埋まっているのは端の一つでしかない。山羽はうなずいた。

「わかってますよ。でも、規則ですから」

ふっと息を吐いて本田は車を降り、山羽はドアをロックした。本田は先に立って県道を横断し、向かいにある簡易郵便局に向かった。山羽が小走りに追いかけてくる。ドアを開けようとして、本田は二軒先にある家に目を留めた。

「どうしたんですか」

「爺さんが座っとる」

本田は顎をしゃくった。玄関先に椅子を置き、灰色の服を着た老人が座っていた。服と同じ色の帽子を被っている。陽射しがきつい。

「熱中症にならんかね」

「そうですね。あとで声かけてみますか。ここらじゃ、この郵便局以外に防犯カメラもなさそうだし」

「あの爺さんが二十四時間座っとる思うか」

「夜は寝るでしょうね」

郵便局に入り、カウンターで警察手帳を出すとメガネをかけた四十男の局長が出てきて、裏口に回ってくれといわれた。いったん建物を出て、裏側に回ると金属製の扉が開いた。

「防犯上の理由でカウンターの方からは事務所内へ入れんようになっとんがです」

「わかってます。すみません、お仕事中に」

「なーん、どうぞ」

ドアを押さえ、局長が本田と山羽を招きいれた。入って、すぐのところにある応接セットに座った。若い男性局員が茶を運んできて、本田、山羽、局長の前に置いていった。

本田は身を乗りだした。

「早速ですが、お願いがあってまいりました」

「例の、女性の遺体が発見された件ですか」

「ええ」

最初の遺体が発見されたときから事件の猟奇性ゆえに全国的なニュースとなって流れたが、二人目の被害者が見つかり、しかも同一犯の可能性があると県警本部が発表したとたん、報道ぶりはヒートアップした。発表から二日もするとニュース番組では取りあげられなくなったが、今度はワイドショーがたっぷり時間をかけるようになった。

第一発見現場は郵便局から南へ八キロほど下った山中だが、第二の現場は目の前の国道を南東に十キロほど行ったところなのだ。局長が関心をもっていても不思議ではない。

「防犯カメラは設置されてますか」

「はい」局長はうなずき、本田と山羽を交互に見る。「二ヵ所です。一ヵ所は正面入口の上にありまして、入口と県道を映すようになっとります。もう一ヵ所は裏口で、そちらにお客様駐車場がありまして、駐車場から裏口……、さっきお入りいただいたところですけど、そこまで映るようになっとって……、ちょっと失礼」

立ちあがった局長は壁際にある両袖のスチールデスクまで行くと、抽斗《ひきだし》からプラスチックの平べったいケースを何枚か取りだして戻ってきた。ケースを本田の前に置く。

「うちの防犯カメラは二台とも最大七十二時間分をハードディスクに記録しておけるようになっとります。とくに何もせんければ、順次上書きして、先の記録は自動的に消えてしもうがですが、ニュース見たときに何か役に立てるかも知れん思いまして、すぐにDVDに焼いておいたがです」

最初に報道されたのは、四日前の昼だ。

「するとここには？」

「最初にニュースを見たんが六月十五日の昼で、私が思い立ったんが午後一時頃でしたから六月十二日の午後一時からの七十二時間分が記録してあります。二十四時間分を記録するがに一枚必要やから、二台分で合計六枚になります」

DVDを収めたプラスチックケースは六枚あり、透明な蓋《ふた》を通して、DVDに録画されている期間と郵便局の名前、正面入口、裏口と書きこまれている。

発見された時点で死後一週間から十日と見られている。犯人が何らかの理由で死体を手元に置き、その後、遺棄したとすれば、発見時から七十二時間さかのぼった録画の中に何らかの手がかりがあるかも知れない。遺体を梱包した段ボール箱を運んだのだから車を利用したのは間違いない。

「助かります。こちらをお預かりしていってもよろしいですか」

「お持ちください。返却は不要です」

「ご協力、感謝します」

本田は名刺を取りだし、裏にＤＶＤ六枚受領と日付を添えてボールペンで書き、局長に渡した。

礼をいって山羽がＤＶＤを取り、背広のポケットにしまった。

局長は背もたれにふんぞり返り、小鼻を広げている。重要な手がかりには違いないが、殺害直後に遺体が遺棄された可能性はあったし、郵便局周辺には県道と並行する形で数本の農道があり、犯人が県道以外のルートを使って山中に向かったことも考えられる。

「ここ最近ですが、不審な車輛を見かけたことはありませんか」

「そうですねぇ」局長は首をかしげた。「私の自宅は局のすぐ裏側で二階からなら県道も見渡せるがですが、交通量も少ないですし、ふだんはほとんど気にしないですね」

第二発見現場の近くでダムを建設していた頃は工事用車輛が頻繁に行き来していたらしいが、工事は一年ほど前に終わっているという。

「うちの集落から山奥となると、集落の規模が小さくなりますし、住人も少ないですからね」

うなずいた。

地取りは第二発見現場から県道沿いに麓《ふもと》に降りてくる格好で行っており、郵便局のある辺りは数十軒が固まっていて、昨日、今日で回った中ではもっとも大きかった。

「近くにコンビニとかはないんですか」

山羽が訊ねると局長は苦笑いした。

「うちの集落には雑貨屋が一軒ありましたが、十年くらい前に閉めましたよ。もっと昔……、そうですね、三十年とか四十年前なら集落ごとに小さな商店がありましたが、今は皆車を持っとるでしょう？　買い物は市街まで行きますよ」

「そうですか」

本田が訊いた。

「ところで、さっきこちらにうかがう前に二軒となりの玄関先にお年寄りが座っとんがを見かけたがですが」

「ああ、小室《こむろ》の爺さんですね」

局長の表情が翳《かげ》り、口元に浮かんだかすかな笑みには困惑が表れていた。

「警察の方だからお話ししてもかまわんと思うがですが、小室の爺さんはちょっと惚《ぼ》け入っとりましてね。認知症ながですけど。市の福祉課の人が何度か来とるがですが、あの家から離れようとせんがです」

「ご家族は？」

「奥さんを二年前に亡くされました。息子さんが二人おんがですが、金沢と大阪で暮らしとって、滅多にこっちには来んらしいです」

「小室さんですが、おいくつなんですか」

「たしか八十三か、四になるはずです」

「それで一人暮らしですか。息子さんたちも心配しとんがじゃないですかね」

「市の福祉課に相談に行ったんは金沢に住んでる長男の方です。爺さんを施設に入れたいと考えとるようで。まあ、同居いうがんはいろいろ大変ですし、それぞれの家庭で事情もあるでしょうから」

「いつもああして玄関先に座っとるがですか」

「日が当たっとれば、冬の間も外におりますよ。うちの中におれば、暖房費がかかるからって」

「この季節になると熱中症の方が心配ですね」

「うちの家内や、近所の人が冷たい飲み物とか持っていくこともあるがですが、歳が歳ですからねぇ」

局長は湯飲みに手を伸ばし、両手で抱えこんだ。

「朝なんかも結構早いがじゃないですかね。私が自宅を出るのは朝の八時頃ながですが、そのときにはもうあこに座ってますから」

「涼しいうちはいいけど……」

本田も湯飲みを取ると冷めた茶をひと息に飲み干した。


郵便局を出た本田はまっすぐ小室のところに向かった。近づいていっても小室は身じろぎもしないで県道に目を向けている。椅子は黒く塗ったパイプで作られており、ところどころ塗装がひび割れ、錆《さ》びた地肌が剝きだしになっていた。

「こんにちは。ちょっとすみません」

声をかけると、小室がようやく反応し、顔を向けた。のっぺりとした無表情で、日に焼けている。

「あんた、誰け？」

白っぽく乾いた唇の間からは犬歯だけがのぞいた。

「警察です」

小室は本田を見つめ返したが、何の反応も示さなかった。本田はかまわず言葉を継いだ。

「実は事件の捜査をしとりましてね。県道の先の山中で女の人が死体で見つかったがです。ナイフで突き殺されたがですけど」

相変わらず小室は無表情で、本田の言葉を理解しているようには見えなかった。

「それで不審な車……、変な車を見たことがないか、訊いて回っとるがですが」

「変な車……」

つぶやいたものの、相変わらず表情に変化は表れない。だが、小室は小さくうなずいていった。

「見たちゃ。黄色のでっかいが」

「でっかいがって、トラックとかじゃなく、乗用車ですか。それとも四輪駆動車?」

「黄色のでっかいが」

無表情でくり返す小室を見て、本田は唇を嘗めた。

「それはいつ頃ですか」

「朝に決まっとる」

「夜明け頃?　それともすっかり陽が昇ってからですか」

「夜明け前かねぇ。まだ、うす暗かったわ」

「いつ頃の朝ですか。今朝?　それとも何日か前?」

小室が首をかしげ、地面を見やる。しばらく動かなかった。

「小室さん」

顔をあげた小室は無表情に訊きかえした。

「あんた、誰け?」

2

コンクリートの階段を踏みしめ、一段上るごとに本田はふくらはぎから太腿の外側へ這いのぼってくる怠《だる》さを感じた。

二つ目の死体が発見されてから二日がかりで不審車輌、人物に関する聞き込みを終えた。いくつか手がかりとなりそうな事柄——そのうちには自宅前でぼんやり座りこんでいた小室のいう黄色い大きな車もふくまれる——もあったが、犯人に直接つながる可能性は薄いといわざるを得ない。

とりあえず本田と山羽に割りあてられた区画は回りおえたが、達成感にはほど遠い。明朝、特別捜査本部の会議で次の指示がくだされるだろう。別の場所での地取りを指示されるか、あるいはまったく別の指示が出るのか予想できなかった。

地取り捜査において犯人検挙につながる証言や物証が得られるのは僥倖《ぎょうこう》といっていい。大半は犯人はここには来なかったという不在証明《アリバイ》を確かめる作業になる。ひき逃げ事案の際に行われる車当《しゃ》たり捜査が典型で、車種が特定されたあと、ある地域内にある百台の同型車を調べていき、九十九台には事故の痕跡がないことを確かめていく。そうして事故を起こした車輛を突きとめるのであり、捜査の王道といえた。

それでも朝から夕方まで昼食もそこそこに歩きまわって、何もないとなれば、疲れもする。逆にほんの欠片《かけら》でも犯人の痕跡を嗅《か》ぎつければ、アドレナリンが横溢《おういつ》し、走りつづけることも苦にならない。刑事になってから身に染みついた習性といえた。

二階にある刑事部屋に入っていった。

刑事課は殺人、強盗を担当する強行犯担当と鑑識が一つになった一係、盗犯、知能犯担当の二係、暴力団がらみの事案を担当する組織暴力係の三つに分かれ、それぞれ机を集めた島を形成している。刑事課全体で十八名が配属されており、これだけで署員の四分の一強にあたった。もっとも今回のように特別捜査本部が立つほどの事案となれば、部署にかかわりなく捜査に駆りだされることになる。

それぞれの机の上にバッグを置くと、本田と山羽は係長の鈴木のところへ行った。

「ご苦労さん」

鈴木は回転椅子を動かし、二人に向き合った。第一係長の鈴木はたたき上げで、四十代後半、短く刈った髪は半分以上白くなっていた。鈴木はセルフレームのメガネのブリッジを押しあげ、本田を見た。

「どうだった？」

「新聞やテレビが大騒ぎしてますから住民の関心は高くて、協力的なんですが、これはというのはないですね」

本田は捜査会議のあと、署を出て最初に死体発見現場に立ち寄ったことは割愛し、その後回った場所を順に挙げて、簡単に報告していった。

「郵便局で防犯カメラの映像を入手できました。通常は七十二時間分しか録画が残らないらしいんですが、局長が気を利かせて二番目の案件についてニュースが流れたときにそれまで録画されていた分をＤＶＤに焼いてくれてました」

「さかのぼって？」

「そうです。六月十二日の昼過ぎ以降の録画があります」

「それはありがたいな」

言葉とは裏腹に鈴木の声は弾んではいなかった。

「その集落で……」

本田はちらりと山羽をふり返った。山羽が小さくうなずく。

「自宅前に椅子を持ちだして県道を眺めている老人がいまして、話を聞いたところ、朝、黄色い大きな車が走っていくのを見たというんです」

鈴木が椅子に座ったまま、躰を起こした。

「朝ってのは、何時頃だ」

「それが……」本田は目を伏せた。「黄色い大きな車というだけで、四輪駆動車《よんく》なのかもわかりませんし、朝というだけで、何日のことか、何時頃かもまるでわからなくて」

「何だ、そりゃ」

「郵便局長の話によれば、老人は独居で認知症を患っているらしいんです。記憶も曖昧《あいまい》ですし」ふっと息を吐き、付けくわえた。「車は山の方から市街地に向かっていたとはいってましたが」

「そうか」鈴木は背もたれに躰をあずけた。「報告書には細大漏らさず書いておいてくれ。それと、その郵便局のＤＶＤなんだが」

ふたたび山羽をふり返ったあと、本田が答えた。

「自分がチェックします。郵便局の表玄関と裏口に設置された防犯カメラの二台分ありますが、県道はあまり車通りはないようですから今日中には見終えると思います」

「わかった。そうしてくれ」鈴木は山羽に目を向けた。「それじゃ、お前さんは捜査本部の方でほかの防犯カメラ映像のチェックをしてくれ」

「はい」

「それじゃ、ご苦労だが、引きつづき頼むな」

二人は一礼して、鈴木の前を離れた。

三十二倍速で再生されていく県道の風景に本田は目を凝らしていた。雲が右から左へ急速に流れていく。

郵便局の正面入口の上に取りつけられたカメラでは右が市街地、左が山中、つまり死体の発見現場となる。一瞬、黒い影が左から右へと過《よ》ぎった。ノートパソコンにつないだマウスを動かし、映像を一旦《いったん》停止させて巻きもどす。黒い影が逆に動き、画面から切れたところで通常再生とする。

黒い車がかなりのスピードで迫ってきた。画面ほぼ中央で静止させると右下に表示されている時刻を手元のノートに書き取った。次いで車の形、色を記載する。今度はスロー再生にして、車がもっとも大きく映っているところで静止する。液晶画面に顔を近づけたものの画像はにじんでいてナンバープレートは読みとれず、ハッチバックスタイルとわかるだけで車種も特定できない。

小さく舌打ちし、ふたたび高速再生を開始した。

通常再生で見ても黒い車がかなりのスピードを出していることはわかった。はっきりした速度超過だが、郵便局長が提供してくれた映像が道路交通法違反の証拠として採用できるわけではない。

昼下がりには一時間に二、三台程度の車が通り、夕方にかかると台数はぐっと増えた。そのたびに一旦停止し、巻きもどしてチェック、ノートに記入していく。画面はだんだんと暗くなり、車がライトを点灯するようになると車の形や色を判別するのに何度も巻き戻し、再生をくり返すようになった。

小室が画面の左隅に映っていた。画面が暗くなるまで動こうとはせず、すっかり暗くなってから通りすぎる車のライトが照らしたとき、姿が消えていた。ノートを見やる。小室が家の中に入ったのは午後七時から七時二十七分の間だ。

その後、ちゃんと夕食をとったのだろうかと思う。昼間は真夏を思わせるほど陽射しが強かったが、日が暮れてからは気温も下がったはずだ。ちゃんと風呂に入って、躰を温めたのだろうか。

六月十二日の午後一時から翌日の午後一時までの分で表と裏口を見終えたときには、窓の外はすっかり暗くなっていた。腕時計を見ると、午後七時を回っている。空腹を感じたが、六月十三日、表と書かれたＤＶＤをノートパソコンに挿入した。

最初のＤＶＤ――六月十二日の表を見ていて、画面が徐々に明るくなってきたときには知らず知らずのうちに黄色の大型車を探していた。何とか小室の証言を裏付けたいと思っていた。直接犯人につながるとはかぎらなかったが、少なくとも小室の記憶は正しかったといえる。

なぜ、小室の記憶を確かめたいのか、理由はよくわからない。

日付は変わっても再生される映像は似たようなものだ。あくびが出た。

「ご苦労さん」

声をかけられ、本田は一時停止をかけてから顔を上げた。

県警本部から来ている中島が立っている。長身で顔も長い。

「一服せんけ」

「そうですね」

本田は目をぎゅっとつぶり、開いてディスプレイを見た。郵便局の入口と県道、それに自宅玄関前に座っている小室が映っているだけである。静止している時刻をノートにメモして、映像再生ソフトをシャットダウンすると立ちあがった。

目がちかちかする。中島のあとにつづいて刑事部屋を出ると、廊下の突き当たりにある一室に入った。狭苦しい部屋は喫煙所に指定されている。

中島が背広のポケットからタバコとライターを取りだし、本田もならった。中島が眉を上げる。

「タバコ、やめたがじゃなかったんけ」

「一時復活です」

二人はそれぞれタバコに火を点けた。

中島は今でこそ県警本部刑事部に配属されているが、魚津署勤務が長い。魚津の地域課勤務で警察官生活をはじめ、一時、県内の別の所轄署にいたが、刑事になってふたたび魚津に戻っている。本田にしてみれば、最初の相勤者、つまり刑事の仕事を一から教えてくれた相手である。

定年まであと二年となったところで県警本部に異動し、今は刑事部長付になっている。

「もったいないぜぇ」

中島は煙を吐きながらつぶやいた。

「何がですか」

「せっかくやめとったがやろ」

中島は本田が指に挟んでいるタバコを見ていた。

「何年？」

「七年ですかね」本田はタバコを持ちあげた。「今朝も山羽にいわれましたよ」

「百害あって一利なし、されど納税者やけどね。ところで、今日はどうだったけ」

「署を出て、まず死体の発見現場に行きました。今朝だけじゃなく、四日前に臨場したときから毎朝ながですけど」

「現場百回は基本やからね。それで？」

昨日、今日と県道沿いの家々を一軒ずつ回っていることを話し、そして今日の昼間、郵便局に寄ったというと中島が懐かしそうな顔をした。

「局長は元気け」

「ご存じなんですか。四十くらいで、メガネをかけた人ですけど」

「そうか。息子に代替わりしたがやな。おれの知っとる局長は親父の方だ。あこは今の局長からいえば、曾爺《ひいじい》さんの頃から国の委託を受けて郵便局やっとる」

「そんな昔から？」

「地元の名士やからね。戦前はあの辺一帯を所有しとった地主やちゃ。農地解放で土地を分捕られたいうて、前の局長はぼやいとったけど」

スタンド式の灰皿に灰を落とし、本田は言葉を継いだ。

「小室さんって、ご存じですか」

「郵便局の二軒となりだったのぅ。爺さんは引っ込み思案で、なーん話をせんかったが、婆《ばあ》さんは明るくて社交的だったな。おれが行ったときも話すのはたいてい婆さんでね。どっちも元気け」

「奥さんは二年前に亡くなったそうです。息子さんが二人おるけど、ほとんど寄りつかないとか」

「婆さんが追いだしたんやちゃ。田舎におったら腐ってしまうって。小室の家は郵便局の遠縁にあたるがだけど、戦前までは小作人だったん。小作人いうてもかなりの遠縁だから畑があたっとったわけじゃなく、農繁期に手伝いをするような家だった。小作でもやっとりゃ、戦後には自分のもんになったがやけどね」

中島が説明してくれた。

周辺の土地を所有していた郵便局というのが総本家になる。開拓に入ったのは江戸時代の中頃といわれているが、二代目、三代目くらいまでは田畑を分け与えることができたが、農地になりそうな土地をすべて開拓してしまったあと、四代目、五代目は小作人になるしかなかった。さらに代がくだって、年によって耕作地を振り分けられる者、農繁期にだけ手伝いに出る者が出てきたという。

「だから地主だ、小作人だいうても皆血縁でね。不作の年には総本家は蔵にあった米を全部持ちだして、一族郎党《ろうとう》を一冬食わせんならんかった」

「社会の授業でならったがとはずいぶん印象が違いますね」

「学校の先生にもいろいろ事情があるがやろ。都合のいいところしか教えんがやちゃ」

中島はタバコを灰皿に押しあてて消した。「小室の爺さんも八十を超えたやろ」

「八十三か、四と局長がいうてました。老人性認知症じゃないかって」

「歳を考えれば、無理ないところやな」

「実は小室さんが黄色い大きな車を見たっていうがです。朝というだけで、いつかもはっきりしませんし、それも山から街の方に向かって走っていったいうがですが」

「黄色い、大きな車……、四駆《よんく》け」

「それもわからんって」

「大きいいうてもバスやトラックじゃないがやろ」

中島は二本目のタバコを取りだしながら本田を見ていた。

本田は首を振り、タバコを消した。二本目を喫う気にはなれなかった。

午後十一時を過ぎた頃、四階の大会議室から降りてきた山羽が近所のコンビニエンスストアに弁当を買いに行くといったので、ついでに頼み、ようやく晩飯にありつけた。パソコンやノートを広げている机では食べられそうになかったので、来客や打ち合わせに使っている応接セットで向かい合った。

「もう残り少なくて、日替わりの幕の内しか残ってなかったもんで」

山羽が恐縮する。

「気にするな。腹が減ってりゃ、何食ってもうまいよ」

鱒《ます》の薄い切り身にコロッケ半分、ちくわの天ぷら、漬け物などが詰め合わせになって四百五十円という。山羽はさらに非常食として買い置きしてあったカップ麺《めん》を作り、ついでに茶を入れてくれた。

ものもいわずに弁当を平らげ、茶を飲んでいると山羽が背広のポケットから一枚の写真を取りだした。

「忘れてました」

山羽がそういってテーブルに写真を置く。本田は身を乗りだした。街灯に照らし出された歩道が写っており、女性らしき人影が二つあった。

「何だ？」

「浅川《あさかわ》さおりの足取りを追うのに防犯カメラの解析をやってるんですけどね」

浅川さおりは二人目の被害者である。本田は写真を手に取り、目を近づけてみたが、街灯を背にしているために人物はシルエットでしかない。

「右が浅川なんですが、後ろを見てください」

右も左も顔は真っ黒に潰れている点で変わりない。いわれたとおり二人の後方に目をやった。

目をすぼめた。三十メートルほど後方に白っぽい四輪駆動車が写っていた。ライトを消し、ちょうどハザードランプが点灯したところをとらえていた。道路わきに寄せて停車しているのだろう。

「行方不明になる直前、浅川は友だちと富山市内で酒を飲んでるんです。その写真は繁華街の防犯カメラ映像をキャプチャしたものなんです」

本田は顔を上げた。

「四駆が停まってるな。黄色か」

「いやぁ……」山羽が首を振った。「二人が画面から消えて、すぐに動きだすんですけど、ライトを点けちゃうんでかえってボディの色が確認できないんですよ」

「同じ場所、同じ時間を撮影したほかのカメラはないのかな」

「わかりませんが、調べてみましょうか」

「頼む」

「やっぱり先輩もあの爺さんのいってたことが気になるんですね。郵便局の防犯カメラには何かありましたか」

「いや、さっぱり」

本田はもう一度写真に目をやった。右側に写っているのが被害者だという。右下に表示されている日付と時刻を確認した。

六月七日午後十時二十三分――このときは夜の街を歩いていた。それから八日後、箱詰めの遺体となって発見されている。

もう一度、車に目をやった。

犯人が乗っているとはかぎらない。だが、誰かが浅川さおりを拉致《らち》し、もてあそんだあとに刺殺している。

今も誰かを付け狙っているかも知れない――本田は胃袋が蠢《うごめ》くのを感じた。

3

ふいにあくびが湧き上がってきて、本田はうつむき、握り拳《こぶし》を唇にあてた。四階にある大会議室で毎朝開かれている特別捜査本部の全体会議ではさすがにまずい。正面のひな壇には県警本部刑事部管理官、魚津署の次長、刑事課長が並んでおり、百名近い捜査員が向かい合っている。

本田、山羽のすぐ前には係長の鈴木が座っていた。

郵便局の防犯カメラ映像をすべて見終わったときには午前二時を回っていた。地下にある柔道場には百組の貸し布団が用意され、ほぼ全員が寝られるようになっていたが、階段を降りていくのがひどく面倒くさく、山羽とコンビニエンスストアの弁当を食べた応接セットのソファで横になった。

仮眠するくらいのつもりだったが、思いのほかぐっすり眠り、七時過ぎに山羽に起こされたときには、寝入ったばかりなのにと腹を立てたくらいだ。昨夜は入浴もせず、今朝も顔を洗っただけで、着替えすらしていない。ワイシャツのカラーがべとべととして首筋に貼《は》りついている。

朝の全体会議は、被害者の足取りの追跡や遺体発見現場周辺の聞き込みなどについて進捗が報告され、その後、遺体や遺留品について精査した結果などが発表され、捜査員全員が情報を共有することを目的としていた。

氷見警察署から応援に来ている刑事が立ち、ノートを手に報告していた。

「被害者は五月二十日の昼過ぎに買い物に行くといって自宅を出ておりまして、自宅から二キロほど離れたところにある大型スーパーの駐車場で被害者の自家用車が発見されております」

本田はひな壇の後方に並べられた三つのホワイトボードに目をやった。左側に一人目の被害者、中央に二人目の情報が掲示され、右側に特記事項が手書きで記されていた。

今、報告されているのは一人目の被害者、氷見市在住の小暮真由美《こぐれまゆみ》の足取りについてである。小暮は高岡市にある建設会社で働いていたが、パートの事務員で一週間のうち、火曜、水曜、木曜の三日間だけ出勤していた。ホワイトボードには運転免許証用の写真がA4サイズに拡大されて貼られているほか、スナップがあった。

A4の写真に目を留めた。ショートカットの女がカメラを正面から見ている。メタルフレームのメガネをかけており、なかなか整った顔つきで、生真面目そうに見えた。もっとも免許証用の写真であれば、当たり前かも知れない。

氷見署の刑事の声は平板で、内容も第一回目の全体会議と重なるところが多く、ともすればあくびが出そうになる。となりで山羽がうつむき、口元に拳をあてた。何時まで防犯カメラ映像の解析をやっていたのかはわからないが、睡眠不足は自分と変わらないだろうと思った。

氷見署の刑事は大型スーパーの名前を挙げた。

「同スーパーは建物の北側と西側に合計三百台収容可能の駐車場を有しており、被害者の車は北側駐車場のさらに最北端に停められておりました。平日の午後ということで、駐車している車の数が少ないにもかかわらず、被害者は店から離れた場所に停めていることになります。理由ははっきりしませんが、すでに同スーパーの防犯カメラ映像は入手し、解析も済んでおります。同日午後一時二十五分、被害者が駐車後、車から離れるところは確認できました」

最初の遺体が発見されたのは六月二日のことで、そのとき、捜査本部は氷見署に置かれた。

遺体の発見場所が魚津署管内の南端に位置し、隣接する市や町との境界付近だったために、被害者の居住地に捜査本部を置き、魚津はもちろんのこと、近隣の各署から応援を出す形となっていた。だが、第二の発見現場は魚津署管内の東寄りとなり、氷見署の捜査本部は魚津署に移され、特別捜査本部となった。

「被害者は駐車場を横断する形で店舗に近づきましたが、昨日までに店内の防犯カメラ映像をすべて解析し終えた結果、被害者は店には入らなかったことがほぼ確実となりました。入店せずに店の裏側……、南側に出た可能性があります」

「スーパーの南側はどうなっとる？」

本部の管理官が口を挟んだ。

「県道につづく道路に面しています。県道はスーパーの東側を走っておりまして、その周辺に設置されている防犯カメラは今のところ、三台あることがわかっています。現在、解析作業を進めております」

「解析作業と同時に、今一度、周辺の聞き込みも行ってくれ。目撃情報が得られるかも知れない」

「はい」

氷見署の刑事が着席した。

目撃情報といっても第一の被害者小暮の行方がわからなくなってから一ヵ月弱が経過している。たまたまその時間帯にスーパーの南側にある道路を歩いていたり、車で通りかかったとしても、ショートカットの中年女の姿を記憶している者がいるだろうか。しかもすでに周辺の聞き込みは徹底的に行われているに違いない。

ふと昨夜、山羽が持ってきた写真を思いだした。白っぽい四輪駆動車が写っていたのだが、同じ車が防犯カメラに捉《とら》えられている可能性はないか。だが、黄色い大きな車というのは小室の話に過ぎない。冬場、大雪の降る富山県において四輪駆動車は珍しくなかった。

それでも、と本田は思う。昨日、山羽が見つけた車と似たような車が小暮が行方をくらませた時間にスーパー東側の県道を走っていたとしたら、何らかの手がかりになるかも知れない。偶然というよりほんのわずか可能性がある程度にしろ……。

次に立ちあがったのは富山中央警察署の刑事だ。

二人目の被害者、浅川さおりは滑川市在住で市役所の臨時職員として働いていたが、六月七日夜、富山市内の繁華街で友だちと別れたあと、行方不明となっている。足取りの調査は富山中央署が行っていた。

本田は中央のホワイトボードに視線を移した。小暮と同じように免許証用の写真がA4に拡大され、貼られている。色白、細面で髪は黒く、ストレートだ。首から上しか写っていないので髪をどれほど長くしていたのかはわからない。

四日前に山中から掘りだされた段ボール箱をのぞいたときには、落ちついた栗色に染められていた。被害者の年齢が十九歳ということからすると、高校に通っている間に運転免許を取得したことが考えられる。

カメラにまっすぐ向けられた瞳は切れ長で整った顔をしている。十九歳となれば、さらに匂《にお》い立つような美人になっていたのではないか。一方、その容貌《ようぼう》ゆえ狙われた可能性があった。幸福と不幸はつねに表裏一体の好例だろう。十九歳の娘を失った親の気持ちを思うと、胃袋がきりきりするのを感じた。本田もまた娘を持つ父親なのだ。

最前列に並ぶ県警本部刑事部の連中の背中を見やった。その中には中島もいる。背を丸め、テーブルの上に開いたノートにかがみ込んでいるようだ。

全裸にした女を縛りあげ、鳩尾をナイフでひと突きにして殺しているのだから立派な変質者だ。ちょっと危ないお兄さんレベルでも犯罪の可能性があれば、警察は情報を集め、データを保管している。ほんのわずかでも外部に漏れれば、人権侵害などと騒がれるため情報管理を徹底しているのだろうが、捜査員にも情報を提示しないのは行きすぎではないかと思った。

議長役の魚津署副所長が会議終了を告げると、前に座っている鈴木がふり返った。

「お前たち、二人、ちょっと残ってくれ」

捜査員たちが出ていき、会議室の後方ではノートパソコンを並べて防犯カメラの解析作業の準備が始まっていた。前列の鈴木は椅子を横向きにして、座りなおす。

「昨日で山の方の聞き込みは終わったんだよな」

「はい」

本田が答えた。

「郵便局の防犯カメラの映像は全部見終わったのか」

「終わりました。カメラに写っていた車については通過した時刻と、わかるかぎり車の情報を書きだしておきましたが、どれが怪しいとはいえません」

「そうか。ご苦労だった」

今朝は山羽に起こされ、顔も洗わずに全体会議に出ていたので鈴木への報告はまだだった。

「そっちの方は捜査本部から求められたら報告書にするとして……」鈴木は鼻のわきを掻いた。「例の爺さんがいってた黄色い大きな車というのは？」

「いえ」

首を振った本田は山羽をふり返った。山羽が小さくうなずく。本田はポケットから昨日渡された写真を鈴木に渡した。

「こいつは？」

本田は山羽に目で促す。

「私が本田さんに渡したものです。昨夜は浅川さおりの足取りを富山市内の防犯カメラの映像から確認する作業を行っていたんですが、その中からキャプチャしました。前方を並んで歩いている二人の女性のうち、右側が浅川なんですが、後方……、二、三十メートル後方に四駆が停まってまして」

鈴木はメガネを持ちあげ、裸眼で写真を見つめた。

「白っぽいようだが」

「色ははっきりしません。二人の女性がカメラから外れたあと、車は動きだすんですが、ライトを点けたんで車種も色もかえってわからなくなりました」

メガネを下ろした鈴木は写真を本田に戻した。本田は写真を背広の内ポケットに入れながらいった。

「さっきの報告で小暮真由美が行方不明になったスーパーの件が出てましたよね。店内には姿が見えず、南側に抜けたんじゃないかって」

鈴木がうなずく。

「それにスーパーの東側にある県道を撮影した防犯カメラの映像をこれから解析するようですし、周辺の聞き込みもやるんですよね」

本田はちらりと唇を嘗め、声を圧しだした。

「黄色の四駆が写ってないか確認するのはどうでしょう。もちろん小室さんの証言が正しいとは言い切れませんが」

「認知症だろ」鈴木が顎を突きだし、拳でこする。「一応、課長と話してみる。小室って爺さんから聞いた話は報告書にして出してあるんだよな?」

本田はうなずいた。

鈴木は本田と山羽を交互に見る。

「それでこのあとだが、第一係《うち》としてはお前たちにこの事案専従になってもらおうと思ってる」

二人は同時にうなずいた。

「今日から取りあえず滑川に応援に行ってくれ。浅川の足取りがわからなくなったのは富山市内だが、犯人《ホシ》がどこで被害者《マルガイ》に目をつけたかはわからんからな。滑川の刑事課と共同で聞き込みになると思う」

「わかりました」本田は答え、声を低くして訊いた。「県警本部《ホンテン》は変質者をリストアップしてるんじゃないですか。そっち方面からは何も出てないんでしょうか」

「お前だってわかってるだろ。今はいろいろとうるさいからな。細心の注意が必要なんだ」

それから鈴木は今までのところ、犯人の目星はついていないようだと早口で付けくわえた。

当務明けの引き継ぎ打ち合わせを終え、書類仕事を済ませた辰見は交番を出て、北——泪橋《なみだばし》に向かって歩きだした。

空は分厚く、暗い雲に覆われ、蒸し暑かったが、雨が降り出しそうな気配はない。

腕時計に目をやる。午前十一時を回ったところだ。

当務、明け、労休のローテーションで三日に一度二十四時間勤務がある。昨夜は四時間の休憩時間のうち、二時間ほど仮眠できたが、躰の芯《しん》には疲労がまとわりついていた。

地域課にいた二十代の頃も三日に一度の二十四時間勤務に就いていたが、当務明けでも気力、体力があふれていたものだ。

二十代後半に刑事になり、月曜日から金曜日までの日勤、十日に一度くらい回ってくる当直という勤務体系となった。日勤のあとの当直で、仮眠の最中に呼びだされても三十代の頃は飛びだしていけた。疲れを感じるようになったのは五十の坂を越えてからで、ちょうど機動捜査隊勤務を命じられ、ふたたび当務、明け、労休のローテーションとなった。

五十代も後半となり、勤務中でも休みでもうっすら疲労を感じるようになっている。成瀬が提案してくれた指導係になれば、日勤に戻れる上、特別捜査本部でも立たないかぎり当直も免除される。

泪橋交差点――川はとっくに暗渠《あんきょ》となり、橋はない――を左へ、明治通りを歩く。

亜由香と会い、亜由香の住む富山県魚津市で連続殺人および死体遺棄事件が起こっていることを知ってから気にはなっていた。だが、二つの理由で魚津の事案について詳細な情報を得られずにいた。

一つには警察内部の情報管理が徹底しているためだ。捜査情報が漏れれば、被疑者を拘束していなければ、逃亡の手助けとなるし、拘束後は公判の維持によけいな面倒を起こすことになる。

もう一つは警察官の無関心だ。どれほどの重大事案であれ、自分が担当する管轄内で起こらないかぎり気にしない。たとえ管轄内でも担当部署が違えば、やはり気にしない。それでも以前なら——十年か、二十年前、それ以上なのか、もはやわからなくなっているが——犯人や捜査の進展に関する噂話《うわさばなし》は聞こえてきたものだ。今ではちょっと気になって訊ねようとしても個人情報保護という壁にぶつかる。法令遵守といえば聞こえはいいが、要は面倒なことに巻きこまれたくないだけだ。

辰見にしたところで亜由香から話を聞いていなければ、関心も持たなかっただろう。

警察官の無関心もあるが、殺人事件が日常茶飯になっていることも影響していた。マスコミに加えて、インターネットが普及し、酒場でのちょっとした喧嘩で、たとえ死者は出なくともすぐに全国的な話題となり、数時間で忘れられる。殺人は毎日のように起こっているし、被害者が複数でも二人、三人くらいなら三日後にはどこで起こった事件か判然としなくなってしまう。

似たような事件が多すぎる。それでいて殺人事件の発生件数が増えているわけでもない。

昭和通りを横断し、常磐線の高架下をくぐり抜けたところで、歯科医院の先を左に曲がり、住宅街へ入り、車がすれ違うのに苦労しそうな狭い通りを歩きつづける。両側には木造モルタル二階建ての住宅、せいぜい三、四階建てのマンションが並んでいた。

たまに軽トラックが追い越していくくらいのもので、人通りもほとんどなく、足を踏みだすたびにかかとがアスファルトを打つ音がはっきり聞こえた。

亜由香は友だちの話といったが、亜由香自身が付け狙われているような不安を拭《ぬぐ》いきれなかった。夢を見たせいか、と辰見は思う。

亜由香と会った夜、台所で椅子に座ったまま眠りこんだ。徹夜の当務を終えた日、ほぼ一日亜由香に付き合ったあとだけにくたびれていた。そのときに見た夢で亜由香と真知子が混然となって出てきた。

亜由香を頼むと真知子にいわれたような気がする。死してなお娘を心配する母親の情念などとは考えなかったが、真知子に対する自分の思いが想像以上に強く残っているのは意識せざるをえない。

尾竹橋《おたけばし》通りに出て、右に向かい、すぐにふたたび右に折れてゆるく湾曲した路地に入る。築三、四十年の家々やアパートが並ぶ住宅街ではあったが、ぽつりぽつりと商店があった。やがて右側に目指す二階屋が見えてきた。

入口上に付けられた看板には不眠堂と大書され、下に古書、中古ビデオ販売、澁澤《しぶさわ》商店とある。店の前に立ち、手を伸ばした引き戸には、十八歳未満お断りというプレートが貼ってあった。性的な道具、いわゆる大人のオモチャや成人向けの書籍、ビデオを扱ってはいるが、実際のところ、店主が子供嫌いであるに過ぎない。

書棚の間を進んだ。奥の一角にレジを置き、その後ろであぐらをかいている痩せた男が店主の澁澤である。手にしていた新聞から顔を上げ、削《そ》げた頬《ほお》に笑みを浮かべた。

「珍しいね、あんたが顔を見せるなんて」

「また、教えを乞いたいと思いましてね」

辰見は手近にあった丸椅子を引きよせ、腰を下ろした。澁澤は新聞をかたわらに置いた。社会面が開かれていて、昨日、三人の死刑が執行されたという記事が載っている。

「死刑執行といっても役所が決められた仕事をしただけだ。新聞記事になるのが不思議だよ」澁澤が目を上げ、辰見を見た。「犯人を逮捕するとき、こいつは死刑だなと思うことがあるかい」

「あまり考えないですね」

「制度としての死刑は必要かな」

「いきなりですね」

辰見はうつむいて苦笑したが、答えは決まっていた。顔を上げる。

「バランスは必要でしょう。そいつが誰かを殺した。そいつが吊されたところで被害者が生き返るわけではないでしょうが」

「遺族の感情のため？」

「バランスですね。被害者は殺されたのにやった奴がのうのうと生きている」

「だけど、皆が皆死刑になるわけじゃない」

「法律がありますからね。厄介なことに」
たしかに、とつぶやき、澁澤がうなずいた。

4

〈不眠堂〉の店主澁澤に出会ったのは、機動捜査隊浅草分駐所勤務となって間もない頃で、かれこれ十年近く前になる。物心ついたときから寝付きが悪く、大学生の頃には重度の不眠症に陥っていた。もっとも本人は悩んだことはなく、むしろ読書ができるとして歓迎したし、そのまま店名にまでしている。古書店経営も読書好きの延長線上にあった。

近所で不審火が相次ぐ事件があり、聞き込みに回っている最中に立ち寄ったのが最初だ。不審火そのものはゴミの集積所や自転車置き場の隅に置いてあった新聞の束が燃えた程度で大きな火事にはならなかったし、被疑者もほどなく検挙できた。

最初に訪れたとき、澁澤はいった。

『ひとけのないところにぽつんと古新聞の束なんか置いてあると誘惑だよね』

入口に近い方の書架には古書が並んでいたが、奥まったところにあるレジの周囲の壁には大人のオモチャが並んでいた。それも革製の拘束衣や鞭《むち》、張り型も巨大でグロテスクなものが多く、一目でSM関連グッズばかりだとわかった。

周囲に棘《とげ》のついた、直径三センチほどのシリコン製の輪がぶら下がっていて、何に使うのかと訊いた。

『想像力を刺激するため。使う人次第で何にでもなる』

澁澤はにこりともしないで答えた。性的玩具の具体的な使用方法を教えれば、わいせつ物陳列の罪に問われることもある。だが、澁澤は決してごまかしているのではなく、どこまでも真面目に答えていた。

革製品は黒と赤、そのほかの道具はいずれも極彩色でレジの周囲は毒々しいポルノショップそのものといった雰囲気でありながら、レジの前であぐらをかき、背後の書棚に背をあてて本を読んでいる澁澤の姿は超然としていて、下卑《げび》たところは微塵《みじん》もなかった。

その後、わいせつ事案や変質者が関わっていそうな事件が発生するたび、〈不眠堂〉を訪れ、澁澤の見解を聞くようになった。

年齢は自分より少し上くらいと辰見は踏んでいた。ひょっとしたらすでに六十を超えているのかも知れなかったが、最初に会ったときとほとんど印象は変わらない。

「三年ほど前になりますが、娼婦《しょうふ》の連続殺人の件で犯人がどんな奴だと思われるか聞きに来たことがあります」

「売笑は人類最古のビジネスだね」

澁澤の答えに辰見は笑みを浮かべた。自分の笑いを売るとすれば、そうした女たちの生活を皮肉っぽく表しているような気がした。

「そのときの被害者の一人と、かれこれ二十年も前から面識がありました」

辰見に目を向けた澁澤の表情がわずかに変化した。躰の奥深いところに鋭い痛みをおぼえたように見える。

それから辰見は真知子との出会いから別れ、そのときに抱いた感情、二十年経った現在もくすぶっていた思いについて、自分でも驚くほど正直に話した。澁澤は小さくうなずきながら聞いていた。

「先週の土曜日に、その被害者の娘が上京してきました。相談したいことがあるといって」

亜由香との待ち合わせから半日にわたって歩いたことを話すと、澁澤が初めてにやりとした。

「十七歳の娘と浅草デートか。羨《うらや》ましい」

「いや……」

慌てて否定したものの、顔がかっと熱くなった。

澁澤は元の真剣な顔つきに戻った。

「茶々を入れて失礼。つづけて」

「相談というのは、友だちがストーカーに狙われているというものなんです」

「さっき上京してきたといってたけど、今は地方に住んでいるのかい」

「富山の魚津市におります」

澁澤の表情が一瞬にして険しくなった。

「女性の連続殺人が起こってるね」

「そうです。世知辛《せちがら》い世の中になったのか、警察内部にいてもほかの警察が抱えている事件だとほとんど情報が入ってきません」

「その娘が狙われているのじゃないかと不安なわけだ」

ひょいと核心を突かれ、わずかに間をおいたが、うなずいた。

「そうです」

「罪の意識の裏返しということはないのかな。辰見さんにしてみれば、かつての知り合いが結婚するといったときにほっとしたといってただろ。寂しさもあったろうけど、自分の本分を全うできるという思いもあった。だけど、本当のところは彼女を気遣ったんじゃないかな。辰見さんの職業じゃ、結婚相手の身上調査はお手の物だろ」

「お察しの通りです」

「ソープ嬢をしていたというのなら過去をほじくり返されるだけじゃなく、根も葉もない噂までたてられる。彼女が傷つけられるのを見たくはない」

「警察を辞めれば解決することです」

「それはどうかな」澁澤は首をかしげた。「辰見さんにとっての刑事は単なる職業じゃない。刑事を辞めるのは自分を捨てることだ。これはあくまでぼくの見立てだがね。もし、辰見さんが辞職していたら彼女は一生自分を許さなかったと思う」

口をつぐみ、わずかの間沈黙してから澁澤がきっぱりといった。

「結局、別れるしかなかった」

辰見は視線を落とした。靴のつま先は傷だらけで埃《ほこり》にまみれている。

「だけど、平然としてはいられない。理屈ではわかっていても感情はまったく別だからね。抱えつづけるしかなかった。そして再会したときには、彼女は亡くなっていた。きついね。ぼくだったら耐えられるかどうか」

ふと、おれは冷淡なのかも知れないと辰見は思った。真知子を永遠に失ったというのに今日までのうのうと生きてきている。

罪の意識を脳裏から追いやり、亜由香が浅草にやって来たあの日のことに意識を集中した。ストーカーについて話したのはお好み焼きを食べたあと、テーブル席に移ったあとだけでしかない。

どの瞬間に亜由香が付け狙われていると感じたのか……。

電話、メール、自宅への押しかけ、プレゼント、面会や交際の要求等々について亜由香はことごとく否定した。通学途中や友だちと遊んでいるときに尾《つ》けられていると感じたが、姿を見かけたのは二、三回でしかないといっていた。

だが、姿を見かけたと口にした刹那《せつな》、亜由香の唇は震えた。そこにはまぎれもなく怯えがあった。襲われそうになった直後、暴力を振るわれたあと、男であれ、女であれ、恐怖は露わになってしまう。感情ではなく、生理が反応した結果であり、辰見には馴染《なじ》みの表情といえた。

まだ、何かひっかかる。

コンクリートの床を見つめたまま、思いを巡らせているうち、記憶が蘇《よみがえ》ってきた。

辰見は、その男が顔見知りかどうか訊ねた。それも三度。

最初に訊いたとき、亜由香は辰見をまじまじと見て、瞬《まばた》きしただけですぐには答えなかった。質問の矛先を変え、つきまとっているのが男であることを確かめた。亜由香が認めたので、もう一度、以前から知っている男かと訊きなおした。

そのときも亜由香はすぐには答えず、友だちの顔見知りという意味かと訊きかえしてきた。その通りだというと、亜由香はふたたび目を伏せた。

『たぶん……、いや、どうかな』

答え方には逡巡が見られた。嘘を吐くことへの後ろめたさを辰見は嗅ぎとった。

少なくとも亜由香は以前から相手の男を知っている――あのとき、ぼんやりとした直感でしかなかったものが今、はっきり像を結んだ。

顔を上げ、澁澤を見た。

「おれは真知子に対してずっと後ろめたさを感じてきました。もう真知子がいない以上、その気持ちを拭いさることはできない」

「だから娘を何とか助けてやりたい？」

「それもありますが、間違いなくあの子は何者かに怯えています」

「何者かを取り除いてやるかね？　魚津は管轄外だね」

「はい」

「警官の領域を逸脱することになっても？」

「はい」

辰見の答えを聞いた澁澤は傍らに置いたノートパソコンを手で示した。

「富山の事件はネット上でも話題になっている。書きこまれている内容は玉石混淆《こんこう》どころかほとんど嘘っぱちだとわかっている。ただ、一つだけ気になることがあってね」

「何です？」

「今まで二人が遺体で発見されていて、遺留品も若干あるらしい。刺殺ということになれば、犯人は被害者と物理的に接触しているわけだ。だけど、犯人に関する手がかりがまるでないというんだな。体液、陰毛、毛髪、皮膚片、わずかな唾液《だえき》や汗の痕跡さえも」

「どういうことですか」

澁澤は辰見に視線を戻した。

「犯人は極端に犯罪が露見することを恐れているか、極度の潔癖症か」

魚津の事件について、澁澤も調べてみるといい、また寄ってくれといわれた。辰見は礼をいって立ちあがった。

店を出て、来た道を戻りはじめた。

澁澤と話をしたことで、狙われているのが亜由香であると確信を抱くにいたったが、不安は増大した。

行ってみるしかないかと思ったが、今まで富山県には行ったことがない。携帯電話を取りだし、電話帳から犬塚の番号を選びだした。発信ボタンを押して、耳にあてる。しばらく呼出音がつづいて、ようやく相手が出た。

「犬塚だ」

「今、事務所か。ちょっと相談したいことがあるんだが」

「了解。ちょうどいいタイミングだ。昼飯でも食おう。取りあえず事務所に来てくれ。どれくらいで来られる？」

尾竹橋通りに出たところだった。近づいてくるタクシーに手を挙げる。ハザードランプを点灯させて減速するのを見て答えた。

「五分で」

国際通りに面した巨大ホテルの三階に保安部長を務める犬塚のオフィスはあった。毛足の短いカーペットを敷きつめた広い部屋で、北側に向いた窓——日当たりのよい部屋は優先的に客室に回される——を背に両袖机が置かれ、その前にシンプルだが、金のかかっていそうな応接セットがあった。

真知子と亜由香について一通り話しおえた辰見は、パンツスーツ姿で縁なしメガネをかけた女性が運んできてくれたコーヒーをひと口飲んだ。前回来たときより味と香りが少し落ちたように感じる。気のせいかも知れない。

「魚津ねぇ」

犬塚は大柄な男だ。百八十センチ近い身長で体重も百キロを超える。長年畳にこすられて潰れ、ケロイド状になった耳は伊達《だて》ではない。柔道四段、空手もするはずだ。暴力団担当が長く、数年前にホテルの保安部長として引き抜かれた。

うつむいた犬塚は左手の小指にはめた金色の指輪を右手でもてあそんでいた。いわゆるかまぼこ形で殴られると相当なダメージを食いそうだと思った。

「景気は悪くなさそうだ」

「あん?」

顔をあげた犬塚は辰見の視線に気づいて笑みを見せ、指輪をはめた左手を顔の前にかざした。

「この間、自宅《うち》で見つけた。現役時代に使ってたんだよ。はったりを利かそうと思ってな」

「昔を懐かしむようになっちゃおしまいだぜ」

「馬鹿いうな、おれたちはもうじき六十だ。年寄りなんだよ。お前もちっとは自覚したらどうなんだ? いい歳こいて小娘のボディガードでもやるつもりか」

辰見は口元を歪《ゆが》め、目を伏せた。

「自分でも何がしたいのかよくわからん。だが、心配でなぁ。取り越し苦労かも知れないし、それこそ歳をとったって証拠か」

「イミテーションだよ」

「は?」

目を上げた。犬塚は小指の指輪を見ている。

「こいつさ。金メッキでもない」

現役を退いているとはいえ、大きなホテルの保安部長をしているくらいだから富山県警察にもコネクションがあるかと期待して犬塚のところへやって来た。警察OBが民間の警備会社や保険会社に勤めているケースは多い。

「富山県警上がりにも知り合いはいる。おれと似たような仕事をしてる。だけど、現役の連中に顔が利くかどうかはわからん。おれだって浅草警察《あさけい》にちょっと電話して、かくかくしかじかって野郎の前歴《まえ》を調べてくれとはいえなくなった」

「そうか……」辰見はうなずいた。「そうだろうな」

すでに退職した警察官がかつての部下に電話を入れ、特定の人物や会社について情報を提供してもらうことは今も昔も違法である。だが、かつては大目に見られていた行為も外部に漏れたとたん、大騒ぎになるご時世ではおいそれと動けなくなっていた。

「魚津といったな」

「ああ」

「十二、三年前に出張で行ったことがある。覚醒剤《シャブ》の密売ルートを追ってたんだ。それで北朝鮮物が入ってきてるということがわかった。密入国を狙う船は、結構富山の沿岸に来るそうだ。左に新潟の原発を見ながら操船してくると富山に上陸っていうんでな。それで魚津にも行ったことがある。いろいろ協力してくれた刑事がいた。だが、ずいぶん昔のことだし、入社年次がおれたちより一年上だ」

「現役じゃなさそうだな」

「ああ。だが、魚津署にあたってみよう。それだけの事件が起こってれば、捜査本部《ちょうば》が立ってるだろうし、ひょっとしたらロートルも駆りだされてるかも知れない」

そういって犬塚は立ちあがると、机まで行き、電話機を引きよせた。

「ああ、犬塚だ。富山県警魚津警察署の代表番号を調べてくれ……、そうだ……、このまま待ってる」

ややあって犬塚はメモを取り、礼をいって受話器を置いた。今度はメモを見ながら番号を打ちこんでいく。

「刑事課をお願いします」

電話はすぐに回されたようだ。

「……ホテルで保安部長をしております犬塚と申します。ちょっとつかぬことをお訊ねいたしますが、そちらに中島さんという刑事がいらっしゃいませんでしょうか」

しばらくやり取りをしていた犬塚が辰見に目をくれ、手招きした。立ちあがり、机の前に立った。

「どうも、お久しぶりです。ずいぶん昔なんですが、シャブの件でお世話になりました犬塚と申します。あの頃は浅草警察署におったんですが……、ええ……、そうです。その節は大変お世話になりまして」

犬塚は受話器を耳にあてたまま、何度も頭を下げ、亜由香の件と辰見の名前を告げた。

「そうですか」

ひときわ大きな声を張りあげた犬塚が右手の親指を突きあげてみせる。

「いえ、お忙しいのは重々承知しております。ちょっと話を聞いてもらえればと思いまして……、ちょっとお待ちください」

受話器を外して通話口を手で押さえた。

「いつなら行ける」

「明日」

反射的に答えた。目を丸くする犬塚にかまわずつづけた。

「昼前には訪ねられる」

わずかの間、辰見を見ていた犬塚は小さくうなずき、中島という刑事とふたたび話しはじめた。


ホテル内にある中華レストランで遅い昼飯をごちそうになり、出たときには午後四時を回っていた。辰見は携帯電話を取りだし、電話帳から亜由香の番号を選ぶと通話ボタンを押した。

富山県まで行くとなれば、事前に届け出をして許可をもらう必要があった。だが、成瀬に事情を話して申請書を提出し許可が下りるのを待つより、明日の労休を利用して日帰りした方が手っ取り早い。何より成瀬を巻きこみたくなかった。

二度、三度と呼び出し音がつづく。国際通りを横断し、浅草ＲＯＸに向かって歩きながら空を見上げる。雲が厚くなり、暗くなってきた。雨になるかも知れないと思ったとき、電話がつながった。

「はい、亜由香です」

「はい、亜由香です」

すぐ後ろで女がいった。

女に背を向け、顔を伏せる。

「今、友だちとハンバーガー屋さんに来て、お喋りしてたところです」

ショッピングモール内にあるハンバーガーショップには学校帰りの高校生が多かった。女もそのうちの一人だ。

顔を見られるのは絶対にまずかったが、ジャケットの襟を立てるわけにもいかない。身じろぎもせず、女が話すのを聞いていた。

「明日？　本当ですか……、三時半なら授業も終わってますから」

誰かと待ち合わせだろうかと思った瞬間、頭に血が昇り、こめかみがふくらんだ。目をつぶり、ゆっくりと深呼吸する。

「それじゃ、今私がいるハンバーガー屋さんで……」

女は今いるショッピングモールの名前を告げ、電話を切ると連れの待つテーブルに戻っていった。

目を開く。

知らぬ間にトレイに手を置いていた。ハンバーガーの包み紙についていたケチャップが指についている。

ぬるぬるした感触に吐き気がこみ上げてくる。

叫びそうになるのをこらえ、紙ナプキンでさっと拭うとトレイを両手で持ってゆっくり立ちあがった。すぐそばに女がいる以上、目を引くわけにはいかない。

トレイを戻し口に置くと、ひと目につかない程度の急ぎ足でトイレに向かった。

咽がむずむずする。今にも胃袋がひっくり返り、食道を熱くて臭い塊がせり上がってきそうな気がした。

トイレに飛びこみ、洗面台で手を洗う。備え付けの液体石鹸を付け、泡立てては流すのをくり返した。

ぬるぬるした感触がいつまでも消えない。

第三章　監視者《ウォッチャー》

1

改札口の駅員に切符を渡し、小さな駅舎を出て周囲を見渡したとき、辰見の脳裏に亜由香の言葉が過《よ》ぎった。

『魚津の駅前って八時くらいになると暗くなっちゃうんですよ』

昨日、亜由香に電話したあと、目についた旅行代理店に入って魚津行きの切符を買った。翌朝一番というと午前七時過ぎの上野発上越新幹線で長岡で乗り換えといわれた。いわれるがままに購入した。

腕時計を見る。午前十時半をまわったところだ。上野を出て三時間ちょっと経過しているが、時間以上に遠くまでやって来たという気がした。

大きな街ではないので、駅から警察署まではそれほどの距離はないだろうと思ったが、調べてまわるのは面倒だ。タクシー乗り場に着け待ちしている三台のうち、先頭に乗りこんだ。

「魚津警察署まで」

中年の女性ドライバーは愛想良くうなずいてドアを閉めた。

駅の正面から延びる通りを走り、三つ目の信号を右折、さらに数百メートル走ったところでふたたび右折し、半円形の屋根が突きだした警察署のエントランス前に止まった。予想した通り五分も走らなかった。千円札を渡し、釣りは要らないといってタクシーを降りた。

ベージュの建物は正面が半円になっており、タイル貼りの少しばかり凝ったデザインだ。建物自体も駅前を囲んでいたものに較《くら》べると新しい。短い階段を上がり、二重になったガラスの自動扉を通って玄関ホールに入った。右に各種申請書類を記入する台があり、左にベンチが置いてある。

突き当たりがカウンターになっていて、駐車や通行許可、車庫証明、運転免許などの案内板が立っていた。端に単に受付とだけ記されたプレートがあり、制服姿の女性が座っている。

近づくと向こうから声をかけてきた。

「おはようございます」

「おはようございます。東京から来た辰見といいますが、刑事課の中島さんをお訪ねしたんですが」

「少々お待ちください」

彼女は受話器を取りあげると内線番号を押した。

「正面受付ですが、中島さんにご面会で辰見様という方がいらっしゃってます」

丁寧になったものだと辰見は思った。警察署の受付といえば、小さな窓越しに無愛想な男が応対して当たり前という風潮があった。今でも夜間受付は似たようなものかも知れない。

電話を切った女性警察官が辰見に顔を向ける。

「ただ今、こちらにまいりますので、そちらに掛けてお待ちください」

「ありがとう」

ベンチに腰を下ろしたが、ほどなく背が高く、馬面の男がやって来た。縦縞《たてじま》のグレーのスーツ、くすんだ臙脂色《えんじいろ》のネクタイ、くたびれた靴が刑事のトレードマークであることは全国共通らしい。きっちり撫《な》でつけた髪は半ば以上白い。辰見に目を向けると、まっすぐに近づいてきた。中年というより初老という感じだが、自分より一つだけ年上なだけだ。

「辰見さん？」

「はい」辰見は一礼した。「お忙しいところ、恐縮です」

「なーん……、どうぞこちらへ」

中島が先に立ち、いったん正面玄関を出ると署の裏手にある駐車場へ回った。中島はズボンのポケットから鍵束を取りだし、辰見をふり返る。

「中じゃ、いろいろあって好きなように話もできんでね」

「取り込み中なのは承知しております」

「まあ、固いこと抜きにざっくばらんにいかんまいけ」

中島の目尻が下がり、人のよさそうな顔になる。

「死体《ホトケ》が二つも出たから特別捜査本部が立って、本部やここらの所轄の刑事《デカ》たちはきりきり舞いしとるが、おれはもう現役を上がっとる身なもんで、聞き込みも張り込みもないが」

辰見は中島を見返した。

「指導役いうことになっとるけど、事件に触らせてもらえん。暇ながよ」

中島は黒いフォードアセダンのそばに近づいた。三菱の車でボディの艶《つや》が失《う》せた、古い車だ。

「おかげで捜査車輌もあたらんから自家用を使っとってね。申し訳ないけど、このポンコツで我慢してくれま」

「恐れ入ります」

「せっかくこんな田舎まで来たがや。取りあえず現場を案内すっちゃ。ところで、今日はこのあと何か約束があるがかな?」

「ええ、三時半に……」

「三時半ね。了解。乗ってくれ。話は車ん中でもできる」

運転席に乗りこんだ中島が手を伸ばして、助手席のロックを外した。

「失礼します」

「ボロですまんのぅ」

中島はクラッチペダルを踏みこみ、シフトレバーを左右に動かすとエンジンをかけた。サイドブレーキを外し、ギアをローに入れてゆっくりと発進させる。

「今どきマニュアル車なんてって思うやろ」

「いえ」

「デカやる前はパトカーに乗っとったが。こう見えてアオメンでね」

パトカー乗務員となるためには特別な審査を受け、許可を得なくてはならない。その許可は通称青免と呼ばれた。また、パトカーはマニュアル車が決まりである。

「オートマチックは瞬発力に欠けるからね。あのまどろっこしさがいやながやちゃ」

運転技倆《ぎりょう》があれば、的確にギアを選ぶことで瞬時の加速が可能で、単にアクセルを踏みこむしかないオートマチック車より俊敏だった。

警察署を出て道路に出たとたん、中島は二速に入れたまま、アクセルを踏みこんだ。エンジンが吠《ほ》え、前方の車に急接近する。辰見は思わず床に足を踏んばった。

「何《なーん》てね。単に人間が古いだけのことかも知れん」

減速し、車の流れに乗る。

「それで話っちゅうがは、何け」

「実は……」

両足を突っ張ったまま、辰見は話しはじめた。


未舗装路の路肩に中島が車を停め、辰見は床の前方に突っ張っていた両足の力を抜いた。中島がエンジンを切り、車を降りる。

つづいて降りた辰見は中島と並んで周囲を見まわし、改めてつぶやいた。

「凄《すご》いな」

市街地から三十分ほど走っただけで道路の両側は深い森になっている。進行方向に対して左側は山、右側は下り斜面となっていて、その先に川が流れていた。

中島は山側に近づいた。

「魚津の辺りは立山連峰から棚みたいに張りだした土地でね。山裾《やますそ》から海までは三、四キロくらいしかない。もっと東の方、新潟との県境まで行くと山が直接海に落ちこんどるような場所もある」

こんな具合にといいながら中島は右手を指先まで伸ばして斜めにして見せた。角度が垂直に近いのは大げさだろうと辰見は思う。

「険しい山ながだけど、そのまま海底までつながっとるんだ」

中島は背後の川を指さした。

「深い谷になっとんがよ。ここらの川は皆暴れ川だ。川べりまで行くと、軽乗用くらいの岩がごろごろしとる。山頂から運ばれてくるがだけど、何しろ急流やろ、二千メートルの天辺《てっぺん》から流れだした川が三十キロもないうちに海だ。岩も丸ぅなる前に平らなところまで来てしもういうわけやちゃ」

下流に向かって手を動かす。

「谷は湾の中までつづいとるいう話だ。海底にも深い谷があって、一気に深ぁなっとるらしい」

先ほど中島が手で示した角度を思いうかべた。海底から連なる山はどれほどの高さになるのだろう。

山の方に視線を戻すと、中島は合掌した。意味はわかる。辰見も深い木立に覆われた斜面に向かって手を合わせた。

中島が手を下ろす。

「この先……、五十メートルくらい登ったところで最初の死体《ホトケ》が発見された。被害者は四十一歳の主婦、小暮真由美。パートで建築会社の事務をしとった」

辰見は周囲を見まわした。人家は見当たらなかったし、道路は荒れていて頻繁に車が通っているようにも見えない。

「誰がホトケを発見したんですか。ここらだと人も車もほとんど通りそうにないし、道路から五十メートルも奥となれば、なおさらでしょう」

中島は口をへの字に曲げ、山を見つめて目を細めた。目尻の皺《しわ》が深い。

「通報があったたん。県警のホームページにメールで送られてきたがよ。緯度、経度が細かく書きこまれとった。ご丁寧に地中どれくらいの深さに埋まっとるかまで書いてあったちゃ」

「死体を埋めた、と？」

中島は山に目をやったまま、うなずく。辰見は重ねて訊いた。

「いたずらだとは疑わなかったんですか」

「小暮真由美については捜索願が出とったし……」中島は辰見に向きなおった。「本部宛てのメールは被害者の携帯電話から送信されたものやった。富山市内から送信したことまでは突きとめたが、携帯そのものは見つかっとらん」

「それじゃ、二人目も？」

「そう、同じ要領。送信場所は金沢市内だったがね」

送信場所をとなりの石川県としたのは捜査攪乱《かくらん》が目的だろう。

なぜ、犯人はわざわざ死体を遺棄した場所を警察に知らせてきたのか。警察に対する挑戦のつもりか。精神科医なら犯人が出しているシグナルなどとまことしやかに解説するかも知れないが、本当のところは犯人を逮捕して自白させなければわからない。

いや、本当のところなど当の犯人にもわからないことがある。それでも自白したという事実は残るし、公判を維持するのにはそれだけで充分だ。

「ホトケは段ボール箱に詰められとった。全裸で、血の跡なんかはきれいに拭き取られとった。箱の中に横向きに置かれとったがよ。膝を抱えて、背ぇ丸めるような格好でね。きちんと梱包されとった」

「梱包、ですか」

「そんな印象だったん。隙間はプラスチック片できっちり埋められとってね」

中島がちらりと苦笑を浮かべる。

「ホトケはとっくに掘りだされとるし、それに山登りするにはお互い歳をとりすぎとるような気がするが」

「そうですね」

「第二の現場も見てみるけ」

「お願いします」

「車の中で聞いた話だが……、大川亜由香が今回の犯人《ホシ》に狙われとるいう確証はどこにもない」

中島の言葉に辰見はうなずいた。中島の眼光がきつくなる。

「だが、狙われとらんという確証もない」

ふたたびうなずいた。

「行ってみんまい。第二の現場はここから山一つ向こうやけど、おれの車じゃ山ん中は走りきれん。いったん市街に戻って、それから別の谷を登る」

二人は車に戻った。中島は何度か切り返し、車をUターンさせると来た道を戻った。


しゃがみ込んで合掌していた辰見は手を下ろし、目を開いた。掘りかえした黒っぽい土の間から二センチほどの雑草がのぞいている。

第二の現場は道路——またしても途中で舗装が切れ、荒れていた——から十数メートル斜面を下ったところで、近くまで行くことができた。すでに捜査は終わっており、遺体の詰まった段ボール箱が見つかった場所は埋めもどされ、平らにならされている。

「二人目の被害者は浅川さおり、十九歳」かたわらに立っている中島が低い声でいう。「人生これからってときに……、ひどいもんやちゃ」

抑揚を欠いた声だったが、それだけに抑えつけられた憤怒が伝わってくる。臨場して無残に殺された被害者を目の当たりにしたときには、どこにも持っていきようのない怒りに駆られるものだ。警察官とて石仏というわけではない。

中島が腕時計を見る。

「おや、もうとっくに昼を過ぎとるね。次の約束は三時半やったけ」

「はい」辰見は立ちあがった。「大川亜由香と会うことになっています」

ショッピングモールの名前をいい、そこのハンバーガーショップで会うことになっていると答えた。

「それなら署の近くだ。ハンバーガー屋は一階にある。すぐにわかっちゃ。いっしょに飯でも食うがけ」

「いえ、とくに約束していませんが」

「どうけ、行きつけのそば屋がある。味はそこそこだ」

「朝飯を食いそびれてましてね。実は腹ぺこなんです」

「さ、いかった」

山道を下って市街地に戻ると、住宅街にある一軒のそば屋に入った。昼間の営業は午後二時までとなっていてぎりぎりに飛びこむことになったが、中島は馴染《なじ》みらしく夫婦らしい店主はいやな顔もしなかった。

窓際のテーブル席につくと、中島にならってゴボウ天そばを注文する。

「ちょっと電話せんならんところがある」

中島はそういって席を立ち、店の外に出た。辰見もワイシャツの胸ポケットに入れてあった携帯電話をチェックしたが、着信もメールもない。

ほどなく戻ってきた中島は灰皿を引きよせた。

「すまんが、一服させてもらっちゃ。辰見さんは？」

「それでは私も」

それぞれタバコを取りだし、火を点けた。中島が苦笑する。

「あんたが喫うとわかっとったら遠慮することはなかったわ」

灰皿にタバコの灰を落とし、中島が言葉を継いだ。

「犬塚さんとは学校の同期なんやって」

「そうです。十八のときからの腐れ縁ですから。かれこれ四十年になります」

「電話をもろたときにはびっくりしたちゃ。彼が転職するとは思えんかったからね。こっちに来たときは三日間不眠不休で動きまわって、さすが東京の人は馬力が違うと思ったもんだ」

「あいつは特別ですよ。たしかに根っからの、って感じです。いいところに転職したんじゃないでしょうか」

犬塚の広々としたオフィスが脳裏を過ぎっていく。警察官で個室があてがわれるのは署長か、本庁でもかなりの重職にかぎられる。だが、檻《おり》に閉じこめられているようにも見える。半ば自分にいい聞かせるように付けくわえた。

「あいつは浅草が好きですから」

それぞれ盆に載せられてきたそばはゴボウ天が別皿に盛られていた。一センチ角で五センチほどのゴボウが掻《か》き揚げ風になっており、小さなおにぎりが添えられていた。そばも角張っていて太く、短い。

「ここのそばは嚙《か》まなきゃなりませんね」

「そやけど……」

割り箸を手にした中島が怪訝《けげん》そうに辰見を見返す。

そばは嚙まずにのどごしを味わうと江戸っ子はいう。てめえだって埼玉の奥生まれじゃないかと自分にいった。

「失礼しました」

箸を手にした辰見は低声《こごえ》でいただきますといった。

2

二重になった玄関の自動扉越しに本田は魚津警察署の門を見ていた。山羽とともに滑川市内で聞き込みをしている最中に無線で呼び出しがあり、至急戻れといわれた。すぐに戻り、刑事課に行くと係長の鈴木から玄関に行って、中島といっしょにいる男を見ろといわれた。

すぐに玄関に降りるとちょうど中島の古い三菱車が門から入ってきて、裏の駐車場へ向かった。助手席に男が座っている。

ほどなく中島は、その男とともに門まで戻ってきた。

「誰でしょうね」

山羽が訊く。本田は男を見つめたまま、首を振った。中島が玄関に背を向けているので向かい合っている男の様子を子細に観察することができた。

それほど背の高い男ではなかった。百八十センチ近い中島と並ぶと頭半分ほど低い。濃紺のスーツはさほど高価そうには見えなかったし、黒の靴もくたびれて艶を失っている。髪はスキンヘッドと見まがうばかりに短く刈ってあった。肩幅が広く、猪首《いくび》で、目つきは悪い。

おそらく同業だろうと本田は思った。しかし、今まで一度も顔を見たことはない。

やがて男は中島にお辞儀をして、門の外へと出ていった。中島がふり返り、手招きする。本田と山羽は玄関を出て、中島に駆けよった。

「今の男は?」

「警視庁の辰見という男だ。今から二人で尾けてくれ」

「何をしたんです？」

「何も」中島は首を振った。「辰見はショッピングモールのハンバーガー屋で若い女と会う。三時半というとったからあと三十分くらいか。女は大川亜由香といって、市内の高校に通っとる。二年生だそうだ」

「どうして警視庁の人間がこんなところで女子高生に会うがですか」

「ストーカーに悩まされとるいうことだが、はっきりせん。だが、辰見はえらい心配しとる。詳しい話はあとだ。とにかく辰見と大川亜由香が会うのを離れたところから見とられ」

　中島は本田の目を見ていった。

「わかるやろ？」

「可能性、ありますかね」

「滑川で被害者の事件前《マエ》の足取《アシ》りを調べるのは、どうせ明日もつづく。今はこっちをあたってみてくれま」

「勘ですか」

「ああ、何だかいやな感じがする」

「わかりました」

本田は山羽と連れだって徒歩で警察署を出た。

中島のいうショッピングモールは警察署のわきにある県道を北に六百メートルほど行ったところにある。辰見は署とショッピングモールの中間点にあたる交差点で信号待ちをしていた。

信号が変わり、辰見がふたたび歩きだした。

「ずいぶんのんびりしてる感じですね」

山羽がぼそぼそという意味はわかった。

「何だか間が抜けてる感じだな。警視庁はあんなんでやってられるんですかね」

「まさか自分が尾行されとるとは思ってないがやろ」

辰見の歩くペースは変わらなかった。本田と山羽もペースを合わせ、かなり間隔をあけたまま尾行をつづけた。

ショッピングモールの駐車場わきにあるファミリーレストランの角を曲がると辰見はまっすぐショッピングモールに入っていった。ハンバーガーショップの位置はわかっているので、本田と山羽は別の入口から建物に入った。時刻は午後三時をわずかに回ったところだ。

日用雑貨コーナーを通りぬけて、ハンバーガーショップが見える位置まで来ると本田は足を止め、様子をうかがった。

ハンバーガーショップは腰の高さほどの間仕切りで囲われているだけで売り場からでも店内を見渡すことができる。

「高校生の方が先に来てたんですかね」

山羽がいった。

辰見は駐車場に面した大きなガラスの壁のそばのテーブルで制服姿の女子高校生と向かい合っていた。本田は女子高校生——大川亜由香の顔をしっかり脳裏に刻みこむと、ふり返らずにいった。

「お前はあいつらを見張ってろ。周囲の警戒も怠るな」

「大事なエサですもんね」

「馬鹿」本田は低い声で叱《しか》った。「あいつらが動きそうになったら携帯で連絡くれ」

「先輩は？」

「駐車場を一周してくるけど、すぐ戻る。そのときは電話を入れる。店の中じゃ大の男の二人連れは目立つ。戻ったら別々に監視しよう。いいか」

「はい」

「お前もここにずっと突っ立っているような真似《まね》はするなよ」

「わかってますよ」

にっこり頬笑んでうなずく山羽から離れ、本田は足早に駐車場に向かった。

ハンバーガーの脂っこい匂いを嗅いだとたん、昨日、指にまとわりついたケチャップの感触が蘇ってきた。咽《のど》がむず痒《がゆ》くなるのをこらえながらゆっくり歩きつづける。やがて婦人服売り場が途切れ、右手の奥にハンバーガーショップが見えてきた。

女はガラス張りの壁際にいた。四人掛けのテーブル席で男と向かい合って座っている。紺色のスーツを着ているが、ネクタイは締めていない。スキンヘッドに近いほど髪を刈っている。決して若くはなかったし、普通のサラリーマンには見えない。

ちらりと見ただけですぐに目を伏せた。長い間、じろじろ見ていると女に気づかれる恐れがある。歩調を変えずに歩きつづけた。

それでも一瞬だけ目にした女の笑顔が脳裏に焼きついていた。友だちといっしょにいるところを何度か監視してきたが、未《いま》だかつて一度も見せたことがないほど輝きにあふれた笑顔だった。

湧き上がってくる嫉妬心《しっとしん》をねじ伏せ、思いを巡らせる。

父親？——年回りからすると不思議ではなかったが、ウィークデイの昼下がりにハンバーガーショップで会っているのは不自然だ。

いったい何者なのか……。

婦人服売り場を抜け、日用品コーナーにかかったとき、二人の男が視界に飛びこんできて心拍数が跳ねあがった。

どちらもスーツ姿——一人は紺、もう一人はグレー——で、髪をきっちりと整えている。商品を並べた棚の陰からハンバーガーショップの方をのぞいていた。何か話しているが、聞き取ることはできない。だが、察しはついた。

警察。

直感は外れているかも知れないが、警戒するに越したことはない。

そのうち紺色のスーツを着た方が足早に遠ざかっていった。目で追いそうになるのを必死にこらえ、ぶらぶら歩きつづける。

顔を伏せたまま、グレーのスーツを着た男とすれ違った。

肋骨の内側では心臓が激しく暴れまわり、動悸《どうき》を聞かれるのではないかと不安になったほどだ。

歩きつづける。今日のところはこれ以上監視をつづけるわけにはいかない。取りあえずショッピングモールを出ることにした。

そのときになって気づいた。

紺色のスーツを着た方は駐車場を見張りに行ったに違いない。どこかで時間つぶしをして、すっかり暗くなってから戻ってくることにした。

落ちつけ——出口に向かいながら自分に言い聞かせる——誰もお前に気づくことはな

いんだ、護謨男。

　頰をへこませ、一心にシェークを吸いこむ亜由香を辰見はぼんやりと眺めていた。ベージュのブレザーに赤の細いネクタイという制服姿の方が浅草で会ったときより大人びて見えるのを不思議に感じていた。

　カップを置いた亜由香が辰見を見て頰笑む。嬉《うれ》しそうな様子が伝わってきて、辰見も笑みを浮かべた。胸の底が温かくなってくるような笑みは母親の真知子に似ていた。

「こんなに早く来てもらえるとは思ってませんでした」

「ちょっとこっちに用があってな」

　辰見はスチロールカップに入ったコーヒーをひと口飲んだ。条件反射のようにタバコを喫いたくなったが、ショッピングモール内は指定場所以外すべて禁煙である。

「用って？」

「シャブだ」

　反射的に口を突いて出た。犬塚が魚津にやって来た理由を借用した格好だ。付けくわえた。

「詳しい中身はいえない」

「捜査中だから？」

「そんなところだ」

そのとき、ワイシャツのポケットで携帯電話が振動する。舌打ちしそうになるのをこらえ、取りだした。背面の液晶画面には成瀬の名前が出ている。

「すまん」

座ったまま、携帯電話を耳にあてた。周囲に客の姿はなかったし、何となくテーブルを離れがたかった。

「はい、辰見です」

「今、どこにいる？」

成瀬の声が尖《とが》っている。何か起こったのかも知れない。よりによってこんなときにと思ったが、電話口で舌打ちするわけにはいかない。平静を装って訊きかえした。

「何かありましたか」

「二時間くらい前に何度か電話したんだが、全然つながらなかった」

二件目の死体遺棄現場を見ていた頃だ。山深い中で携帯電話に電波が届かなかったのだろう。取りあえずほっとする。二時間も放置していたのなら緊急事態でもなさそうだ。

「サウナに入ってましてね。出てきたときには携帯の電池が切れてました。失礼しました」

亜由香がにやにやしながら辰見をのぞきこんでいる。視線がくすぐったい。

「そうか。一応、知らせておいた方がいいと思ってな。不眠堂って古本屋、知り合いだろ？」

「はい」

亜由香の笑みが消える。辰見の緊張が伝わったに違いない。

「何がありました？」

「火事だ。裏手にある住宅が全焼して、不眠堂も一部が焼けたらしい」

「澁澤さん……、店主は？」

「病院に運ばれた。怪我《けが》の程度は大したことはない。何でも全焼した住宅には婆さんが一人で暮らしてたらしい。足が不自由でね。それで不眠堂は騒ぎが起こると店から飛びだしてきて、火が出てる家に飛びこんだ」

「婆さんの方は？」

「そっちも無事だよ。二人とも煙を吸ったのと、軽度の火傷《やけど》を負ったんで救急搬送された。だが、店の方はもらい火でなぁ。すぐに消し止められたんだが、古本屋だろ」

「商品が水浸しですな」

〈不眠堂〉にたちこめていた埃のような匂いがふいに蘇ってくる。狭い書棚に並べられた本は何年も手つかずのままだ。レジのまわりにあった大人のオモチャやパソコンのたぐいはどうなっただろう。たしか二階が住居のはず……。

「運びこまれたのは吉原病院だ」

「入院ですか」

「応急処置で済んだかもしれん。そこまではわかってないんだ」

「わざわざありがとうございます。連絡してみます」

「それじゃ」

もう一度礼をいって、電話を切った。亜由香がまっすぐに辰見を見ていた。ひどく心配そうな顔をしている。

「知り合いの古本屋が火事に遭った。取りあえず店主は無事らしいんだが……、ちょっと電話してみる」

携帯電話の電話帳を開く。登録されている番号は二つあった。一つは店の番号、もう一つは携帯電話だ。店の電話は使えないだろう。番号を選んで通話ボタンを押した。

電話はすぐにつながった。

「コチラハ……」

合成音がメッセージを伝えてくる。そのまま待ったが、留守番電話につながることもなく切れた。携帯電話を折りたたんで、ワイシャツの胸ポケットにしまった。

「また、あとで電話してみる」

辰見は冷めたコーヒーを飲んだ。亜由香はシェークの容器に差したストローの先端をもてあそんでいる。

マニキュアを施していないにもかかわらず爪は健康的な光沢をたたえていた。

駐車場を一周した本田はズボンの尻ポケットからハンカチを取りだし、顔を拭った。

駐車場は建物の周囲をぐるりと取りかこんでいる。西側と北側が〈お客様専用〉となっていたが、裏手の従業員用の駐車場もチェックした。

ざっと百台ほど停められていたが、黄色の大型四輪駆動車は見当たらなかった。

本田はショッピングモールの南に面した出入り口のそばに立ち、向かいにある歯科医院を見ていた。周囲にはファミリーレストラン、衣料品店、生鮮食品店が並んでいて、それぞれ駐車場がある。建物の陰に目指す車が停められているかも知れない。

さっと見てくるだけなら五分とかからないだろうと思って、足を踏みだそうとしたとき、携帯電話が鳴りだした。

取りだして耳にあてた。

「山羽です。今、どこですか」

通話口を手で囲い、圧し殺した声で話していた。

「南の入口前だ」

「連中、出るようです。今、辰見の方が金を払ってます」

「すぐに向かう。電話は切らんとあとを追え」

「はい」

本田は携帯電話を耳に当てたまま、ショッピングモールの中に戻り、ハンバーガーショップに向かった。大股《おおまた》で歩いたが、走りだすわけにいかない。

「北側のタクシー乗り場に向かってます」

「わかった。タクシー乗り場で合流しよう」

電話を切ると、ハンバーガーショップには向かわず店内をまっすぐ横切った。出入り口のそばに立った山羽が外をうかがっている。

「あいつらは？」

「たった今、乗って駅の方に向かいました」

二人はショッピングモールを出るとタクシー乗り場に一台だけ残っていたタクシーに乗りこんだ。

先に乗った山羽が前方を指さす。

「あのタクシーを追ってくれ」

初老の運転手が怪訝そうにふり返る。

「魚津署だ」

山羽が答えると運転手はうなずき、後部ドアを閉めた。タクシーが走りだす。幸い辰見と大川を乗せたタクシーはすぐ先で赤信号に引っかかっていた。

「どこへ行くんでしょうね」

山羽が圧し殺した声で訊く。

「さあな」

「これ、経費で落ちますかね」

「さあな」

本田は腕組みし、左方を見やった。ショッピングモールの駐車場をひと渡り眺める。黄色の四輪駆動車は見当たらなかった。

3

のたうち、互いに絡みあう南方のジャングル特有の太い蔦《つた》の緑が、うす暗い夜明け前の大気に溶けだして緑に染めているように見えた。だが、空気はむしろひんやりとしている。

水槽のガラス越しに広がる光景に辰見は圧倒されていた。

魚津市の売りはマイボツリンにホタルイカ、蜃気楼《しんきろう》だと亜由香はいった。ホタルイカと蜃気楼は早春のものだが、マイボツリンなら年中見られるという。

マイボッリンって何だと訊きかえすと、埋没している大きな杉の林で埋没林と教えてくれた。ハンバーガーショップを出て、タクシーに乗りこみ、連れてこられたのが埋没林博物館である。博物館は駅を越え、海沿いにあった。

入口でもらったパンフレットによれば、昭和五年に港の建設工事をしている最中に巨大な杉の根が海底に埋もれているのが見つかり、その後、昭和二十七年に二千年前のまま、海底に根を生やしている樹根の群れが発見された。

博物館といえば、収拾してきた珍しい物を陳列するために建てるものだと思っていたが、埋没林博物館は逆らしい。浅瀬で発見され、発掘された樹根を保護するために囲って巨大水槽とし、さらに周囲が埋め立てられたとき、水槽を中心に博物館が建設された。博物館は中央のドーム状展示室のほか、発掘現場をそのまま見せる乾燥展示館と水中にあった状態のまま大型水槽で保存してある水中展示館とがあった。

今、目の前にあるのが二千年前の杉の根だといわれてもぴんと来なかった。

ゆっくりとした足取りで前を行く亜由香がいう。

「初めて連れられてきたときは何だか怖いと思っちゃいました。今でも不気味ですけどね」

水槽の中がうす暗いのは強力な照明や陽光をあてると微生物が繁殖し、樹根を傷めてしまうためらしい。発見時に近い状態で保存してある。水が緑色に染まっているのは照明による演出に過ぎないようだ。

水槽の深さは二・五メートルほどで、水面は鏡のようになっていて樹根がいびつに映っていた。

「たしかに異様ではあるな」

「こんな大きな木がずらっと並んでいる世界というのも怖くないですか」

辰見は唸《うな》った。想像がつかない。だが、水槽を熱心に見つめている亜由香は太古の森を歩いているつもりでいるようだ。

二千年前には陸地で直径が五メートルもある根を生やした大きな杉がびっしりと生えていた。そこに谷から土砂が流れこみ、埋めてしまい、その後、海面が上昇して海底となった。樹木が枯れると大気中では腐敗し、あっという間に分解されてしまうが、冷たい水の中だと何千年、何万年と太古の姿を保てる。

壁に貼られた地図を見たときに、杉林を埋めた土砂を運んできたのは第二の死体遺棄現場がある谷からの川だとわかった。

『ここらの川は皆暴れ川だ』

中島がいっていたのを思いだす。川べりには軽乗用車ほどの岩がほぼ原型を保ったまま、ごろごろしているといっていた。谷は海底までつづいているともいっていたが、海面が上昇し、巨大な杉が並ぶ麓を呑《の》みこみ、谷に入りこんでいったのだろう。

水槽を真剣に見ている亜由香の横顔を見やった。浅草に来たときはヒールのついたミュールを履いていたが、今日はかかとの低いコインローファーだ。それでも背丈は辰見とあまり変わりないように見える。

真知子は背が高かったっけ、と思った。

並んで歩いた記憶はほとんどない。ソープランドの個室では並んだことがあったが、それほど背は高くなかったような気がする。それでも百五十七、八センチはあったかと思いなおす。

すらりとしているのは父親譲りかと思いかけ、水中の巨大な根に視線を戻した。

「この木は死んでるんですよね」

「そのようだな」

「何かいやだな。死んでからもずっとそのままの形なんて……、おまけに晒《さら》し者だし」

ひやりとした手で胸の底を撫でられたような気がした。亜由香の言葉に触発されて脳裏に浮かんだのはステンレスの検視台に横たわった被害者の遺体だ。今まで何体も目にしてきた。

死体は、殺されたときの状況を饒舌《じょうぜつ》に語る。

水槽のわきを通って水中展示室を出ると、乾燥展示室に向かった。

埋没林博物館の駐車場に停めたシルバーグレーの捜査車輌の助手席で本田は腕組みし、入口を見ていた。運転席の山羽はハンドルに両手を重ね、その上に顎を載せている。後部座席には車を運転してきた中島が座っていた。

辰見たちの乗ったタクシーが博物館の入口前に着けるのを見て、本田と山羽は少し離れたところでタクシーを降りた。中島に連絡を入れると、そちらに行くといわれた。シルバーグレーの捜査車輌が来たときには幾分ほっとした。中島が古い三菱の自家用車に乗ってこないかと内心不安に思っていたのだ。まだ中島が魚津署刑事課にいて相勤者だった頃に何度か乗せてもらったことがある。機敏な運転といえば聞こえはいいが、鋭い加速と強烈なブレーキのおかげで乗るたびに車酔いに苦しめられた。

車を駐車場に入れると中島はさっさと後部座席に移り、本田と山羽が乗りこんだ。オートマチックなんて、たるんでやがると中島はしばらくの間ぶつぶついっていた。

本田は警察署を出た辰見がショッピングセンターで大川亜由香に会ったこと、山羽が継続して二人を見張り、その間自分は駐車場をチェックしたことを告げた。

しばらく黙りこんでいた中島がぼそりといった。

「小室の爺さんがいうたこと、気にしとんがけ」

「そうですね」本田は博物館の入口に目をやったまま答えた。「本当のところ、自分でもよくわからんがです」

「爺さんは惚けてしもうとるいう話やろが」

「ええ。郵便局長はそういってましたし、自分らが話を聞いたときにもとりとめがない感じでした」

「一つのことにとらわれとると見当違いをやらかしかねんぞ」

「わかっとんがですが……」

「惚けた年寄りの作り話にしては黄色の大きな車っちゅうがんは出来過ぎのような気もするねど、事件とはなーん関係ない可能性もある」

「はあ」

答えつつも本田は腹の底で毒づいていた。

あんたやって、東京から来た刑事のあとを追っかけとるねか……。

午後五時になろうとする頃、辰見と大川亜由香が出てきた。タクシーを呼んだ気配はなく、歩いて門の方に向かっている。

中島が後ろのドアを開けた。

「おれは歩きで追う。お前たちは車で来い」

本田はふり返った。

「いつまであの男を追うがですか」

「女と別れるまでだ。女と別れたら、お前たちは女の方を追え。ただし、近づきすぎられんよ。肝心ながは女を追っかけとる奴がおらんか確認することだ。女が自宅に戻ったら署に引きあげていいちゃ」

「わかりました」

中島が車を降り、ドアを閉めて遠ざかる。ルームミラーを見上げていた山羽がイグニッションキーに手を伸ばしてエンジンをかけた。

本田はシートベルトを装着しながらいった。

「何かいいたそうだな」

「係長は中島さんの行動を知ってるんですかね」

「どうかな」

山羽はゆっくりと車を出した。


博物館を出て市街地に向かって歩きだした。駅の位置はショッピングモールからタクシーで来るときにわかっていた。ぶらぶら歩いても三十分ほどだろう。

並んで歩きながら亜由香の話を聞いていた。学校のこと、授業中の出来事、教師の癖、友だちと遊びに行く場所、伯父、伯母のこと……、亜由香はひっきりなしに喋り、笑い、辰見の質問に答えた。

亜由香の声が心地よかった。

「今日の五時間目は数学だったんですよ。三角関数でさいんあるふぁとさいんべーたを足した値がこさいんがんまと等しくて、こさいん何ちゃらと何ちゃらを足して……、なんて先生が黒板に書いた式を一生懸命ノートに写すんですけど、意味なんか全然わからなくてただの模様ですよ、模様」

眉根を寄せた亜由香が辰見の顔をのぞきこむ。

「数学、好きでした？」

「いや……」苦笑いするしかなかった。「おれはπ《ぱい》が出てきたときにダメになった。円周率が三・一四でよかった頃はまだよかったが、そもそも割りきれないからπで表すってのが割りきれなくて」

「親父ギャグですね」

「爺さんギャグだ」

ガードをくぐり左へ折れると、何もいわなかったが、亜由香の表情はわずかに翳《かげ》った。駅に向かっているのがわかったのだろう。

「数学、やらなくちゃダメですよね」

「そうだなぁ」

何と答えていいものかわからなかった。自分の子供がない以上、較べられるのは今から四十年も前、自分が高校生だった頃の記憶でしかない。亜由香が相手でなければ、数学なんかできなくても生きていくのに不便はないというところだ。

「私、変なんです」

「そういうのを藪《やぶ》から棒っていうんだ。何が変なんだ？」

「昨日、辰見さんから電話もらったじゃないですか。それからあれも話そう、これも話そうっていっぱい考えてたのにハンバーガー屋さんで会ったときから何を話そうと思ってたのか、全然思いだせなくて。それでどうでもいいことをお喋りしてるだけで」

ふいに亜由香が足を止め、深刻な顔をして辰見を見る。

「何だ？　どうした？」

「晩ご飯、何にします？」

鳩尾辺りがきゅっとすぼまり、かすかな痛みすらおぼえた。亜由香の眼差《まなざ》しが突き刺さってくるようだ。

だが、答えは決まっていた。

「このまま駅に行って、お前をタクシーに乗せたら、おれは東京に帰る。明日は仕事なんだ」

まるで他人が喋っているように聞こえた。明朝、マンモス交番二階に出勤して二十四時間の当務に就くのが信じられない気がした。だが、明日になって管轄を走りまわっているときに二十四時間前、亜由香と面と向かっていたと思い返すと、もっと信じられないだろう。

「少しなら時間あるでしょう?」

顔をくしゃっとさせ、亜由香が訊いてくる。

声を圧しだした。

「ダメだ。お前、伯母さんに何といって出てきた? おれがこっちに来てるとはいってないだろ?」

亜由香の唇がへの字に曲がる。図星なのだ。亜由香は伯父、伯母に心配をかけたくない一心で嘘《うそ》を吐《つ》くに違いないと考えていた。

「わかりました。でも、タクシーなんて変に思われちゃいます。駅からだって、歩いて帰れるんですよ」

「ダメだ」今度は語気を強めた。「お前が一人で歩いているところなんか想像したくもない。タクシーに乗せる。それでまっすぐうちに帰れ。いいな?」

強い口調で言い放ったつもりだったが、懇願調に響いているような気がした。

わずかに間をおいて、亜由香はうなずいた。

「はい」

歩きはじめると亜由香はすぐに数学の授業についての話をつづけた。切れ目なく喋りつづける姿が痛々しさすら感じさせる。辰見は短く返事をしながらもっぱら聞き役にまわっていた。

駅前のタクシー乗り場まで来ると、辰見は財布から千円札を三枚抜きだした。

「これで足りるか」

「タクシー代くらい持ってますよ。それに多すぎます」

辰見は亜由香の手に紙幣を押しつけた。ひんやりとした手に触れたとき、亜由香が子供から女へと変わりつつあるのを実感した。

「領収書をもらっておけ。釣り銭と領収書を必ずおれに返すこと、いいな?」

亜由香がにっこりする。

「はい」

亜由香をタクシーに乗せた。ドアが閉まる寸前、運転手に行き先を告げるのが聞こえた。それから窓越しに手を振り、タクシーが遠ざかっていく。

駅前を離れたタクシーが次の交差点で左折し、姿が見えなくなってからも立ち尽くしていた。やがてシルバーグレーのフォードアセダンが現れ、信号が変わる前に交差点に飛びこんでいく。助手席に乗っている紺色のスーツを着た男を見てつぶやく。

「よろしく頼む」

肩の力が抜けた。きびすを返し、駅に向かいかけたとき、入口のわきに立っている中島に気がついた。

近づいて声をかける。

「今日は一日ありがとうございました」

「ちっともびっくりせんね」

「署を出たときからお供が二人ついてましたからね。中島さんの差し金だろうとは思ってました」

中島が渋い表情になる。だが、すぐに気を取り直したようだ。

「明日は勤務け」

「はい」

「七時五十九分の特急に乗れば、今日中に東京へ着けるが……」

「二時間ほどありますな」

うなずいた中島が歩きだし、辰見はあとに従った。

自宅の前に差しかかり、リモコンのボタンを押した。二分割されたシャッターの片側がせり上がっていくのを確認し、通りすぎたところでブレーキを踏んだ。白のハイブリッド車は電気モーターだけで走るときにはタイヤが路面に貼りつき、剝《は》がれる音まではっきり聞こえるほど静かになる。そこが気に入っていた。

ギアをバックに入れ、センターコンソールに埋めこまれたバックモニターを見ながら後退させていった。車の後尾が車庫の入口にさしかかると左右のドアミラーをチェックし、ハンドルをさらに切る。

バックモニターに映っている黄色のラインが車の方向を示し、内側にある赤のラインがボディを表していた。ミラーとバックモニターを交互にチェックしてブレーキを緩める。ハイブリッド車はふたたび後退した。

今動かしている車より横幅が一メートル大きくなっても入れられるよう車庫は余裕を持って造ってあった。それでも所定の位置にぴたりと収まると気分がいい。

車の尻が入ったところでセンサーが感知し、車庫内の照明が点いた。

後方の壁とバンパーに一メートルほどの間隔をあけて停止させ、エンジンを切った。リモコンを使ってシャッターを下ろし、車から降りる。

シャッターが下りきると車庫の中には静寂が満ちた。

となりに停めてあるサンドイエローの四輪駆動車から見れば、ハイブリッド車は一回り以上小さい。

相手のあとをそっと尾けようとするとき、ハイブリッド車の静寂性はありがたかったが、山道を踏破するには力不足だ。

環境問題や燃費の良さが話題となり、異様に人気が高まったせいでハイブリッド車が手元に来るまで半年も待たなければならず、つい一週間前に納車されたばかりだ。

四輪駆動車を飛車、ハイブリッド車を角と位置づけていた。

二台そろったことでようやく完璧《かんぺき》な力を手に入れた気がした。

4

中島に連れられて入ったのは、カウンターと小上がりだけのこぢんまりとした鮨屋《すしや》で、入口ののれんには誠の一文字が染め抜かれていた。カウンターに並んで座り、まずは生ビールを一杯ずつ飲んだ。

「せっかく魚津に来たがだ。時間もあまりないことやし、日本酒に切り替えて、刺身でももらわんまいけ」

「いいですね。そうしましょう」

「ぬる燗《かん》でいいけ」

「結構です」

中島はカウンターの中に立っている店主に向かって、指を二本立てた。

「酒にしてくれ」

「はい」

店主は四十歳前後に見えた。若く見える。今どきの四十歳が若いのか、自分がそれだけ歳をとったのか。

　ほどなく刺身の盛り合わせと銚子が二本、ぐい飲みとともに運ばれてきた。酒も魚もとくに注文しないところからすると、昼間のそば屋同様馴染みなのだろう。

「独酌でいいけ」

「はい」

　辰見は銚子を取り、ぐい飲みに注《つ》いだ。乾杯の格好だけして、ひと息に飲みほす。適度な甘みがあった。中島もぐい飲みを空け、二杯目を注いだ。

「酒は銀盤だ。となりの黒部の酒でね。二級……、今は普通酒いうがか、まあ、どっちでもいいけど、これが一番うまい。地元の人間は普通酒ばかりやよ」

「そうなんですか」

「何が普通ながかねぇ」

　ぼやくようにいったあと、中島はカウンターに肘《ひじ》を引っかけ、辰見に向きなおった。

「ところで、どこで気ぃついたん？　うちの人間がくっついとるがが」

「署を出るときから予想はしてました。中島さんがえらく親切でしたからね。あとあとまで面倒を見てくれるだろうと」

「おれか……、まいったね」

　中島は苦笑し、ぐい飲みを口元に運ぶ。

「あの二人はなかなか優秀そうですな」

「紺のスーツを着とった方が本田といって、おれが魚津にいたときの相勤だ。片割れが山羽。こっちは若い。まだ三十にもなっとらんがじゃないかね。本田にしても四十手前か」

「どっちも若いですな」

「そうやね。おれたちから見れば若い。山羽は魚津に来て二年にもならないけど、あいつらの上司、一係長の鈴木というのがまた叩《たた》き上げでね。人数は少ないが、なかなか優秀なんがそろってるよ」

「課長は川崎さんですか」

「いや、船越というが……」片方の眉を上げ、辰見を怪訝そうに見たあと、にやりとした。「ホンダにヤマハ、スズキと来れば、次はカワサキか。それじゃバイク屋やぜ」

「つまらんことを……、失礼しました」

刺身をつまんだ。脂の乗った一切れを口に入れる。旨《うま》みが舌の上に広がった。

「さすがですね。これ、ハマチですか」

店主が顔を上げる。

「ここらじゃ、フクラギといってますが、最後はブリですから同じですね」

店主は富山ではツバイソ、コズクラ、フクラギ、ハマチ、ガンド、ブリと成長するごとに名前が変わると教えてくれた。いわゆる出世魚だ。

「でも、フクラギとハマチを並べても区別はつきませんよ」

しばらくの間、黙って刺身を口に運び、ぬる燗の酒を飲んだ。中島が灰皿を手元に引きよせ、タバコを取りだす。

「わざわざ来た甲斐《かい》はあったけ」

「中島さんや本田さん、山羽さんに亜由香をおぼえてもらえましたからね」

タバコを吸いつけた中島が煙を吐き、うなずいた。

「たしかに。あの子が相談に来たとしてもきちんと受け付けたかどうか」

「いずこも同じです。うちらでもまともに話を聞いたかどうか。まして取り込みの最中ですから」

「難しい」

中島がそういったとき、電子音が響いた。懐に手を入れ、携帯電話を取りだす。失礼と断って、座ったまま耳にあてた。

「はい、中島……、そうけ、わかったちゃ。それじゃ、戻ってくれ……、ご苦労さん」

携帯電話を折りたたみ、懐に戻す。

「本田からだ。あの子はまっすぐ自宅へ戻ったそうだ」

「ありがとうございます」

今度はワイシャツのポケットで辰見の携帯電話が振動した。二度震え、止まった。

「失礼します」

携帯電話を取りだし、開いてみる。亜由香からのメールだった。到着しましたという文面とともにVサインを見せている自分の写真を添付していた。

中島に見せた。目を細め、顔を遠ざけるようにして見る。

「可愛い子だ」

「私もそう思います」

携帯電話を閉じて、ポケットに戻す。ついでに背広のポケットからタバコを取りだす。ちょうどそのとき、店主が奥の厨房《ちゅうぼう》に入った。

「実は知り合いに今回の件をちょっと調べてもらいましてね。ちょっと気になることがありまして」

「何け」

「犯人《タマ》に関して何も見つかっていないとか」

中島の表情が険しくなる。タバコを灰皿で押しつぶした。

「そうだ。行為の痕跡はあるいうがに何も出てこん。今も継続して調べとるけど、見事なくらい何もない」

中島は辰見に目を向けた。

「どういうことだと思う?」

「さあ、想像もつきません」

「辰見さんの知り合いいうがは?」

「古書店の店主なんです。知り合って十年ほどになりますが、奇矯な性癖を持った連中に詳しい人で、そっち系の道具も商ってるんです」

澁澤の顔を思いうかべ、昼間成瀬から電話があったことを思いだした。列車に乗る前にもう一度電話してみようと決めた。

「本人にもその趣味があるがけ」

「さあ」辰見は首をかしげた。「そうは見えないんですけどね。どこかの大学の教授といった風情で」

「その人は何ていっとる?」

「極端な潔癖症じゃないかといってましたが、今もいろいろ調べてくれているんです」

レジのそばに置いてあったノートパソコンも水を被《かぶ》っただろう。だが、それよりも怪我の程度が気にかかった。

厨房から店主が出てきて、辰見と中島の前に皿を置いた。白身魚の刺身が数切れずつきれいに並べてある。

「ヒラメの昆布締めになります」

店主がいい、中島が苦笑する。

「これぞ贅沢《ぜいたく》だよ。魚津っちゅうがんは、魚の旨いところいうがで地名に魚って字が入ったくらいなん。富山湾というのは寒流と暖流がぶつかって、渦巻いとる。それに昼間もいうたように深いがや。そやから魚の種類が多い上に漁場が目の前と来てる。魚の種類が豊富で新鮮ながに、なぜか土地の人間はわざわざ昆布締めにするがよね」

店主が口を挟む。

「江戸時代から北海道の昆布が入ってきとったがです。高級品だったそうで、それで最高のおもてなし料理は昆布締めになりました」

辰見は箸を取り、一切れ口に運んだ。嚙みしめると旨みが凝縮されているのがわかったものの、刺身で食べたいとも思った。

滑川での聞き込みを中断して、辰見と大川亜由香の張り込みをつづけていたという本田の報告を聞いている間中、鈴木は目を閉じ、小刻みに右膝《ひざ》を上下させていた。唇の両端が下がっており、眉間《みけん》には深い皺が刻まれている。

報告が終わると鈴木は目を開き、本田を睨《ね》めあげた。

「それで女子高生は何ごともなく自宅へ帰ったんだな?」

「そうです」

鈴木の様子を見ていれば、中島が独断で本田、山羽を呼びだし、尾行につけたのは間違いなかった。明らかに命令系統を無視しているだけでなく、警部補の鈴木を巡査部長である中島がないがしろにしたことになる。

階級社会といわれる警察だが、刑事は職人技でもあり、経験と技倆、ときには直感がものをいうことは鈴木もわきまえている。それだけに本田と山羽を単純に叱責《しっせき》しないのだ。

鈴木は唸り、本田、山羽を交互に見た。

「それで何か見たか」

「いえ」

本田はうつむいたが、山羽が口を開いた。

「自分はちょっと気になる男を見ました。先輩が駐車場を見てくるといって現場を離れたとき……」

「何?」

鈴木が訊きかえし、山羽が言葉に詰まる。本田は顔を上げられなかった。

「お前、まだあの爺さんの話を真に受けてるのか」

「いえ……、あ、いや……、辰見と女子高生はハンバーガー屋から動きそうもなかったですし」

「もう、いい」鈴木の貧乏揺すりはつづいた。「で、どんな奴を見たんだ?」

「年齢は三十前後で、身なりはわりとちゃんとしてました。ジャケットにチノパンツで、ネクタイはしてませんでしたけど、髪もきちんとセットしてましたし。背が高くて、かなりいい男でした」

「何が気になったんだ?」

「ハンバーガー屋の方を見てたんです。凄《すご》い目つきで」

「凄いってのは、どういう意味なんだ?」

「怒りというか、憎悪というか、何かそんな目で見てました」

「それで?」

「ハンバーガー屋を睨《にら》んでたのは、ほんの一瞬で、それから足元を見て歩きました。自分はすれ違ったんですけど」

「お前に気づいて目を伏せたのか」

「いや、自分には気づいてなかったようです。それでもウィークデイの昼間に歩いてるにしてはきちんとした格好だし、商品を見ているわけでもないし」

「そのあとそいつはどこへ向かったんだ?」

「いや……、二人を見張れという命令でしたし、先輩はいないし、目を離すわけにもいかなくて……」

山羽がしどろもどろになるほど、鈴木の貧乏揺すりが大きくなる。

「本田、駐車場に黄色の大きな車はあったか」

「いえ」

「わかった」鈴木の膝が止まった。「二人ともご苦労だった。今夜は帰っていい。少し休め」

返事をして離れようとしたとき、鈴木が声をかけてきた。

「おい、タクシーの領収書を置いていけ」

本田はズボンの尻ポケットから財布を取り、ショッピングモールから埋没林博物館まで利用したタクシーの領収証を鈴木に渡した。

改札口を抜け、ホームに出ると辰見は屋根からぶら下がっている大きな時計に目をやった。特急がやって来るまであと七分ほどある。日本酒の酔いにほぐされ、ふくらはぎがだるかった。

胸ポケットから携帯電話を取りだすと、澁澤の番号を選んで発信ボタンを押した。三度目の呼び出し音が途中で切れ、つながった。

「もしもし？」

ひどいがらがら声で、一瞬、誰かわからなかった。

「澁澤さん？」

「はい」

「辰見です。電話、大丈夫ですか」

「だいじょ……」

電話口で激しく咳《せ》きこむ音がした。携帯電話を耳にあてたまま、辰見は鉄骨が剝《む》きだしになったホームの屋根の裏側を見上げた。しばらく咳がつづき、痰《たん》を切るような音がしたあと、澁澤が電話口に戻った。

「すまん」

声は幾分聞き取りやすくなったものの、それでもまだひどくかすれている。

「煙を吸いこんじゃってね。咽《のど》が荒れてるんだよ。でも、大したことはない。昼間、電話をくれたね」

「ええ、上司から連絡がありまして。怪我をしたと聞いたものですから」

「大したことはないよ。ただ、ちょうど電話をもらったときには病院の処置室にいて出られなかったんだ。電話しなくちゃと思ってたんだけど、そのあとも警察や消防からいろいろ訊かれたり、店の片付けしてたりして……、申し訳ない」

「災難でしたね。店の方は？」

「類焼といってもうちは軒先をちょっと焼いただけだから被害はそれほどでもない。消防の連中が盛大に水を撒《ま》いていったんで、商品が少し濡《ぬ》れたけど大したことはなかった」

「となりは全焼だと聞きましたが」

「古い家だからね。火が点けば、あっという間に丸焼けだ。消防車が到着したときには火が回ってた。婆さんは足をちょっと火傷したくらいで大したことないんだが、火事のショックと住む家がなくなったんで途方に暮れてるよ」

それからしばらく隣家の老女について話をした。八十歳を超えて、ひとり暮らしをしていて、時おり、カボチャを煮たとかトウモロコシを茹《ゆ》でたといって澁澤のところに持ってきていたらしい。千葉県に息子がいるようだが、澁澤は立ち入ったことは聞いていないという。

「病院に息子が来てた。ちょっと話をしたんだけど、実直そうな人だったね。前々からいっしょに住もうといってたんだけど、婆さんがうんといわなかったんだって。今回の火事がきっかけになるかも知れないけど、八十過ぎて、住処《すみか》が変わるのもしんどそうだな」

「そうですね」

「昨日の話だけど、何か進展あった？」

「実は今魚津に来てまして。これから東京に帰るところなんですが。例の件ですが、やはり現場には犯人の痕跡がなかったようです。それと死体を遺棄した場所については犯人が被害者の携帯電話を使って県警のホームページにメールで送ってきたそうで。それと死体は段ボール箱に詰められていたんですが、きちんと梱包されていたとか」

「梱包ねぇ」

列車の到着を知らせるアナウンスが流れた。

「電車が来たようです。近いうちに、また寄らせていただきたいんですが、店の方は？」

「しばらく後片付けをしなくちゃならないだろうけど、店は開けておくよ。開店休業状態というのは、いつも通りではあるがね」

澁澤はからからと笑った。


ガスマスクだけを着けた全裸で、護謨男はリクライニングさせたハーマンミラー社製アーロンチェアに躰をあずけていた。

ゴーグル越しに白い壁を見て、フィルターを通過する呼吸音に耳をかたむけてはいたが、意識は、あの女に奪われていた。

ハンバーガーショップで女は笑顔を見せていた。

一点の曇りもない、純粋、純潔なる笑顔——いまだかつて一度も見たことがなかった——は一瞬にして護謨男に取り憑《つ》いた。

それにしてもあの男は何者なのか——黒い靄《もや》となって疑問が湧いてくる。醜悪で、臭そうな年寄りだ。

胸の内側を掻きむしられる思いがする。

あの笑顔は自分だけに向けられるべきものだ。

女の笑顔、声、仕草が次々に浮かびあがってきて、護謨男の内側に充満していく。皮膚は熱を帯び、股間が硬く屹立していた。

女がピュアでありさえすれば、純血でありさえすれば、今度こそ可能になるはずだ。

護謨男は右手を添え、ゆっくりと上下に動かしはじめた。

だが、わかっていた。硬くなるのは、脳裏に思い描いているときだけだ、と。目の前にすれば、身も心も萎縮《いしゅく》してしまう。それが護謨男の正体なのだ。

第四章　死と、再生と

1

「浅川さんについて何か気がついたことといわれましてもねぇ」

滑川市役所の応接室で向かい合った市民課庶務係長の目は縁なしメガネの奥で落ちつきなく動いていた。同じ話を何度もさせられるのは迷惑だと顔に書いてある。

だが、本田にとっては馴染《なじ》みの表情だ。

「仕事ぶりはどうだったがでしょう。勤務時間中にしょっちゅう席を外すとか、携帯電話をいじっとるとか」

応接室は蒸し暑く、腋《わき》の下や背中にじんわり汗が浮かぶのを感じていた。省エネルギーのため、エアコンの設定温度を高めにしてあるのだろう。庶務係長は半袖ワイシャツでネクタイを締めていなかったが、それでもひたいは脂で光っている。

「警察の方には、すでに何度もお話ししていますが、浅川さんは非常に真面目な子で勤務態度もよかったとしか申しあげようがないがです。それに今年の四月に臨時職員として採用されたばかりですから二ヵ月ほどしか働いてませんし」

「そうですか」

本田は声に落胆をにじませた。庶務係長の答え方は通り一遍で誠意は微塵《みじん》もない。となりに座った中島が何もいわずに足を組み替える。背もたれにふんぞり返っていた。

山羽は今朝早く富山市内の県警本部に行っており、朝の合同会議にも出ていない。昨日、ショッピングモールで見かけた男について、県警本部で写真を見ることになったと一係長の鈴木にいわれた。変質者としてマークされている人物の顔写真だろうと想像はついた。代わりに中島と組むことになったのである。

「六月七日はどうでしょう？　ふだんと変わった様子はありませんでしたか」

「それも何度もお答えしていますが……」庶務係長は中島のつま先をちらりと見て、言葉を継いだ。「午後五時まできちんと仕事をして、退庁したのは五時半になったと思います。その点もいつもと変わりありませんし、プライベートについてあれこれ訊くわけにもいかないですから」

「誰かから浅川さんあてに電話が入るとかは？」

「ありません」

庶務係長の答えは素早く、きっぱりしていた。

「彼女を名指しで、という電話は二ヵ月間一度もありませんでした。何年か勤めとれば、臨時職員にも電話がかかってきたりしますけど」

中島が口を挟む。

「臨時職員でも何年も勤めるがですか」

「契約は単年度ですが、毎年三月の初めに契約更新について話し合いをします。かつては五年という上限がありました。一昨年から二十年に改まったがですけど、特例ということで上限を超えて契約延長することは以前から認められとったがです。仕事によっては、やっぱり経験が必要になりますから」

臨時職員とはいえ、二十年も働きつづければ、ベテランだろう。しかも単年度契約である以上、退職金は不要だ。地方公共団体の財政難は日本全国どこでも珍しくない。経費のうちでも人件費の占める割合が高いだけに最優先で圧縮される。

それから二、三質問したあと、浅川さおりといっしょに働いていたという女性二人にも話を聞いた。女性のうち一人が浅川は高校卒業後、呉山《ごさん》大学薬学部への進学を希望していたが、三年生になったばかりのときに父親を交通事故で亡くして断念したという話をした。もっともすでに別の警察官にも話しているという。

庶務係長、課長に挨拶《あいさつ》し、駐車場に停《と》めた捜査車輛に戻った。今にも雨が降りそうに重く雲が立ちこめているというのに蒸し暑く、車内にも熱がこもっている。運転席に座った本田はエンジンをかけると、取りあえずすべての窓を開けて熱気を追いだしにかかった。

助手席の中島はシートベルトを締めようともせずタバコを取りだす。本田は背広のサイドポケットに入れてある携帯用灰皿を抜いて、中島に差しだした。

「一応、申しあげておきますが、この車は禁煙で、灰皿も取っ払われてます」

「お前だって喫《す》うやろ」

「車の中では喫いません。臭《にお》いがつきますから」

「お前までそっち側にまわったとはな」

そっち側って、どっちだよと思いながら別のことを口にした。

「時代が違うんですよ」

取りあえず駐車場から車を出そうとしたとき、携帯電話が鳴りだした。取りだして見ると、背面の液晶に鈴木と名前が出ている。開いて、耳にあてた。

「はい、本田です」

「今、電話、大丈夫か」

「はい」

「今日の正午のニュースを聞いておけ。ラジオでもやるはずだから。トップではないかも知れないが、全国ニュースだろう」

「何があるんですか」

電話口の向こうで鈴木が唸った。

「まあ、聞けばわかる」

「はい。山羽は戻りましたか」

「いや、まだだ。それじゃ」

電話が切れた。携帯電話を折りたたみ、ワイシャツのポケットに戻す。携帯灰皿を左手で持ち、タバコを喫っていた中島が顔を向ける。

「何の電話け」

「係長からです。正午のニュースを聞いておけって。中身は聞けばわかるということでした」

本田はカーラジオのスイッチに手を伸ばした。その上に埋めこまれたデジタルクロックが午前十一時五十八分と表示していた。

白のハイブリッド車に足早に近づきながらキーについたリモコンのボタンを押し、ドアロックを外した。つづいてもう一つのボタンを押してエンジンをスタートさせる。ドアを開け、運転席に滑りこむ。

ドアを勢いよく閉じると、固く目を閉じてエアコンから噴出する浄化された空気を深々と吸いこんだ。

今にも雨が降りだしそうな澱《よど》んだ大気には人体が放つあらゆる悪臭、埃、細菌、そして悪意が大量に満ちている。いずれも目には見えないという点で同じで、皮膚に付着するだけでなく、呼吸するごとに肺胞に入りこみ、凄《すさ》まじい勢いで根を張り、膨張していくのが感じられた。一刻も早く、すべてを吐きだそうと深呼吸をくり返す。

ようやく落ちつき、目を開いたとき、カーラジオから流れる男性アナウンサーの声が聞こえた。

「……逮捕されたのは市内に住む職業不詳、畑田晋作《はただしんさく》容疑者、三十歳です。畑田容疑者は本日未明、自転車で通行していた二十二歳の女性に抱きつき、ナイフをちらつかせて脅迫、躰《からだ》を触るなどしたと見られています。富山県警本部と魚津警察署は畑田容疑者がこの一ヵ月ほどの間に魚津市内で発生した二件の女性死体遺棄事件にも重大な関与をしているものと見て、今後慎重に捜査を進めるとしており……」

運転席の窓をノックされ、はっと顔を上げた。心拍数が一気に跳ねあがる。

窓越しに顔の大きな、太った女が見えた。平べったい顔に厚化粧を施し、不気味な表情をしている。生唾《なまつば》を嚥《の》んだものの窓を下ろすときには、口元に笑みを浮かべることができた。

「お車、替えられたんですか」

女が口を開くと、錆《さ》びた鉄管を思わせる口臭がふわりと押しよせてきた。何年も被せっぱなしの銀冠、金冠が腐食し、それが唾に濡《ぬ》れて悪臭を放っている様子が一瞬にして脳裏に浮かぶ。

「ええ」咽のむず痒さに耐えきれず、咳払いをした。「……失礼。替えました。やっぱり燃費が違いますから」

「一番のニューモデルじゃありませんか」

ほれぼれしたというような目で女は車を見た。両目から巨大な舌が伸びて、白いボディを嘗《な》めまわしているような気がする。

「ええ、まあ」

女がにこにこしながら顔を向けてくる。

「今日はもう終わられたんですか」

「はい、午前中だけですから」

「ご苦労さまでございます」

黒く変色した歯茎がよだれに濡れているのは正視に耐えなかった。我慢は限界に近づいている。

「すみません。ちょっとこれから用がありまして」

「失礼しました」

女は車から離れかけたが、すぐに足を止めた。

「そうそう、肝心なことをお伝えするのを忘れるところだった。私どもは感心しています。大いに期待しておりましたが、それ以上です、廣本《ひろもと》先生」

「恐れ入ります」

「それでは」

女が背を向けて遠ざかっていく。急いで開閉スイッチを押し、窓を閉めた。ギアをDレンジに入れようとして手が止まる。

運転席の窓ガラスに手脂の跡がついていた。

黄水が湧《わ》き、咽を灼《や》く。前に向きなおると、ギアを入れ、サイドブレーキを外す。アクセルを踏みこんだ。

タイヤが短く、鋭く鳴った。


魚津警察署裏手にある駐車場に捜査車輛を停めると、中島が携帯灰皿を差しだした。本田は受けとって背広のポケットに落としこんだ。

「今日は全然喫わんかったね」

「たっぷり副流煙を吸わされたからじゃないですか」

「ふざけたことを」

「冗談ですよ」

ラジオの放送があった直後、滑川署の刑事課から呼び出された。行ってみると、案の定、今日の聞き込みは終了といわれた。鈴木に報告の電話を入れ、昼食をとってから帰ってきたので午後二時近くになっている。

二階の刑事部屋に上がると、第一係には山羽も戻ってきていた。朝からずっとパソコンのディスプレイを睨んでいたのだろう。まぶたが腫《は》れぼったい。

本田と中島が近づくと、鈴木が立ちあがった。

「ご苦労さん」

「勇み足ってことはないだろうな」

中島が先に口を開き、鈴木が渋い表情になる。

実は本田も同じことを憂慮していた。最初の被害者、小暮真由美が殺害されてからかれこれ一ヵ月になる。特別捜査本部に焦燥《しょうそう》の空気がなかったとはいえないし、事件から一ヵ月などと切りのいいタイミングでマスコミが話題を蒸しかえす可能性もある。

「準強制わいせつでの逮捕は間違いないです。いくつか不明な点もありますし……」

階級では鈴木の方が上だが、現場では中島が先輩であり、自然と言葉遣いも変わった。刑事が職人の世界であることを表している。鈴木は机の上から半透明のプラスチックファイルを取りあげ、中島に渡した。

中島がファイルから書類を取りだし、本田はわきからのぞきこんだ。クリップで写真が留めてある。写っているのは、無精髭《ぶしょうひげ》を生やし、野暮ったいセルフレームのメガネをかけた男だ。顎《あご》の下が膨れあがっていて、顔写真《ガンクビ》を見ただけでかなりの肥満体だとわかる。

「これが？」

「畑田晋作です。去年まで愛知県で契約社員として働いていたんですが、昨年末に失職して戻ってきてました。富山市の出身で、現在は親と同居してます」

「以前から内偵しとったがか」

「春先くらいからのようです。市内の繁華街で歩いている女にいきなり抱きついたりして、警戒していたところに引っかかりました」

鈴木が本田に目を向けた。

「畑田の愛車だがな、軽の四輪駆動車で色は黄色だそうだ」

「軽ですか」

「足回りを改造してあって、車高を高くしてあるみたいだ。マフラーも改造して、派手な音を立てるって。背が高くて、大きな音がすれば、車そのものがでっかく見えることもあるんじゃないか」

ふたたび中島が口を挟む。

「身柄《ガラ》は？」

「富山中央《チュウオウ》警察署が確保して持っていきました」

書類をファイルに差し、中島は鈴木に返した。

「まずは四十八時間の勝負か」中島は首を左右に倒した。「畑田が自供《ゲロ》するまで、特別捜査本部はそのままだな」

「はい、……といってもそれぞれ仕事を抱えてますからね」

鈴木のいうそれぞれの中に中島は含まれていない。だが、中島は一向気にする様子もなくうなずいた。

「そやね。おれは四階に戻っちゃ」

中島は片手を上げ、刑事部屋を出ていった。鈴木は中島の背中を見送り、本田に視線を移したが、何もいわずに肩をすくめてみせただけだった。

本田は取りあえず自分の席に戻った。

「お疲れさまでした」

山羽が声をかけてくる。目が赤い。

「昨日は自分のうちで寝られたんだろ？」

「今朝、三時に叩き起こされましてね。迎えの車が来て、そのまま県警本部《ホンシャ》に連行ですよ。向こうに行ったらあとはずっとパソコンと睨めっこ」

「わいせつ犯か」

「はい」

「いたか」

本田の問いに山羽は首を振った。昨日、ショッピングモールで見かけたという男がその写真の中にいたかという意味だ。

「全部で六百人ですよ」山羽が声を低くする。「その中には畑田の写真もありましたけど、似ても似つかないから気にもしませんでした」

「イケメンいうてたな」

「それもかなりの」

本田は山羽の肩を叩いた。

「とにかくご苦労さん。まあ、これで一件落着なら良しとしようや」

鈴木が咳払いする。死体は魚津署管内で見つかっている。被疑者を確保したのは富山中央署であり、手柄を持っていかれたことになる。

面子《メンツ》の問題じゃない――本田は胸のうちでつぶやく――とにかくくたびれた。

太った男の顔がテレビに大きく映しだされていた。まだらに伸びた無精髭は汚らしく、ひたいを斜めに覆っている必要以上に多い脂っ気のない髪がうっとうしかった。締まりのない分厚い唇、顎は小さく、その下に脂肪の分厚い層が垂れさがっている。何も考えていない鈍重そうな目に嫌悪をおぼえた。

アナウンサーの声が映像に被さる。

「……特別捜査本部では畑田容疑者が魚津市内で発生した二件の死体遺棄事件にも何らかの関与をしているものとして慎重に捜査を進めております」

昼間、カーラジオで聞いた内容とまるで変わりない内容をくり返している。警察は犯人が自供するのを待っているのだろうが、自供のしようがない。少なくとも二件の死体遺棄について醜悪なデブが何ら関与していない以上、ひと言たりとも喋《しゃべ》れるはずはない。だが、鈍重そうな畑田の目を見ているうちに警察に誘導されるまま、自供してしまうかも知れないと思った。

自分の身代わりになって、今テレビに映っているデブが処刑台に吊されるところを想像してみた。二人を殺し、山中に死体を埋めたとなれば、まず死刑だろう。警察、検察、裁判所はいずれもお役所であり、頭にあるのは瑕疵《かし》のない文書を作成することでしかない。

畑田某という男は会ったことも見たこともなかった。警察はまるで見当違いの場所をまさぐっていることになる。そうであれば、このまま息をひそめ、何もしないでいれば、誰にも何も気づかれず平穏な生活をつづけられる。仮に畑田某の冤罪《えんざい》が証明されたとしても、そのときには事件から時間が経過しすぎていて捜査の手は自分から遠ざかっている。

何より世間が忘れてしまうだろう。現今、連続殺人などよくある話で、毎日のようにニュースになっている。しかもたった二人なら数ある派手な事件の間に埋没していくに違いない。

二人を殺してみて知ったのは、代用品は代用品でしかなく、満足にはほど遠い。だからといって究極の目的を目の前にしても思いを遂げる勇気が自分にあるのか疑わしかった。手を伸ばすどころか、息が詰まって声すら出せなくなるのではないか。

畑田某の写真を見て、憤りを感じてもいた。誰かが自分の代わりに死刑になってくれるのはありがたかったが、どうしてよりによってこの醜悪にして薄汚いデブなのか。テレビを通じて写真を見ているに過ぎなかったが、この畑田某がこの先生きていても本人はさほど楽しくはないだろうし、世間に対しても何の価値もないだろう。それならば一命を奪われることで、世間にささやかなカタルシスをもたらした方がはるかにましかも知れない。

生きてさえいれば、いつかは誰かのためになれるなどというのは陳腐な夢物語だ。世界中が人口過多にあえいでいる。本当に誰かのためになりたいと望むなら、たった今、酸素と水と食糧の浪費をやめることだ。

人は誰しも何らかの価値があると思うのは傲慢《ごうまん》だ。

テレビに出てくるタレント、アイドルも一年もすれば、あらかた消えうせ、忘れられる。寿命の短い商品でしかない。代わりはいくらでもいる。まして名もない人間にどれほどの価値があるというのか。二人を殺して、のうのうと生きている自分にしても価値のある人間だとは思っていない。

それにしても醜悪な畑田某が自分の代わりに……。

脳内でめまぐるしく回転し、あちこち飛びまわっていた思考がぱたりと止まった。

部屋には相変わらずアナウンサーの声が流れている。

「そうは行くか」

口元に笑みを浮かべた。

畑田某が犯人でないことは、世界中の誰より自分が知っている。警察は揺さぶりをかけているつもりなのだ。自己顕示欲の強い犯人が慌てて、ミスを犯すだろう、と。

慌てることはない。畑田某が自供し、裁判で死刑判決でも受けてくれれば、むしろ好都合と考えていればいい。これっきり畑田某については忘れることにした。

リモコンを取りあげ、テレビを消すとアーロンチェアからゆっくりと立ちあがる。

変態する時刻だ。

2

雨だ。

魚津警察署の裏口を出た本田は首をすくめ、駐車場を走りだした。自家用の軽自動車にたどり着き、ドアを開ける。エンジンをかけてから、両袖や肩の水滴を払った。センターコンソールのデジタル時計に目をやった。午後七時半を回ったところだ。

　事件解決は畑田の自供待ちなので特別捜査本部は解散しないものの、今夜は早めの帰宅が許された。

「さて」

　つぶやいてみたが、まっすぐ帰宅する気になれなかった。だが、酒を飲みたいという気分でもない。取りあえずタバコに火を点《つ》けた。コラムシフトのファミリー向け軽自動車はおもに本田の通勤用とはいえ、妻も時おり使う。まだ、何もいわれていないが、早晩灰皿が汚れていること、臭いが残っていることで苦情を申したてられるだろう。小学校に入学したばかりの娘がいて共済会から限度枠いっぱいの融資を受けて自宅を建てている。つまり少なくともあと二十年は働きつづけなくてはならない。妻が心配するのは、本田の健康だろう。精神を健全に保つために喫煙を再開したのだが、屁理屈《へりくつ》に過ぎないことは自覚していた。

　ライトを点け、駐車場から軽自動車を出した本田は自宅には向かわず、北陸自動車道に乗り、西へ向かった。三十分ほど走り、富山西インターチェンジで降りるとすぐ南にある県山大学キャンパスに向かった。そこには医学部、薬学部、付属病院がある。

目当ての研究棟の駐車場に車を入れ、建物まで走った。雨脚が強まっていて、たちまち首筋が濡れる。中に入り、うす暗い階段を昇りながらハンカチで頭、首、肩と拭《ぬぐ》っていった。三階まで上がって廊下を歩きはじめる。

上部に曇りガラスのはまった研究室のドアまで来て、ノックした。ドアのわきには法医学研究室の木製看板が掲げられている。医学の文字が旧字体になっていた。

ドアが開き、縁なしのメガネをかけた若い男が顔をのぞかせた。ぞろりと白衣を羽織っている。助手なのか学生なのか判然としない。

「小菅《こすげ》先生、おられますか」

「どちらさん？」

「高校時代の同級生で本田といいます。ちょっとお目にかかりたいがですが」

お約束ですかでも少々お待ちをでもなく、鼻先でいきなりドアを閉められた。昨今、医学部に進学するには世間的な常識を学ぶ時間などないのだろう。ほどなくドアが開き、先ほどと同じ男が顔を見せた。

「どうぞ」

男につづいて研究室に入り、後ろ手にドアを閉めた。壁の両側にはスチール製のラックが並び、びっしりとファイルが並んでいる。中央には机が向かい合わせに配置されていた。

法医学研究室といってもガラス瓶に入った内臓や目玉、解剖台があるわけではない。並んでいるのはパソコン、パソコン、パソコンだ。部屋の隅には何かの機械があったが、どのように使うのか見当もつかなかった。

奥の右にある入口まで男が行き、開けはなたれているドアをノックして告げた。

「来ました」

「どうぞ」

男は本田を見るでもなく、自分の席に戻っていく。案内された小部屋に入ると、窓際に置いた机に向かい、ノートパソコンを見ている女性がいた。白衣を着用している点は先ほどの男や研究室にいる男女と同じだ。入口で名乗ったことに嘘はなく、法医学研究室の准教授小菅依子《よりこ》は高校時代の同級生である。二年に進級するときにクラス替えがあったものの、依子とは三年間同じクラスだった。

「ちょっと待ってね。すぐ終わるから、ここに座っとって」

依子はパソコンから目を離さず、かたわらの丸椅子《いす》を指した。

「すまない。唐突に押しかけて」

「なーん」

丸椅子に腰を下ろす。ほどなくパソコンから顔を上げた依子が眉間《みけん》に皺《しわ》を刻んだ。

「申し訳ない。ドア、閉めてくれん？」

「ああ」

立ちあがって、ドアを閉めた。しげしげと眺めて思わずつぶやく。

「何じゃ、こりゃ」

ドアの周囲には白いプラスチックプレートが貼られており、壁と密着するようになっている。丸椅子に戻った。

「こいつのせい」

依子はタバコのパッケージを手に取り、小さく振ってみせた。

「医者の不養生なんていわんでね、聞き飽きたから。学生たちにはガス室って呼ばれとるけど、おかげで准教授の中では真っ先に個室があたった」

「ドアの目張り、自分でやったんけ」

「まさか。上品でご清潔なお坊ちゃんたちの偉業やよ」

そういって依子は窓を開けた。湿った空気が流れこんでくる。ちらりと外を見て、大きく息を吸いこむ。

「私は雨降りが好き。晴れとるといい天気で、雨が降ると天候の悪化なんて理不尽よね」

本田に向きなおった依子はタバコをくわえて火を点けた。ノートパソコンのわきには灰皿代わりの空き缶があった。はっとするような美人ではないが、きりりとひき締まった顔立ちで長い髪を頭の後ろで束ねている。

「それで？」

「今日の昼間、滑川で聞き込みをやっとって浅川さおりがお前の後輩になるかも知れんかったと聞いたがよ。薬学部の方やけど」

「浅川さおりって？」

「二番目の死体遺棄事件の被害者《マルガイ》……、たしか検視官の欄に小菅ってサインがあったと思うけど」

依子は監察医の一人でもある。

「ああ」依子はうなずいた。「ごめん。名前、忘れとった」

タバコの灰を落とし、煙をふっと吐いた。

「うちの薬学を目指しとったんけ」

「高校三年のときに父親が交通事故で亡くなって進学を諦《あきら》めたらしい」

「根性ないな。奨学金制度なんかいくらでもあるし、進学ローン使ってもいかったねか」

たしかに、と本田は思った。浅川さおりが呉山大学の学生となっていれば、殺されずに済んだかも知れない。

「犯人は捕まったがやよね」

「重要参考人だな。身柄《ガラ》はここの中央署が持っていった。でも、取り調べは本部の連中がやってるだろ。特別捜査本部《ちょうば》が立っとったから」

「成傷器《せいしょうき》は片刃の鋭器《えいき》だけど、切創《せっそう》ではなく、刺創《しそう》だった。盲管《もうかん》のね」

法医学では、肉体の損壊を創《そう》と傷《しょう》に分けている。皮膚が破れていれば創、破れていなければ傷だ。鋭器はたいてい刃物を指し、刃がついていない千枚通しやアイスピックなどの尖器《せんき》と区別される。刺創は入口が小さく、躰の奥深くにまで損壊が及んでいるのが特徴で、検視には注意が必要だとされる。

昭和四十三年に起こった連続射殺事件では米軍から盗みだされた二二口径拳銃が使われたのだが、当初凶器はアイスピックと見られていた。

「そうそう思いだしたわ」

被害者の名前は忘れても傷の形状によって事件を思いだせるようだ。依子は本田を見た。

「刺創管《しそうかん》はここから……」依子は自分の鳩尾を指さした。「二十三センチあった」

指を上に向ける。

「刺入角《しにゅうかく》は上向き三十度で、創壁は平滑で架橋状組織片はなし。傷口もきれいだったから凶器に刃こぼれなんかはない。新品か、手入れの行き届いた大型ナイフやね。サバイバルナイフでも峰にノコギリなんかはついとらんタイプ。胃、肺、心臓も損壊しとったから、まあ、即死やね。でも、ちょっと変だった」

「変？」

「検視報告書にも所見として書いたけど、傷口の周辺に皮下出血や表皮の剝離《はくり》は見られんかった」

　ナイフを根元まで突き刺すと鍔《つば》が皮膚にあたり、傷つけることが多い。

「途中まで突き刺して止めたとか」

「それも考えられんくもないけど、創の状態から見て一気に突いとる。刺創管の先端は背骨に達しとらんから骨にあたって止まったとも考えられん」

　犯人は鍔も柄もない凶器を使ったということか――本田は思いを巡らせた――でも、どうやったら持てる？

　依子は低く唸り、缶にタバコの灰を落とした。

「今日、逮捕された男の写真をテレビで見たがだけど、何だか納得できんがよねぇ」

「どこがけ」

「被害者には両手首、両足に縄状のもので縛られた跡があったんは知っとるやろ？」

「ああ」

　それから依子は縄目と傷の状態からして被害者は仰向けに寝かされ、両手首を縛られたまま頭上にあげ、両足は大きく開かれた状態だったといった。

「そんな格好で全然抵抗できんまま鳩尾をひと突きされた。縄の跡の周辺には激しく擦《こす》れた痕跡があったから、もがいたんは間違いないがだけど、固縛される前に抵抗したと思われる傷はなかったんよね」

「大人しく縛られるままになっとったいうことけ。ナイフで脅されて、縛られるにまかせるしかなかったか、薬物で眠らされとったという線は？」

「どちらも考えられんくはないけど、遺体から薬物は検出されとらん。排出された可能性はある。だけど、第一の事件……」

「小暮真由美」

「そう、彼女の検視はうちの教授がやったがだけど、私も立ち会ったんね。彼女の場合、死ぬ一時間前までにビタミン剤を服用したことがわかっとる。ビタミン剤の成分が体内に残っていて、ほかの薬物が出んいうんは変なのよ」

「それじゃ、脅されとったいう線か」

依子はふたたび唸り、タバコを持った手で頭を掻いた。

「矛盾を感じるのは今回逮捕された男の写真を見たときなんよ。どう見ても気色の悪いデブやろ。脅されていたにしても拉致されてから縛られるまでまるで抵抗せんがかなぁと思って。まあ、人好き好きではあるけど、二人となるとねぇ」

顔をしかめた依子は缶の内側にタバコを押しつけて消した。

小学校四年のとき、祖父の死に顔を見た。頭蓋骨《ずがいこつ》に蠟《ろう》でできた薄い膜を張りつけたようだった。夏の暑い盛りだというのに祖父は分厚い布団に寝かされ、掛け布団も顎のところまで引きあげられていた。

鼻の穴には左右とも脱脂綿の玉が詰められていて、息苦しいから口をぽかんと開けているのだろうかと思っていた。死んだということはわかっていたのだが。

祖父の頰《ほお》に手の甲をあてた。変に冷たくて、骨があたるのを感じた。皮膚はぬめっとしていて、やはり蠟でできているようにしか思えなかった。それでも骨は薄膜の下でしっかりしていた。

家族の誰の呼びかけにも応じなくなってから七十二時間後に医者が死亡時刻を告げた。祖父が息をしていないことに気づいてから連絡し、やって来るまで一時間以上かかったというのにオーデコロンの匂いをさせた医者は聴診器を祖父の胸にあて、まぶたをめくってペンシルライトの光を目玉にあてた。

医者が診ないと死んだことにならないのが不思議だし、少しおかしかった。

その日の朝、祖父の呼吸が止まっていることに最初に気づいたのは祖母だ。それまで誰もがベッドに横たわる祖父におはようと声をかけながら反応がなくても気にも留めなかった。祖父が身動きしないことにすっかり慣れきっていたからだ。

実際に息が止まったのは、前の晩かも知れない。明け方だったのかも知れない。あるいはもっと前だった可能性もある。

しわしわだった祖父の顔が死んで時間が経《た》つほどに皮膚が伸びていき、骨にあたる部分はてかてかしていって、だからこそ作り物のように見えたのだが、それこそが無生物の証《あか》しだったのかも知れない。

その日から自分の死に顔を見下ろしてみたいと思うようになった。

鏡に向かってあれこれ練習してみたり、横たわり、タイマーを使ってカメラで撮ってみたりしたが、蠟製の薄膜に覆われた頭蓋骨は写らなかった。

死に顔はうまく作れなかったが、死体となって横たわる自分を想像するのはわくわくした。

祖父と同じように真夏だというのに厚い布団の間から唇の色さえ失った白い顔をして寝ている自分の姿にうっとりした。

十代半ばくらいからはいろいろな死に様を想像するようになった。インターネットのグロサイトを徘徊《はいかい》するようになった影響だろう。頭が割れ、脳みそと血が散らばっているところ、腕や足、ときには下半身がちぎれていたりするところ、場所はアスファルトの上だったり、どことも知れない泥沼だったりしたが、それでも白い顔が汚れているところは想像しなかった。

白い顔とぬめぬめした赤い肉が見えている裂けた肉体のコントラストこそ魅力にあふれていた。

だが、護謨男に変態するようになってから夢想は形を変えた。

フィルターを通して吸いこまれ、吐きだされる呼吸音に耳をかたむけ、ガスマスクの内にこもった熱でじっとり汗まみれになっていた。

ゴーグル越しにぼんやり天井を見ている。

全身をラバースーツで包み、手袋、リストバンド、ブーツ、革のハーネスとベルト、そしてガスマスクを着け、アーロンチェアに躰をあずけていた。かれこれ三十分になるだろうか。ひょっとしたら十分も経っていないのかも知れない。

壁に掛けた丸い時計を見るのにちょっと目を動かすのでさえが億劫《おっくう》になってきていた。

皮膚呼吸が遮断され、体内の酸素量が減ることで意識が遠のいていくと、ようやく本物の護謨男が立ちあがってくる。

小学生の頃からあれこれ夢想し、それでも納得できる姿が浮かばなかった自分の死に様が今ははっきり想像できた。

穢《けが》れなき白い顔など似合わないのだ。

護謨男となって椅子に座っているだけでどんどん体内酸素が減っていき、やがて失神する。その後、ゆるやかに、穏やかに窒息していく。ラバースーツの内側で命を失った肉体は細菌に食い散らされ、組織の境界は曖昧《あいまい》になり、どろどろの粘液となっていくだろう。一方、腹腔には腐敗ガスが溜《た》まり、どんどん膨らんでいく。

そしていつの日にかラバースーツを破裂させる。

一個の肉体は茶褐色の臭《くさ》い飛沫《しぶき》となって天井や壁に飛びちり、それでもなお残った粘液が破れたラバースーツから床へとあふれだす。

さらに時間が経過することで粘液は渇き、組織片も乾燥していく。椅子の上に残るのは、腹の裂けたラバースーツを着た骸骨《がいこつ》だ。

肉体が滅びていくさまを見下ろしていられないのは残念だが、それでも護謨男の最後の変態は納得がいった。その姿こそ護謨男の死体に他《ほか》ならず、名実ともに護謨男への変態を成し遂げたことになる。

具体的なイメージを与えてくれたのは、コグレ母《はは》だ。

十九歳で子供を産み、今三十五歳といっていたが、ニュースで四十一歳であることを知った。実年齢がどうあれ、三十五歳という言葉を疑わなかった程度には若く見えた。

最初のときの手ひどい失敗のあと、二度目にラブホテルの個室に入ったとき、ブランド物のバッグから綿製の赤い紐《ひも》と巨大なディルドを取りだしたのはコグレ母の方だ。

そしていった。

私を縛ってくださらない？

護謨男の目覚めを促してくれたという点でコグレ母にはやはり感謝すべきだろう。半ば降りたまぶたの下から天井を見上げ、二度目のことを脳裏で再生しはじめた。

時間を遡行《そこう》するなど簡単だ。

ラバースーツが皮膚となり、本物の護謨男になりさえすればいい。護謨男は時間も空間もふくめ、人間のしがらみをすべて超克《ちょうこく》する。

3

依子が二本目のタバコをくわえたとき、本田もポケットからタバコのパッケージを取りだして見せた。

「おれもいいけ」

「あら、失礼」依子が灰皿代わりの缶を押し、本田に寄せる。「タバコ、喫ったっけ？」

「昔はね。娘が生まれてやめとったが……、いろいろあってね」

タバコに火を点け、煙をふっと吐いた依子がいう。

「ちひろはいい顔しないね」

本田の妻ちひろも高校時代の同級生である。高校時代は付き合うどころかお互い意識することすらなかったのだが、東京の私立大学を卒業して故郷の富山に戻り、県警巡査として採用されたあとに再会した。初任地の所轄署で事務職員をしていたのである。

依子はまじまじと本田を見た。タバコに火を点け、パッケージをポケットに戻した本田は丸椅子の上で身じろぎする。

「何だ?」

「ちひろと結婚して正解やったよね、本田君は」

「何け、いきなり」

「ちひろはしっかり者やし、きちんと生活していくことができる。本田君は仕事に専念できるやろ」

「おかげさまでね」

答えながらもしっかり者すぎて時おり息が詰まりそうになるけど、という言葉は嚥みくだした。

「高校生の頃、私は本田君が好きだった」

「馬鹿いえま」思わず噴きだした。「ありえんやろ」

依子はつねに学年トップの成績を挙げていて、十年に一人といわれるほど優秀な生徒だった。東大医学部に進むものと期待されていたが、依子が選んだのは地元の呉山大学医学部である。授業料免除のうえ、奨学金付きの特待生ではあったが、当時は国立とはいえ、呉山医科薬科大学であり、旧帝国大学医学部に較べると一段ランクが落ちるといわれていた。医学部以外の理系学部、文系学部があった呉山大学に医科薬科大学、芸術系学部を擁する県立大学が統合され、総合大学となったのは数年前のことだ。

高校時代の本田はサッカー部に所属し、ひたすらサッカーに明け暮れていた。県立の進学校ではあったが、県内屈指の強豪校で連続してインターハイに出場していたのである。練習はきつく、一年に三、四日しか休みがなかったが、充実していた。ところが、二年生の秋に右膝《ひざ》の靱帯《じんたい》を切る大怪我をして、結局、三年生のシーズンはベンチで過ごすことになった。

教室内の依子はよく本を読んでいた。どのような本なのか、まるで興味のなかった本田はのぞきもしなかったが、少なくとも参考書のたぐいではなかった。必死に勉強している様子がまるでなく、涼しい顔で好成績を挙げていた依子は近寄りがたい雰囲気を醸しだしていた。

「昔話はともかくさっきの矛盾の話に戻るね」

「被疑者《マルヒ》が薄汚いデブってところだな」

「そう。これはあくまでも私が想像しとったことながだけど、被害者はむしろ進んで犯人に縛られたんじゃないかって。たしかに被害者の手首なんかには縛られたあと、もがいたためにできた傷《しょう》も見られる。やけど、すごく少ないがよね」

「相手がナイフを取りだすまでは、従順な奴隷だったいうことけ」

「奴隷って言葉はＳＭ小説みたいやけどね。まあ、そういうこと。被害者は犯人に対してある種の好意を寄せとったがじゃないかと推察したわけ。もちろん証拠はない。私が勝手に考えたことね」

「しかし、パクられたのはデブだ。そこに矛盾がある」

タバコを横ぐわえにして、本田は腕を組んだ。床を見ていたのはわずかの間だ。タバコを手に取ると顔を上げた。

「実は昨日のことながだけど、おれと山羽は警視庁の刑事《デカ》……、辰見って人ながだけど、彼について回ってた」

本田は山羽が現在の相勤者であり、死体遺棄事件の専従捜査を命じられたことから話しはじめ、本部刑事課の中島との関係や昨日の午後、急遽《きゅうきょ》呼びだされたことやその理由として辰見が持ちこんできた大川亜由香の話について説明した。

「辰見と大川は魚津市内のショッピングモールにあるハンバーガー屋で待ち合わせをした。おれと山羽は別々に動いて、周辺を警戒しとった。そのとき、山羽が気になる男とすれ違ったっていうが。辰見たちを凄い目で睨んどったらしい。やけど、一瞬でね。すぐに歩きだしたん。その男がイケメンだっていうがよ」

「私の想像にはそっちの男の方がぴんと来《く》んがだけどなぁ」

そういって依子はタバコを深々と喫い、天井に向かって煙を吹きあげた。視線を上向きにしたまま、言葉を継ぐ。

「これも想像で証拠はないがだけど、犯人はラバリストじゃないかって思ったんね」

「何だ、その……」

「ラバリスト」

視線を下げたものの、本田を見ようとせず、缶にタバコの灰を落とした。

「フェチの一つ。ラバー……、つまりゴムの愛好家ってところ。全身を覆うゴムのつなぎがあるがんよ。ウェットスーツみたいなものやけど、もっと薄い。キャットスーツとかラバースーツとか呼ばれとる。犯人は被害者と性交した様子はあるけど、体液をはじめとするあらゆる分泌物、頭髪、そのほかの体毛なんかがまるで見つかっとらん」

「鑑識の連中もそれはいっとったな。遺体はもちろんのこと、被害者が詰めこまれとった箱も隙間《すきま》を埋めてた充塡剤《じゅうてんざい》も徹底的に調べたがだけど、指紋、掌紋《しょうもん》、毛の一本も見つからんて」

本田は手を伸ばし、缶の内側でタバコを押しつぶした。

「ゴムのつなぎなんか着て楽しいがかね。息が苦しそうだ」

「躰に密着するタイプだと皮膚呼吸ができんくなることもある。脳が酸素不足になって朦朧《もうろう》としてくるとんでもない快感があるといわれとる。それが気持ちいいというがはあくまで個人の嗜好《しこう》だけどね。首吊りオナニーって聞いたことないけ」

「何じゃ、そりゃ」

「警察官としては勉強不足だな」依子がちらりと笑みを浮かべる。「ドアノブに輪にしたタオルを引っかけて、そこに首を入れる。座ったままね。それで少し体重をかける程度にして首を絞めながらマスターベーションするが。気が遠くなる瞬間に射精することでエクスタシーを得られるんだって」

時おり失敗して、下半身裸、下腹を握ったまま、死亡している例があると依子は付けくわえた。

「間抜けな感じだな」

「たしかに」依子はうなずいた。「ラバリストの場合はそれに変身願望とか、あるいは遮断されたいって気持ちが働くがかも知れん。その辺は専門家じゃないからはっきりしたことはいえんけど」

「何から遮断されたいんだ？」

「この世のありとあらゆる不浄なものから」

自分だけご清潔なつもりか——本田は胸の内で喚《わめ》きちらしていた——潔癖症の変態野郎が……、お前が一番不浄だよ。

「とにかくこのホシは生と死をもてあそんどる」

依子は一点を見つめ、ぽつりといった。

とにかくコグレ母は一瞬も途切れることなく、喋《しゃべ》りつづけていた。

『誤解なさらないでいただきたいの。私がこんなことが好きってわけじゃないのよ。でも、こうしないとうちの人ったら全然固くならないものだから。それで仕方なく』

言い訳の合間に指示が飛んだ。赤い綿製の紐は太さが一センチほど、長さは二メートルほどあった。二つに折って、二重にして使えといわれた。

『その方が早く縛れるし、一本より食い込みが少ないの』

紐は一本ずつゆるく束になっていて、ベッドのわきのガラステーブルに積まれていた。最初は乳房の上下に紐をまわし、絞りあげるようにする。たちまち乳房が張りつめ、乳首がきりきりと尖《とが》った。コグレ母が早速熱い息を吐く。

『抵抗できない女を見ると亢奮《こうふん》するからおれはサドだっていってるけど、違うのよ。臆《おく》病《びょう》なだけ。私が自由に動ける間はふにゃふにゃなのよ。縛りあげてからじゃないと安心して抱けないんだから。それでいてお前の躰は最高にエロいなんていっちゃって』

手首を重ねて突きだしてくる。二本目の赤い紐で結わえたが、途中、何度か違うといわれ、紐を巻きつけなおさなければならなかった。

『これも誤解しないでいただきたいのは、あなたが臆病だなんていってるわけじゃないのよ。ただ、最初がああだったでしょ』

初めて躰が触れあったとき、一度も固くならなかった。

『だからこうすれば、ひょっとしたらうちの人みたいになるかなと思って。普通じゃないって、やっぱり刺激じゃない？』

コグレ母はキングサイズのダブルベッドの上に仰向けになった。足は片方ずつかかとが尻につくように膝を曲げ、紐をかけるようにいわれた。両足ともがんじがらめにしてから別の紐を使ってベッドの脚部に縛りつけ、大きく開いたまま、閉じられないように固定する。

『やあね、何だか引っ越しの業者さんみたい』

ベッドの上に張られた鏡を見上げて、コグレ母が笑った。たまらなくなって洗面台へ行き、タオルを取ってくると目隠しをした。

『見えないって何だか亢奮する』

自分でいって、勝手にあえぎだした。

『ねえ、触って』

股間に手を伸ばし、中央部に触れたとたん、コグレ母は後頭部をベッドに押しつけ背をのけぞらせた。すでにあふれていて、指が濡れた。立ちのぼってきた酸っぱい臭いに吐き気をおぼえ、思わずベッドから降りた。

『ダメ、やめないで』

紐と並べてテーブルに置いてあったディルドを取ると、備え付けのコンドームを被せはじめた。

何気なくテレビに目をやる。部屋に入ったときには、すでに点いていて、外国物のポルノが大音量で流れていた。コグレ母は慣れた様子でリモコンを使い、消音にしたが、電源を切ろうとはしなかった。

コンドームを被せていた手が止まった。

画面には男が映っていた。全身を黒いラバースーツで包み、切り抜かれた股間から局部だけを出している。局部は巨大で、上向いていたが、ベッドに寝そべった女が握ると簡単に曲がった。

ディルドを手にベッドに戻り、コグレ母の大きく広げた足の間に両膝をついた。

先端を中心部にあて、そっと撫《な》であげた。うぐぐというような声を漏らし、ふたたび背をのけぞらせる。先端を挿し入れた。

『ダメ』

そういわれて引っ込めると今度は激しく首を振った。

『いや』

何度か先端だけを挿しては抜いた。そのたびにダメ、いやとくり返す。三度目には飽きてテレビに目を向けた。ラバースーツを着た男は女の腰を抱き、後ろから突いていた。顔を覆うマスクには目と鼻に小さな穴が開いているだけなのでまるで表情は見えなかった。

そのうちテレビの中の男とディルドを持つ手の動きが一致するようになった。早く、遅く、深く、浅く——男の腰の動きに合わせようと夢中になる。やがてラバースーツを着た男と自分とが融合していくような不思議な感覚が躰の内側に湧いてきた。

息を殺し、手を動かしつづけた。

コグレ母は挿し入れられているのがディルドだとは思っていないのかも知れない。躰を弓なりにして、野太いあえぎを漏らしつづける。

いきなりコグレ母の躰から力が抜け、二度、三度と痙攣《けいれん》する。

びっくりして思わずディルドを引き抜いた直後、コグレ母が悲鳴を上げた。

『いやぁ』

失禁——股間からほとばしる熱い液体が胸から腹にかけて大量に降りかかったとき、明確な殺意が芽生えた。

　雨脚はさらに強くなった。北陸自動車道を東進する軽自動車はワイパーを最高速で動かしていたが、視界はよくなかった。電光掲示板方式の標識では七十キロの速度制限が出ている。

　本田は制限速度ちょうどで車を走らせていた。

　小菅依子との会話を思い返しているうちにワイシャツの胸ポケットに入れた携帯電話が鳴りだした。運転中に使えば道路交通法違反になるが、携帯電話を抜き、片手で開いて耳にあてた。

「はい、本田です」

「鈴木だ」

　ルームミラーを見上げ、後ろの車がちゃんと車間距離を取っていることを確かめる。

「こんな時間にすまん」

「いえ、何かありましたか」

「畑田が自供した。取りあえず死体遺棄だけは認めたそうだ」

　鈴木の声は沈んでいる。依子のいっていた矛盾という言葉が脳裏を過ぎる。だが、あくまでも推測に過ぎないともいっていた。

「やっぱり畑田だったんですかね」

「それがなぁ……」

電話口で鈴木がため息を吐く。

「どうかしました？」

「被害者《マルヒ》の携帯でも出てくりゃいいが、今のところまるで物証に乏しい。取りあえず準強制わいせつの方で明日送致になると思う」

逮捕から二十四時間後に検察庁に送致、次の二十四時間で検察官が起訴するか否かを決める。準強制わいせつでの起訴が決まれば、以降十日間の拘留が認められ、さらに必要となれば、十日間の延長は可能だ。その間に畑田の犯行を裏付ける物証を探すことになる。

「でも、自供したんでしょ」

「遺棄現場についてはね。県内の人間ならテレビのニュースを見てれば、察しはつく」

ふたたびため息を吐いてから鈴木がいった。

「犯人《タマ》は現場について本部のホームページにメールで知らせてきてるだろ。畑田はその辺りをまったく知らないらしい」

「それじゃ……」

冤罪になってしまうとはいえず絶句すると、鈴木があとを引き取った。

「畑田ではない、おそらくな」

とにかく特別捜査本部の態勢はそのままで、明朝も合同捜査会議があると告げ、鈴木は電話を切った。

携帯電話をポケットに戻すと、本田は唇を嚙《か》んだ。

床に寝そべり、身じろぎもせずに目の前に転がっている物体を眺めていた。ガスマスクだとわかるまでにしばらく時間がかかった。おそらく半ば意識を失いながら引きはがし、床に放り捨てたのだろう。

右手首の内側に仕込んだダガーナイフが飛びだしていた。刃先に気をつけながらゆっくりと躰を起こした。まだ、頭がぼうっとしていた。

ダガーナイフは革のリストバンドに縫いこんだレールに仕掛けてあった。自分で作りあげた物だ。バネの力で飛びだし、ロックするようになっていた。レールの間からわずかに突きでているノブを左手でつまみ、バネを圧縮させながら下げた。最後部まで下げると刃先まですっぽりレールの中に収まった。手首の内側にあるリストバンドの先端――刃先を止めるストッパーになっている――を持ちあげ、ノブから手を離した。

床に両手をつき、ゆっくりと立ちあがった。

ラバースーツは胸から腹にかけて大きく切り裂かれていた。内側にこもっていた熱は消え、躰の表面は汗が乾いて冷たくなっていた。

ダガーナイフを使ってラバースーツを切り裂いたのは護謨男に違いなかった。まだ、肉体を必要としているのだろう。

部屋の隅にあるスチールロッカーの前に立つと、扉を開いた。中には新品のラバースーツが七着下がっており、上部の棚にはガスマスクが二つあった。

ハーネスとベルト、ダガーナイフを仕込んだ左右のリストバンドを外し、床に放りだしていく。手袋を脱ぎ、ブーツから足を抜いて、背中に手を回し、ジッパーを引きさげる。まだ汗ばんでいた背中が急速に乾いていくのを感じた。

頭部のマスクを取り、両肩を背中の開口部から出すと、ラバースーツを剝《は》ぎとるように脱いだ。

あくびが漏れた。

明日は金曜日だから朝寝ができる。まだ酸素不足の脳はぼんやりしていた。全裸のまま、隣室に移り、部屋の隅に設置してあるハードタイプの酸素カプセルに近づいた。コンプレッサーの電源を入れてからカプセル上部にあるアクリル製のドアをスライドさせた。両足を入れ、中に腰を下ろすと尻を滑らせて足を奥へと入れた。

仰向けに寝転がり、高、中、低の三つのバルブのうち、中圧を選ぶ。アクリルドアをぴったり閉じる。

枕元にある始動スイッチを押し、目を閉じた。

ほどなくバルブから酸素が吹きだす音が聞こえてきた。

大きく息を吐く。

死を手元に引きよせるラバースーツに対し、酸素カプセルは蘇生をもたらす。じんわりと躰が温かくなってきて、眠気が広がり、全身を包んでいった。

今度は逆らわず暗い無意識の世界へと落ちていく。

4

間もなく昼になろうとしていた。昨日当務に就いた成瀬班はとっくに引き継ぎの打ち合わせを終わらせていたが、全員が浅草分駐所に残り、ノートパソコンに向かっていた。もっとも辰見だけは応接セットのソファに座って新聞を広げている。書類作成を免除されているわけではなく、パソコンで文書を作るのが極端に遅いため、忙しいときほどすべて相勤者の小沼が片づけていた。パソコンの練習は暇なときにしてくれ、というわけである。

昨夜は事件が立てつづけに起こり、成瀬班を構成する三つのチームはそれぞれ三、四件ずつ臨場しており、しかも現行犯逮捕が多かった。逮捕すれば、被疑者の取り調べを行い、弁解録取書を作成しなくてはならない。成瀬は班員が作成した書類に目を通していた。

辰見は新聞を眺めていたが、活字はただの模様にしか見えず、まるで意味がわからなかった。小さく首を振り、社会面を開きなおすと下の方に小さく出ている記事を読んだ。見出しには富山市でわいせつ犯逮捕とあった。被疑者は畑田晋作、三十歳。見出しになっていなかったが、記事の最後に魚津市内で連続して発生した二件の女性死体遺棄事件と関連があるものとして慎重に捜査を進める方針に触れている。

活字が脳を素通りしていくのは疲れているせいもあったが、畑田の記事に気を取られていたからだ。

首を左右にゆっくりと倒した。首筋が湿った音をたてる。

畑田逮捕の記事は二十行ほどでしかない。富山市内の繁華街で女性に抱きついたとして富山中央警察署に逮捕されたと書いてあった。

携帯電話が振動し、ワイシャツのポケットから出して耳にあてた。

「はい、辰見」

「富山の中島やけど」

「ああ、どうも」

ちらりと成瀬をうかがい、声を低くした。「先日はお世話になりました」

「今、話せるけ」

「分駐所におりますが、電話なら大丈夫です」

居場所を告げたのは、周囲に同僚がいることを知らせるためだ。魚津に行ったことは成瀬に報告していない。

「昨日、準強制わいせつで畑田という男をパクった」

「今さっき朝刊で読みました」

「昨日、テレビのニュースでも流れんかったけ」

「当務だったんですよ。それも珍しく忙しかった」

「商売繁盛で結構……、というわけにはいかんな」

電話口で中島が笑った。

「そうですな。それで例の事案がらみだと記事にありましたが」

「何ヵ月か前から内偵はしとったそうだ。繁華街や住宅街を徘徊して女に抱きついとった。準強制わいせつの容疑だが……」中島の声が低くなった。「死体遺棄についてもウタいはじめてね」

ウタう――自供ということだ。

辰見は躰を起こした。

「当たりですか」

少し離れているとはいえ、真犯人《ホンボシ》という言葉を使いたくなかった。成瀬は眉根《まゆね》を寄せ、顎を突きだすようにして書類を見ているが、おそらく耳は辰見に向けられているだろう。

「残念ながらそのセンは薄いがじゃないかと思う。実はついさっき畑田を送致したんだが、捜査本部が記者会見をやって、死体遺棄について自供しはじめていると発表した」

「最初の事案からちょうど一ヵ月ですか。切りのいいところですね」

「記者《ブンヤ》連中が騒ぎだすタイミングだ。田舎でも事情は変わらんちゃ。やけど、捜査本部自体は何も変わっとらん」

「あの二人も相変わらず専従で？」

本田と山羽のコンビを思いだす。

「ああ、走りまわっとるよ。まあ、あんたには本当のところを話しておいた方がいいと思ってね」

「ご配慮、ありがとうございます」

それじゃといって中島は電話を切った。顔を上げると小沼が向かいのソファに座ってテレビのリモコンを取りあげていた。昨夜、辰見たちはコンビニエンス強盗未遂、酔っ払いの喧嘩《けんか》、自転車盗難に臨場しているが、いずれも現場で被疑者の身柄を押さえていた。

「弁解録取書《べんろくしょ》、終わったのか」

「はい。班長に提出しました」

小沼は正午からのニュースにチャンネルを合わせ、音量を少し上げた。中国で食肉の偽装が発覚したとアナウンサーが告げている。辰見もテレビに目を向けた。

　画面が切り替わり、建物から男が出てくるところが映しだされた。脂っ気のないぼさぼさの髪で太っており、頬から顎にかけて無精髭が伸びていた。手錠を打たれている手首にはモザイクがかかっていた。

「昨日、準強制わいせつの疑いで逮捕された畑田晋作容疑者を富山中央警察署は検察庁に送致しました。畑田容疑者は魚津市内で連続して発生した女性の死体遺棄事件についても関与が疑われており、県警本部と魚津警察署に置かれた合同特別捜査本部は慎重に捜査を進めるとしています」

　ソファに躰を投げだした小沼が口元を歪《ゆが》め、つぶやく。

「こいつか」

「知り合いなのか」

「まさか」小沼はテレビに目をやったまま答えた。「逮捕されたのは昨日ですよね。ニュースで写真も出たんでしょう。ネットでは脂男というあだ名で呼ばれてますよ」

「元々有名だった奴《やつ》なのか」

「いえ、昨日の逮捕で一気に騒ぎになりました。殺害方法が猟奇的なんで注目されてましたからね。こいつだったらやりそうだってのと、こんな醜男《ぶおとこ》が信じられないってのと二分されてます」

「どうして醜男が犯人だと信じられないってことになるんだ？」

「女性が二人でしょ。そのうち一人は十九歳です。やっかみですよ」

「無責任なものだな」

「サイバースペースは馬鹿にできませんよ。こいつについての昨日一日でも万の単位に達してます。精査すれば、行動の裏付けくらい取れるかも知れません」

「鵜呑《うの》みにできるかよ」

テレビは株価と円相場の画面に切り替わっていた。

「ネットに流れた情報を目安に聞き込みができるじゃないですか」

「便利な時代なのか、面倒くさい時代なのか」辰見は小沼を見た。「ところで、サイバースペースってのはどういう意味だ？」

小沼が辰見を見返す。わずかに間をおいて答えた。

「サイバー空間ってことです」

「コンピューターとか、インターネットによるという意味に使われてるね。もとをたどれば、サイバネティクスに至るんだろうけど」

不眠堂の主人澁澤はあっさりと答えた。

店の奥にあるレジの前に座っている点は今までと変わりなかったが、本人も店の様子も一変していた。澁澤は両耳を覆うほど伸ばしていた髪を剃《そ》り、ガーゼをあてて白いネットで押さえている。隣家の老婆を救いだすときに頭に怪我をして、病院の処置室で頭髪を一部剃られたあと、病院内の床屋でスキンヘッドにしてもらったのだという。

すっきりしたというのが本人の弁だ。

店の書棚はすべて空になっていた。損傷の程度が軽く、まだ売れそうな本は古書店の組合に引き取ってもらい、すっかり濡れてしまった本は店の二階にある住居一面に広げて乾燥させている。今もレジの前に座って濡れたページを慎重に剝《は》がしながらドライヤーで風をあてていた。

辰見はレジの前に丸椅子を置いて腰を下ろしていた。小沼が作成した弁解録取書を成瀬が確認したあと、分駐所を出て〈不眠堂〉へやって来た。

「最初のサイバネティクスというのは学問というか、考え方だ。機械を自動的に制御する技術と、その機械が生みだした結果を次の入力時にフィードバックする。機械が生みだした結果が予想よりも大きかったり小さかったりしたら入力を調整して予想通りの結果に持っていこう……、今はコンピューターが発達しているから当たり前のように思われているけど、サイバネティクスが提唱されたのは第二次大戦が終わった直後だった。コンピューター抜きで自動制御とフィードバックを統合するのは至難の業といえる」

澁澤が顔を上げ、にやりとした。

「言葉にすると面倒くさいよね」

「何となく意味はわかります」

「提唱者は哲学者であり、数学者だった。真理を追究するうえでまさに鬼に金棒だとぼくは思うね。哲学者が考え、数学者が証明する。今だって宇宙の果ての果てで起こっていることを天文学者が推理して、なかなか観測結果が得られないときには数学者の助けを借りる。数学は世の中の夾雑物《きょうざつぶつ》をすべて排除して、理論だけを純粋に追究できる。そして数学者が出した答えに基づいて今度は天文学者が観測をして実態をつかむ。広い宇宙のどこかにあるといわれるより、あるとすればここだとピンポイントで指し示してくれれば、発見しやすい」

辰見は何度かうなずいたが、はっきり理解できたわけではなかった。澁澤がつづける。

「コンピューターが発達して、さらに一般化するようになるとあらゆる分野で自動制御とフィードバックの統合が行われるようになった。つまりサイバネティクスがどこでも見られるようになった。言葉としてサイバネティクス、よりこなれた言い方としてのサイバーを広く普及させたのはSF小説だともいわれてるけどね」

「コンピューター抜きには実現できなかったことが転じて、コンピューターだのネットだのを指すようになったわけですか」

「そういうことだね。でも、うちに来たのはそんな話をするわけじゃないだろ?」

「ええ、まあ」

　曖昧にうなずき、澁澤の背後に目をやった。

「おもちゃも皆なくなったんですね」

「いい機会だと思ったんだ。幸い水はレジ回りにまでは来なかった。だけど、あいつらはよっぽど居心地がいいのか、うちに何年も居座ったままでね。中にはかれこれ三十年って古顔もいた。商品としては古びていたし、これから先も売れることはないだろう。知り合いのアダルトビデオメーカーに連絡して全部持ってってもらったんだ。彼らなら何らかの使い道を見つけるだろうと思って」

　澁澤は両手を広げた。

「ご覧の通り、ぼくも店もすっかりきれいになった。本はいくばくか残ってるけど、ある程度補修したら組合を通じてオークションにかけようと思ってる」

「店、閉じるんですか」

「いや」澁澤は笑みを浮かべて首を振った。「人間にとって歴史は大事なものだと思うけど、足かせでもある。次なる一歩を踏みだすには、ときに過去を捨てなくちゃならない」

　過去を捨てるという言葉が辰見の胸を貫いた。

「例の魚津の件なんですが、被疑者が確保されまして」

「そのようだね」

レジ回りが水を浴びなかったおかげでノートパソコンは被害を受けなかったようだ。今も澁澤の横に置かれ、画面にはスクリーンセーバーの幾何学模様がゆらめいている。

「ネット上で騒ぎになってると聞きましたが」

「何でもかんでもネタにするのがネットの住人たちだ。二十四時間休むことなく、世界中のあらゆるところと世間話をしてる」

「サイバー井戸端会議ですか」

辰見はふっと笑みを浮かべ、それから魚津警察署に行き、二ヵ所の死体遺棄現場を見て、その後亜由香と会ったと話しはじめた。犯人につながる遺留物が現場や遺体そのもの、遺体を詰めてあった段ボール箱からも見つかっていないこと、遺棄現場は犯人が被害者の携帯電話を使って富山県警のホームページにメールで知らせてきたことを話した。

澁澤がメガネのブリッジを押しあげた。

「被害者の携帯電話を使って、メールね。辰見さんはどう思う？　犯人の自己顕示かね」

「自己顕示でしょうね。向こうの刑事で中島さんという人に会ったんですが……」

中島は犬塚に紹介されたこと、犬塚は警察学校同期で今は退職して国際通りにあるホテルの保安部長をしていることも話した。

「中島さんは梱包という言葉を使ってました。遺体は膝を抱えるような格好で箱詰めされていたんですが、隙間には充填剤がきちんと入れられていたそうです。殺した手口から遺体の始末の仕方まで見せびらかしたかったんじゃないかと思いますね」

澁澤は腕組みし、首をかしげた。

「辰見さんから話を聞いてからネットを注意して見てたんだけど、犯人らしき人物の書き込みは今のところ目についていない。ぼくが見逃しているだけかも知れないし、犯人はネットへの書き込みをしない人間なのかも知れない。だけど、自己顕示欲が旺盛でありながらネットへ書きこまないというのもすっきり一致しない」

「痕跡を一切消してますから、よほど慎重というか臆病な奴じゃないかと思いますが。だからネットに書きこんで不用意に足がつくような真似をしない」

「たしかに」

うなずいた澁澤だったが、納得しているようには見えなかった。

「被害者に対する敬意があるんじゃないかと感じるんだ。辰見さんの話やニュース、ネットの書き込みを見ててね。根拠を示せといわれると困るんだけど、自分が捕まることを極端に恐れているけれど、被害者を敬意をこめて扱っている」

二件とも発見されたのは死後一週間から十日だった。死亡推定時刻を割りだすのは難しいが、腐敗による損壊が始まる直前でもある。今回の事件は二件とも犯人が通報してこなければ、死体が見つかることもなかっただろう。捜索願は出ていても失踪《しっそう》時期が二週間以内というだけで、二人の被害者に共通点はない。事件、事故の判断は捜索願だけではつかないし、単なる家出という可能性もゼロとはいえない。

辰見は目を伏せ、床を見ていた。

「死体をどのように扱おうと殺しは殺しですよ」

「彼女のことが心配なんだね」

図星を指され、胃袋が痛んだ。

「先ほど中島さんから電話がありました。畑田は死体遺棄事件について供述を始めているようですが、捜査本部としては真犯人だと思っていないようで」

「ニュースでは死体遺棄事件にも関与しているようなことをいっていたが」

「県警本部が発表したらしいです。少なくとも準強制わいせつでは立件できるし、自供も得られている」

「危険だろう。このところ、警察は誤認逮捕や冤罪事件で叩かれまくっているじゃないか。それなのになぜ？」

「罠《わな》かな、と」

自分の口から転がり出た言葉にはっとした。

亜由香について中島に伝え、連続殺人事件専従となっている本田、山羽の二人も尾行した。ストーカー被害に遭っているのは亜由香一人ではないだろう。所轄署に持ちこまれた相談を整理して、もう一度調べなおし、今回の事案にからみそうな対象を選んで見張りつづけるくらいのことはやりそうだ。

そして真犯人が動くのを待つ……。

「畑田を逮捕したと喧伝することで真犯人が安心して動くっていうのかい？　それを待つと？　あまりにリスクが多いし、本当に被害者が出たらどうするんだよ」

警察は面子を重んじる。組織として面子を保つことと、警察官一人ひとりの正義感、使命感とはまったく次元の違う話だ。

辰見は首を振った。

「私もすっかりヤキが回ったんですね。亜由香のことになると見境がつかなくなって。たしかに澁澤さんのいわれる通りだ」

まんざら口先だけではなく、自分が妄想にとらわれていると感じていた。

一方、つい先ほど澁澤のいった言葉が脳裏を過ぎっていた。

『次なる一歩を踏みだすには、ときに過去を捨てなくちゃならない』

過去も今も、自分は刑事だった。それが辰見悟郎だ。

だが、亜由香を守るためなら……。

第五章　逸脱

1

ノートパソコンや教科書をデイパックに入れ、立ちあがって右肩にかけると廣本信夫《ひろもとのぶお》はとなりに座っている女性教師に声をかけた。

「お先です」

「お疲れさまでした」

金曜日の午後、空をべっとり覆っている黒っぽい雲同様、職員室にはどんよりとした倦怠《けんたい》の空気が満ちている。次々に声をかけながら廣本は職員室の出入り口に向かった。

非常勤で時間講師をしている廣本は、年度ごとに契約を交わした授業だけを行っている。金曜は午後に一コマあるだけなので、正午過ぎに出勤し、午後二時半には学校を出られた。非常勤ゆえに当然担任はなく、放課後の部活動を指導することもなかった。

体育大学を出た時間講師が運動部のコーチをしているケースもあったが、無給である。それでいて年に三百日以上も練習に出て、その上合宿や遠征などは自腹を切ってまで参加していた。

なぜ、そこまでやるか。

野球にしろサッカーやバスケットボールにしろ、たいていは自分が小学生の頃からしてきた競技だけに愛着があり、生徒たちを強くしたいという情熱もあるだろうが、より大きな目的は正規採用の道が開ける可能性があるからだ。自分がコーチを務める運動部が好成績を挙げれば、そのことが推薦理由となり、時間講師から正規採用の教員となる場合がある。また、同じ競技を行う他校の顧問、コーチなどと知り合うことで引き抜かれることもあった。いわば就職活動なのだ。

大学で教職課程を履修し、試験に合格すれば、教員免許は取得できる。だが、公立、私立ともに教員の採用枠はいっぱいでなかなか正規採用されない。狭き門をくぐり抜けるため、熱心に部活動の指導にあたる理由だ。

正規採用された教員にしてみれば、部活動を担当したからといって特別に手当が増えるわけではなく、時間外の労働が増えるだけで、強豪といわれる運動部ともなれば、休日はほとんど練習か試合で潰《つぶ》れてしまい、メリットはほとんどない。部長、顧問、コーチになり手がなかなかいないのが現状で、そこに時間外講師から正規採用へと転ずるチャンスが生じることになる。

全国的に時間外講師の数が増加しているのには学校側の事情もあった。景気低迷で経営環境が厳しくなっているのは学校でも同じことで、その上、少子化の影響で生徒を確保するのが難しくなっている。しかも教員には権利意識の強い者が多く、実際、組合などに保護されている教師は多い。つまりは扱いにくいわけだ。そこで学校としては必要最低限の正規教員をそろえ、不足分は時間講師でまかなうようになる。

時間講師は単年度契約であることが多く、しかも給料はコマ数に対して支払われる。教員枠からあぶれた有資格者が多いため、雇用する学校側の買い手市場で、必要なコマ数だけ契約すればコストが下げられるうえ、不要となれば、翌年契約を更新しなければいい。

一方、時間講師をしている側から見れば、低収入である上に契約によって額が上下するだけでなく、将来の保証もない。それでも時間講師にしがみつくのは、正規採用にいくらかでも有利になるためでしかない。

そこまでして正規の教員を目指す理由の一つは経済的なものだ。これも不景気ゆえだが、公、民を問わず減給、実質的な目減りが当たり前という風潮にあって教員の給与は保証されているし、何といってもほかの職種に較べて教員年金の支給額が大きいことが魅力となっている。

もう一つは、担任ともなれば、四十人前後の生徒を支配でき、生徒のみならず父母、さらには世間からも先生と呼ばれる。安直に自尊心が満たされるという点もほかの職業では得られない。

そして一度正規の教員になってしまえば、馘首《かくしゅ》されることはまずない。はっきりと法律に触れないかぎり問題行動程度で済めば、他校へ転勤するか、教育委員会が実施している研修に入ればいい。もちろん有給で、だ。しかも問題行動だと判定するのは教育委員会である。

世の中が不景気になるほど正規の教員であることが利権化し、一度手にすれば、滅多なことで離そうとはしない。教員の採用枠がつねに満杯の理由はここにもある。

廣本は月曜から金曜までは富山市内にある私立高校に出勤し、土曜、日曜には市内の進学塾で講師をしている。さらに夏、冬、春の長期休暇ごとに開かれる強化セミナーでも生徒を受け持っていた。収入面からすると、塾講師の方が大きかった。今年三月までは魚津市内の公立高校で時間講師をしていたが、三年勤めたところで四年目は契約しないといわれ、富山市内にある今の高校に移ってきた。

いまだかつて一度も教員の採用試験を受けたことがなかった。正規採用されるための涙ぐましい努力の数々を聞いて、馬鹿馬鹿しくなってしまったからだ。大学卒業時から進学塾でのアルバイト講師を始め、そこで知り合った講師の紹介で公私立高校の時間講師をするようにもなったが、三十一歳になる現在までアルバイト感覚が抜けず、このままあと二十九年同じ生活をつづけても一向にかまわないと思っている。

大学四年生のとき、県職員をしていた父親が病死したが、大きな家を残してくれた。

京都の着倒れ、大阪食い倒れになぞらえ、富山では住まい倒れといわれるほど住宅に金をかける。父は富山県人の気質そのままに家を建てたわけだ。父が病死したことで住宅ローンは保険で完済され、さらに生命保険で五千万円が支払われた。まだ五十代だった父は肝臓に癌《がん》が見つかったときには末期で手遅れであり、発見から三ヵ月で呆気《あっけ》なく死んでしまったので保険金もほとんど手つかずのまま残った。

専業主婦だった母も二年前に病死し、そのときは三千万円が廣本に支払われている。ほかに兄弟はなく、家も保険金もすべて相続したおかげもあって正規の教員となることに目の色を変えなかった。

独身だが、結婚するつもりはなかった。両親は憎み合っているというほどではないにしろ、どちらも皮肉屋で、顔を合わせれば当てこすりの応酬で、とても楽しそうには見えなかった。物心つく頃からそうした両親の姿を見てきたので、当たり前としか思わなかった。学校に通うようになり、クラスメートが家族旅行が楽しかったというとむしろ欺瞞《ぎまん》の匂いを感じたものだ。

廣本の家でも年に一度か二度は世間並みに家族旅行をした。海外へ行ったこともある。移動する交通機関からホテルと二十四時間三人でいると、当てこすりの応酬は切れ目がなく、一瞬たりとも楽しくなかった。家族旅行の写真に廣本の笑顔はほとんどなく、無理に笑みを浮かべると今にも泣きだしそうな情けない表情になった。

もし、両親が互いに憎しみ合っていたなら、少なくともそこには感情があった。だが、長年にわたって父、母ともに感情を露わにすることはなく、ひたすら理性にのみ従って生きていた。それが正しい生き方だと信じていたのだ。感情を圧殺し、すべてを理性で判断して生きることは必ずしも正常とはいえない。人もまた感情を持つ動物にほかならないのだから。だが、二人とも生涯そのことに気づかなかった。

母が死んだとき、旅行中の写真をふくめ、家中のすべての写真を処分した。ついでに両親が使っていた寝室を空っぽにし、家具もすべて入れ替えた。

趣味といえば、読書と映画観賞くらいのものだ。本は子供の頃からよく読んでいた。文学、哲学、物理学、天文学、歴史と手当たり次第、脈絡もなく読んだが、それぞれ夢中になって読み、読みおえると内容はきれいさっぱり忘れた。映画も特定のジャンルが好きというわけではなく、気ままに選んで観《み》てきたが、退屈したことはない。何であれ、執着するのを潔しとしない性向はあった。

時間講師は世間体のためであり、暇つぶしと割り切っている。ところが、生活することに執着しない廣本の姿勢が昔々の高等遊民的だと過大に評価——廣本にはそうとしか思えなかった——され、講師としては評価が高かった。進学塾であれ、学校であれ、使う側から見ても欲のない廣本は便利な存在となっていた。

職員室を出て、教員用の玄関に出ようとしたところで声をかけられた。

「今日は終わりですか」

時間講師をしている湯月悦子《ゆづきえつこ》が階段を降りてきた。

「ええ、今日は午後一コマだけなんで」

「ご苦労さまです」

「お先に失礼します」

湯月は四十代後半、ひょっとしたら五十歳を超えているかも知れない。背は高くなかったが、胸が大きく、腰がくびれている。本人も自覚しているらしく躰のラインを強調するような服装が多い。今日もニットのアンサンブル——襟ぐりが必要以上に大きい——に膝丈のスカートという組み合わせだった。

廣本を含め、新任教師たちの歓迎会が開かれたとき、三次会で六人の教師たちとカラオケボックスに行った。その中で女性は湯月一人だった。新任では廣本だけが呼ばれたが、ほかの二人はいずれも女性だったせいかも知れない。

湯月がトイレに立ったとき、となりにいた男性教師が廣本にささやいた。

『あの女はね、ベンジョ』

便利な女性の略であり、響き通りの意味だといってくだんの男性教師はにやりとした。

ふだんは無口で、勤めはじめて二ヵ月になるが、その夜以外、口を利いたことはない。学校では真面目、堅物で通っている。だが、酒が入ると豹変《ひょうへん》した。

午前零時をまわる頃から怪しげな雰囲気になっていった。冗談めかして湯月にキスをしたり、胸、尻、太腿《ふともも》を触りまくるのである。廣本以外の全員が、である。呆気にとられているうちに行為は大胆になっていき、ついに服の内側に手を入れられ、湯月が嬌声《きょうせい》を上げるようになったところで廣本はさっさと帰ってきてしまった。以来、二度と飲み会に誘われることはなかった。

駐車場に出た廣本はハイブリッド車に近づいた。運転席の窓を目にして、昨日、湯月がノックし、手の脂が残ったことを思いだした。

胃袋がむずむずし始める。

運転席に座り、エンジンのスタートボタンを押した。

学校の駐車場を出た廣本は市街地を海に向かって走りだした。はっきりと意識していたわけではないが、どこに向かおうとしているかはわかっている。赤信号で車を止め、青に変わって発進するのをくり返しながら逸脱は小暮幸哉《ゆきや》の母親と出会ったときから始まったのかと考えていた。

海沿いを走る県道にぶつかったところで右折し、車を東に向ける。

小暮の母と出会った頃は、まだ母が生前に使っていた小型のフォードアセダンに乗っていた。緑がかったシルバーメタリックという少々不気味な色の車だったが、気にはしなかった。小暮の母が初めて車に乗ったときにいわれた。

『おばちゃんの車ね、これ。先生には似合わない』

母が乗っていたもので、とぼそぼそと答えた。

それから小暮の母が指示する通りに車を走らせ、住宅街にあるラブホテルに入った。二メートルほどの高さがある塀に囲まれていたものの、左右も正面もごくふつうの二階建て住宅だった。

車庫に車を入れ、シャッターを下ろして階上の個室に入った。シャッターのボタンを押したのも階段を先に昇ったのも小暮の母だ。

とりあえずベッドに並んで座った。

小暮の母とは一度だけ酒席をともにしたことがあった。幸哉は進学塾の冬期強化セミナーに参加しており、セミナー修了後、生徒の母親たち十名ほどが講師の慰労会を開きたいといってきた。チェーン店の居酒屋のあと、カラオケスナックに行った。そこで互いの携帯電話の番号を交換した。

個人的に家庭教師をお願いできないかしら、というのが口実で、ほかの母親にも訊かれたので教えた。

三月の初め頃、小暮の母から電話があった。息子のことで相談したいことがあるといわれた。進学塾の講師に過ぎない自分より学校の担任教師にでも話した方がいいと答えると、その担任教師と息子との人間関係についてなのだという。

当時、幸哉は高校二年生で再来年には大学受験を控えており、なおかつ担任教師はそのまま代わらない、一人で悩んでいて誰にも話せないので、是非と電話口でくどくどといわれ、話を聞くだけならと応じた。車で来るのかと訊かれたので、そのつもりだと答えると県道沿いにある大型スーパー駐車場の東南角と指定された。約束の時間に行くと、小暮の母はいきなり乗りこんできて、まず駐車場を出るようにといわれた。

その後、そこを右とか左とか指示に従って車を走らせているうちにラブホテルにたどり着いた。

『ここだと誰にも見られないでお話しできるから』

そういって小暮の母は備え付けのポットのところへ行き、コーヒーを入れた。ベッドのわきに置いてあった向かい合わせの椅子に座り、コーヒーを飲みながら話をした。相談したいことがあるといって連絡してきたわりに訊かれたのは廣本のことばかりである。

結婚しているのか、彼女はいるのか、休日は何をしているのか……。

三十分ほどした頃、小暮の母が立ちあがり、服を脱ぎだし、いきなり素っ裸になった。胸元を両手で隠し、訊いた。

『私の躰、どう思う?』

腹部に残ったケロイド状の妊娠線を醜悪だと思った。口にはしなかったが、不能の原因になったのかも知れない。

二度目——バッグに赤い紐やディルドを入れてきたとき——もおばちゃんの車といわれたので、三度目はサンドイエローの四輪駆動車で迎えに行き、自宅まで連れてきた。ベッドの上で縛りあげ、目隠しをしたあと、初めて護謨男に変態した。小暮の母がどこまで気づいていたかはわからない。ディルドを挿入したときにも前回と同じように激しく反応した。

そのときは胸部の革製ハーネスを作っていなかった。だから護謨男はサバイバルナイフの柄を自分の鳩尾にあてがい、躰を密着させた。下腹のディルドとナイフというふたつ通りの経路でつながった刹那《せつな》、絶頂まで押しあげられ、ラバースーツの内側に射精した。

小暮の母から離れ、血まみれの死体を見下ろしたときも妊娠線が目についてしまい、やはり若くて穢《けが》れのない女でなくてはダメだと思った。

海岸沿いの県道を走りつづけるうち、橋を渡り、富山市から滑川市に入った。浅川さおりが住んでいた街である。右側に見える北陸本線や旧市街地には目をやらず、前方を見たまま、ハンドルを握っていた。

浅川は土、日に講師をしている進学塾に通っていた。成績はトップクラスまであとひと息というレベルだったが、志望校である呉山大学の薬学部には充分合格できそうに思われた。高校一年生のときから廣本のクラスに参加していたのだが、三年生になった直後、突然塾をやめるといい出した。

　事情を聞くと、父親が交通事故で死亡し、進学できなくなったという。少し時間をおいて落ちついてからもう一度話そうといい、私塾だし、浅川は週末のクラスに通っているだけなのでいつでも復帰できるからともいった。

　浅川が廣本を訪ねてきたのは、二ヵ月後のことだ。土曜日のクラスの合間に談話室で話を聞いた。やはり進学は無理だという。浅川の成績であれば、奨学金をもらうことも不可能ではないし、学資ローンがあるからと説得した。

　いきなり浅川が泣きだした。顔を覆いもせず、ぽろぽろと涙をこぼす様子に廣本は胸を貫かれる思いがした。

『お母さんが変になっちゃって』

　母親は夫に頼りきっていた人だという。日常の買い物ですら夫といっしょでないとできなかった。

『何を買うかも一人で決められない人で、何でもかんでもお父さんのいう通りにしてたんです』

　しばらく話し合ったが、結局、塾への復帰はできないという結論は変わらなかった。進学を諦め、地元での就職先を探すという。何年かすれば、母親も落ちついて、ひょっとしたら再婚するかも知れないが、今現在は自分だけを頼りにしている以上、振りきって捨てるわけにはいかないといった。

いつでも塾には復帰できるからと前回と同じことをくり返すことしかできなかった。塾に復帰したところで高校三年生という受験勉強では最終追い込みの時期に集中できないのは致命的といえた。親だというだけで子供を所有物のように考え、自分の都合で犠牲を強いても平気でいられるメンタリティーがどうしても許せなかった。

廣本と浅川は携帯電話のメールアドレスを交換した。その後も月に一度か二度くらいのペースで浅川からメールが来て、廣本は精一杯、丁寧に返信をしたが、実はそれだけでは済まなかった。

涙を流す浅川の面差しが脳裏に焼きついて離れなくなった。まず塾のパソコンに残されていた浅川の個人データをメモリースティックにコピーし、持ちだした。次に浅川が通っていた高校や自宅の前に行き、車の中から眺めるようになった。

一度だけ姿さえ見られれば、諦めがつくだろうと思ったが、一度目にすると、もう一度、もう一度と思いは募るようになった。

高性能の望遠レンズとともに一眼レフのデジタルカメラを買ったのは去年の夏頃である。写真など撮ったところで何になるものかと思ったが、シャッターを切るのをやめられなかった。今では自宅のパソコンに一万枚を超える画像データがある。

浅川はメールで就職活動がなかなか思い通りにいかないとぼやいていたが、年が変わった頃、春から市役所の臨時職員として働くようになったと伝えてきた。

そして六月、塾に通っていた頃の友だちと富山市内で会うので廣本もいっしょにどうかと誘いのメールが来た。メールには時間と場所も記されていた。所用があって参加できないと返信しながら、その夜、廣本は浅川のあとを尾けていた。

電車が動いているうちに帰宅するだろうという予測は当たり、午後十時半近くになって、友だちと別れた浅川は一人で駅へ向かった。

サンドイエローの四輪駆動車に乗った廣本は偶然を装って浅川に接近し、声をかけた。せっかくの機会だから近くのファミリーレストランででも話そうかと持ちかけると、最初は渋っていたものの送っていくというと車に乗りこんできた。ファミリーレストランで浅川はワインを飲んだ。廣本は車だからといってコーラを頼んだ。

午前二時過ぎまでお喋りは止まらなかった。

レストランの駐車場を出て滑川に向かいはじめると、ほどなく浅川が助手席で眠りこんだ。あまり酒には強くなかったようだ。廣本はそのまま自宅に戻ったが、浅川はぐっすり眠りこんだまま、目を覚まさなかった。

服を剝《は》ぎ取り、最後の一枚を取ったときの落胆は今でも苦く胸のうちに残っている。清楚《せいそ》な顔立ちと裏腹に陰毛が猛々《たけだけ》しかった。

滑川を過ぎ、魚津市内に入る。

逸脱というなら、あの女に会ってからだ——廣本は唇を嘗め、胸のうちで呼びかける。

イヴ……。

2

ギアを入れ替えるたび、ベージュの軽四輪駆動車は息が漏れるような音を響かせた。

ターボエンジンが目一杯吸気している証拠だ。

「調子に乗りやがって」

浅川さおりの遺体が埋められていた第二の現場と市街地を結ぶ県道わきに建つ小室の自宅前を通りすぎていく軽四駆を見ながら本田はつぶやき、傍らで椅子に腰かけている小室に声をかけた。

「今のはどうけ、小室さんが見た車と同じ?」

「ああ、あれやちゃ。黄色のでっかいが」

小室は遠ざかっていく軽四駆に目をやろうともせず、無表情に答えた。

「本当に今の車やったけ」

「そうやちゃ。黄色のでっかいが」

やっぱりダメかと胸のうちでつぶやきつつ、本田はそっとため息を漏らした。

四輪駆動車だけに乗用タイプの軽自動車に較べれば車高は高いが、それでもでっかいとまではいえない。ベージュを黄色というのも苦しい気がした。いろいろ訊き方を変えてみたが、小室は黄色の大きな車を目撃したのがいつなのか思いだせなかったし、それどころか本田が声をかけても以前に会っていることもわからなくなっていた。

滑川市内での浅川の足取りを追う聞き込みは何ら成果を挙げられないまま昨日で終了し、次に準強制わいせつ容疑で逮捕され、死体遺棄事件についても供述している畑田の行動確認を行うよう命じられた。そこで畑田が所有しているベージュの軽四駆と同じ車種を目の前で走らせ、小室に確認してもらうことにしたのである。

本田は落ちつかなかった。

犯人が死体遺棄現場を被害者の携帯電話を使って県警本部のホームページにメールで知らせてきたことははっきりしているが、畑田はそのことをまったく知らなかった。すでに畑田が住んでいる実家の家宅捜索を行っているが、二件の死体遺棄事件被害者に結びつくような物証は何も出てきていない。被害者にどこで接触したのかという点についての供述も曖昧《あいまい》で、内容は二転三転しているらしい。検察は早々と死体遺棄事件についての立件を諦め、拘留の延長もしないという噂《うわさ》も聞いていた。

軽四駆が戻ってきて、本田と小室の前で止まった。エンジンをかけたまま、運転席から山羽が降りてくる。山羽の知り合いに畑田のと同じ車種、ボディカラーの軽四駆を所有している男がいて、借り出してきたものだ。

山羽が本田を見る。

首を振り、小室に向かってかがみ込む。灰色の帽子に作業服といういつもの格好で玄関先の椅子に座っている小室の襟元からは饐《す》えた臭いが立ちのぼっていた。

「小室さん、どうもありがとう」

「なーん」

相変わらず小室の表情に変化は見られない。本田と山羽は軽四駆に乗りこみ、Uターンして市街地を目指した。

走りだしてほどなく本田の携帯電話が鳴りだし、耳にあてた。

「はい、本田です」

「どうだった?」

一係長の鈴木が訊いたが、声音に期待はこもっていない。ちらりと山羽に目をやってから答えた。

「この車だそうです」

「いつ目撃したのか思いだせたか」

「いえ」

「そうだろうな」さして落胆した様子もなく、鈴木は淡々という。「一応、報告書は作っておけ。ところで、お前たちに見てもらいたいものがある。署にまっすぐ戻れ」

「了解しました」

携帯電話をポケットに戻しながら、見てもらいたいものって何だろうと思った。

一眼レフカメラのシャッターボタンを半押しにするとレンズの内側でかすかにモーターが唸り、視界がクリアになった。ファインダーには制服姿の女子高校生が五人並んでいる。左端の一人の姿がくっきり見えた瞬間、胸の底がきゅっと絞られた気がした。

唇を嘗め、唾を嚥んだ。

最小範囲にしてセンターに設定してあるフォーカスエリアを左端の一人に乗せ、いったんシャッターボタンから指を浮かせたあと、ふたたび半押しにする。フォーカスエリアが赤く染まり、ピントが合ったのを見て、シャッターボタンを押しこんだ。立てつづけにミラーが跳ねあがり、高感度の光学センサーに光を呼びこんでいく。

左端の女子高校生にフォーカスエリアを合わせたまま、ズームアップし、ピントを再度合わせなおしてシャッターを切った。

白い歯を見せて笑い、びっくりしたように目を見開き、となりの同級生の肩をふざけて叩く姿を次々に切りとっていく。廣本は息を殺し、瞬《まばた》きをこらえてファインダーを見つめていた。

カメラを買ったのは去年の夏、浅川を追いかけていたときだ。インターネットで性能と評判を調べ、カメラは当時としては最高機能のプロ仕様、交換レンズは二百ミリから四百ミリまでの自動焦点式ズームと決め、東京に出てそれぞれ別の大型量販店で購入した。カメラ本体が六十五万円、レンズはさらに二十万円ほど高かったが、いずれも現金で支払い、でたらめの会社名と住所を告げて領収書をもらった。

さらに別の量販店をのぞいたとき、手のひらに隠れるサイズのデジカメが目についたので買った。こちらはセールの対象品で五千円もしなかった。対象に近づき、隠し撮りをするのに便利だと考えてのことだ。シャッターを切ると正面の赤いランプが点くので黒いビニールテープを貼って塞《ふさ》ぎ、一切の作動音を消す設定にしたが、まだ一度も使ったことはない。

浅川のときから撮影しているが、裸にして縛りあげたあとに写真を撮ったことはない。小暮の母のときはカメラすら持っていなかった。浅川の写真は一万カットを超えているが、パソコン本体には一枚も残さず、すべて外付けハードディスクに保存した上、パスワードがなければ開けないようにしてある。プリントをしたことはなく、すべてディスプレイ上で見るだけにしていた。

カメラを下ろし、助手席に置くとその上からタオルを被せて素早く周囲を見まわした。通りの反対側を歩いている女子高校生五人組が通りすぎていくのを横目で見て、ギアを

Dレンジに入れる。右のドアミラーで後方を確認し、ハザードランプを消してゆっくりとハイブリッド車をスタートさせた。

路肩に車を止めていたのはせいぜい五分ほどでしかなく、ひと目につくことはないだろう。

ルームミラーをちらりと見上げる。いずれも背を向けている五人のうち、左端の一人に目がいく。またしても胸苦しさをおぼえ、前方に視線を戻した。

本当の逸脱が始まったのは彼女に出会ってからだ。

イヴ……、大川亜由香。

去年の四月から今年三月までの一年間、魚津の高校の時間講師として英語を教えた。はっとするような美人というわけではないし、すらりとはしていたが、際だってスタイルがいいというほどでもなかったのにひと目見たときから気になった。

何度か授業で顔を合わせるうち、イヴにはほかの生徒たちとは違う、過去十年間で何百人と出会ってきた女子高校生の誰にも見られなかった深い翳《かげ》りがあることに気がついた。

二学期になって、一人の生徒が秘密めかして教えてくれた。

『誰にもいっちゃダメだよ。亜由香のお母さんって、東京で強姦されて、殺されたんだって』

背後に抱える深い闇が翳りとなって現れているのだろう。だが、ふだんの表情が暗いというわけでは決してない。時おり、ほんの一瞬翳るだけだ。

そこに惹《ひ》かれていった。

秘密を知ったその日から胸のうちでイヴと呼びかけるようになった。

魚津警察署二階の刑事部屋に入ると、鈴木が自分の席で手を挙げた。本田と山羽がまっすぐに行く。

「ただ今、帰りました」

「ご苦労さん」鈴木はノートパソコンのディスプレイを見たまま応じる。「これだ、これだ」

本田と山羽は鈴木の背後に回りこんだ。ディスプレイにはエクスプローラーが表示されており、マウスを使って鈴木がアイコンの一つをクリックすると動画再生画面に切り替わった。ノートパソコンをわずかに動かし、ディスプレイを本田たちに向ける。

背をかがめて、のぞきこんだ。

「何ですか」

「氷見の旧市街にあるスーパーの防犯カメラ映像だ。北側駐車場を撮影してる」

氷見市といえば、最初の被害者小暮真由美が住んでいたところだ。市内のスーパーに自分の車を置き、その後、行方不明になっている。平日の午後で駐車場は空いていたにもかかわらず小暮は建物から離れたところに車を停め、しかも店内に入った様子はない。氷見署の刑事が店内の映像を解析した結果として捜査会議で発表していた。

映像はぼやけていた。駐車して、車から降りる人影は映っているが、一センチほどの大きさでしかない。輪郭はわからなかった。車にしても車種を特定するとなると難しそうなレベルである。

「見づらいですね」

本田がつぶやくと鈴木がうなずいた。

「広角でね。しかも古い機種なんだ。さあ、ここだ」

鈴木がディスプレイの右上を指で示す。駐車場の端に人影らしきものが映しだされた。

「カメラは建物の屋上に設置されていて北に向けられている。つまりこの人物は駐車場の北の端を歩いているということだ」

次の瞬間、本田と山羽は同時に声を漏らした。

「おっ」

手前に映っている建物の陰から一台の車が出てくると人影に向かって近づいていく。形状からすると四輪駆動車のようでボディカラーはくすんだ黄色だ。ナンバープレートは映っているものの、とても数字は読みとれない。

駐車場の北側に行って四輪駆動車が止まると人影が走りよるのがわかった。助手席のドアを開けて乗りこむ。車はそのまま北へ進み、建物の間を通って道路に出ると右折していった。

マウスに手を伸ばした鈴木は映像を巻きもどし、人影が助手席のドアを開けたところで一時停止させた。

「爺《じい》さんの証言がどこまであてになるかはわからないが、溺《おぼ》れる者は何とやらだろ。一応、黄色い大型の四輪駆動車をあたってみたそうだ。この映像はついさっき見つかったんだが、撮影日時は五月二十日午後一時五十五分。小暮真由美の足取りが最後に確認されたのが同じ日の午後一時二十五分、こことは別のスーパーの駐車場に車を停めているところが防犯カメラに映っている」

鈴木は椅子の背に躰をあずけ、ノートパソコンのディスプレイに目をやったまま淡々とつづけた。

「小暮真由美が車を停めたスーパーから今見たスーパーまでの距離は一・二キロくらいになる」

「三十分後ですか。歩けば、ちょうどそれくらいの時間になりますね」

本田の言葉にうなずいたものの、鈴木は唸った。

「だが、ここまでだ。車種は何とか絞りこめるかも知れないが、ナンバーは読みとれないし、今乗りこもうとしているのが小暮真由美かどうかもはっきりしない」

「でも、少なくとも軽じゃない」

山羽がぽつりという。

「かなり大きいな」

本田は上体を起こした。

黄色のでっかいがといった小室の声が脳裏を過ぎっていく。

「今、この前後の映像を洗い直ししてるんだよ。この人影が小暮真由美だということがわかれば、次はこっちの四駆が映ってる映像を探す。お前たちも今夜からまた防犯カメラの解析だ」

「はい」

本田は返事をしたものの、腕を組んでストップモーションになっている映像を見つめていた。

手がかりとしてはかなり細い。だが、鈴木がいうように自分たちはすっかり溺れているのだ。いずれにせよ駐車場に自分の車を置いたあとの小暮の足取りがはっきりすれば、真犯人に迫ることができる。

たった一つだけいえることがある。

三件目だけは阻止しなくてはならない。絶対に、だ。

亜由香のお母さんは東京で強姦されて殺された……。

女子生徒のひと言を頼りに廣本はインターネットで調べてみた。まず大川亜由香の名前と殺人事件で検索をかけてみたが、何一つ引っかからなかった。次に大川という姓だけで殺人事件について検索してみると今度は膨大な件数が表示され、とても読み切れなかった。姓だけでなく、大川という地名や河川名までヒットしたためでもあった。

それでも諦めきれず、またさして期待もせずパソコンに向かうたび検索をつづけた。次なるヒントはひょんなところから入った。職員室で亜由香の担任と別の教師の雑談がたまたま耳に入ったのである。

『うちのクラスの大川って子、三年前だかにあったやろ、浅草の連続殺人。あれの被害者の娘らしいがだ』

『そんな事件ありましたっけ』

『実はおれもよく憶《おぼ》えとらんが。何しろ似たような事件ばっかり起こっとるからね』

『まったく』

素知らぬふりをして耳をそばだてていたが、話はそれきりで終わった。たった一つわかったのは担任に亜由香の事件を告げたのが廣本に秘密だといって教えた女子生徒であることだ。絶対に内緒、とくどいくらいに念を押していたが、何のことはないその女子生徒は噂を広めてまわっていた。

その日の夜、ネットで浅草、三年前、連続殺人と打ち、さらに大川で絞りこむと大川真知子という名前がヒットした。三人の女性が殺された事件だが、いずれも強姦殺人ではないことがわかった。

犯人は犯行のたびにネット上の掲示板に書き込みをしていたようだ。さすがに掲示板は消えており、過去のログも見当たらなかったが、掲示板を読んだ個人が感想を記したブログまでは削除できなかったらしい。そうしたウェブサイトをいくつか読んでいるうちに今では殺人犯がネット上に事件の過程や感想、意気込みを書くのはさして珍しくもなく、ネット上では現実に起こった殺人も架空の事件も書きこまれた内容が面白ければ評価され、つまらなければ非難されることがわかった。

亜由香の母が巻きこまれた事件の犯人は素手で女の首を絞めて殺していたようだが、手の中で頸《くび》の骨が折れる感触をことこまかに描写している点で高く評価されていた。

また、切り裂きジャックについて書かれていることが多かったが、被害者のうち一人はソープ嬢、もう一人はデリバリーヘルスで働いており、売春婦を殺しまわった切り裂きジャックと共通点を見いだしていたようだ。亜由香の母についても元々ソープランドで働いていたとか、マンションの個室で性的サービスをしていたとか、街角に立って客を引いていたとか書かれていたが、どれが事実かを確かめるすべはなかった。

事件の概要は当時のネット版新聞記事で読むことができた。新聞によれば、亜由香の母親はクリーニング店勤務、飲食店でアルバイトとなっていた。犯人はすでに逮捕され、一審で死刑判決がくだされていたが、現在控訴中らしい。

犯行動機についてさまざまな推測がなされ、事件の背後には売春組織を管理する暴力団の存在があったという書き込みもあったが、本当のところはわからない。

ひょっとすると犯人にも真実などわからないのかも知れない。

『ねえ、信威《のぶたけ》さん……、どうして私を放っておくの』

ふいに母親の声が蘇《よみがえ》ってきて、廣本は固く目を閉じた。何とか思いをふり払おうとイヴの面差しを脳裏に描こうとしたが、あっという間に粉々にされてしまった。

信威は父の名だ。父が亡くなってからというもの、母は不眠を訴えるようになった。顔を合わせれば嫌み、皮肉の応酬だったというのに不思議というほかなかった。母は自分で病院に行き、睡眠導入剤を処方してもらうようになったが、廣本はさして気にしなかった。

そのうち頭痛や鳩尾にしこりがあるといいだし、病院巡りをはじめた。総合病院に入院し、考えうるすべての検査を受けたこともあったが、どこに行っても、とくに異常はないといわれた。

母にはそれが不満だった。

『医者なんて全然あてにならない。私が痛いっていってるのに異常なしなんて。まるで私が嘘を吐いてるみたいじゃない』

母は時々こぼすようになったが、それでも廣本は積極的に関わろうとはしなかった。いくつもの病院に並行して通い、大量の薬を処方してもらっていた。手のひらに山盛りになりそうな錠剤を服《の》んでいるのを見ても廣本は放っておいた。

ある日、県の福祉課から電話がかかってきた。母が通院している精神科クリニックから父宛てに電話が来たというのだ。内容は母の病状について説明し、日常生活について訊《たず》ねたいことがあるので一度来院して欲しいというものだった。父はとっくに亡くなっているし、福祉課は父が勤務していた部署ですらない。病院からの問い合わせであり、元職員の妻で六十歳を過ぎていることなどから福祉課が連絡してきたのだろう。

いつの間にか母の内側では父が生き返っていた。

精神科クリニックの名前と電話番号を聞き、こちらから連絡すると答えて電話を切った。福祉課にしてみれば、一人息子である廣本からその答えを聞けば充分なのだ。廣本から精神科クリニックへ電話をすることはなかった。

それから一ヵ月ほどした頃の深夜、母が廣本の寝室に入ってきた。夜具を剝《は》ぎ取り、覆いかぶさるなり金切り声を張りあげたのである。

『ねえ、信威さん……、どうして私を放っておくの』

母は廣本の股間をまさぐっていた。

『気味の悪いことをするな。親父はとっくに死んだんだ。いい加減、目を覚ませよ、母さん』

押しのけたはずみで母はベッドから落ち、しばらくは呆然《ぼうぜん》としていたが、やがて静かに立ちあがると自分の寝室に戻っていった。

翌日は午後から授業があるだけだったので、たっぷり朝寝をしたあとで起きた。居間にも台所にも母の姿はなく、もしやと思って母親の寝室に入った。

床にうつぶせに倒れた母の呼吸はなかった。近くには赤と白のワインボトルが二本、空になって転がっており、部屋中に病院で処方された薬の紙袋が散乱していた。すぐに救急車を呼んだが、救急隊員は蘇生術を施そうともせず、廣本も要求しなかった。病院に運ばれ、死亡が確認された。不審死なので行政解剖が行われたが、血中から高濃度のアルコールと導眠剤の成分が検出され、胃の中では溶けきらなかった錠剤が大量に見つかった。導眠剤、抗うつ剤、精神安定剤……、いくつもの病院をまわっていたため、量が多く、いくつもの種類があった。

警察に事情を訊かれたが、昨夜母が廣本の寝室に入ってきたこと以外は過去半年ほどの経緯を話した。自殺ではなく、事故死と判定された。

廣本はハイブリッド車の運転席で目を開いた。

とっくに日は沈み、すっかり暗くなっている。住宅街の狭い通りを歩いてくる女子高校生の姿が街灯の光に照らされた。

エンジンのスタートボタンに手を伸ばす。ゆっくりと車を発進させた。

ライトを点けたが、女子高校生の足取りは変わらなかった。だが、まっすぐに車を見つめている。驚いた様子はない。

女子高校生のそばで車を停め、助手席の窓ガラスを下ろした。立ちどまった女子高校生が車をのぞきこむ。

目が合った。

「話がしたい」

わずかの間、迷っていたようだが、イヴ――大川亜由香は助手席のドアを開けた。

3

膨大な防犯カメラ映像のチェックも日時、場所、確認すべき対象――被害者の小暮真由美――がはっきりしていると効率がよくなるだけでなく、士気まで違ってくる。魚津署四階の大会議室で録画チェックにあたったのは十数名だったが、開始から一時間もしないうちに氷見署から応援に来ている高橋という刑事が声を上げた。

「これ、被害者《マルガイ》と違うかな」

本田、山羽をはじめ刑事たちが集まり、高橋が見ていたパソコンのディスプレイをのぞきこんだ。映像は一時停止がかかっていて、高橋は画面の右上を指さした。

「これながやけど」

大型量販店の入口から一人の女性が入ってくるところが映っていた。ショートカットでベージュのジャケットを着て、黒っぽいパンツ、肩には大きめのショルダーバッグを掛けている。

「小暮真由美が行方不明になったときの服装には合致しとるな」

本田の後ろで誰かがいった。

高橋がマウスに手を伸ばし、一時停止を解除する。女性は店内に入り、カメラに近づいた。左に顔を向け、正面に向きなおったところで本田は声をかけた。

「ちょいストップ」

画像が止まった。防犯カメラがほぼ正面から女性の顔をとらえている。高橋が手元にあった捜査資料を持ちあげ、周囲によく見えるようかざした。小暮真由美の顔写真が大きく印刷されている。写真と画像を交互に見て、本田がいった。

「間違いないな。これ、どこの映像け」

「マルガイが車に乗ったスーパーの西にある大型ドラッグストアだ」

店は道路一本隔ててスーパーの駐車場と向かい合っていると高橋は説明し、言葉を継いだ。

「時刻は午後一時四十五分。北にあるスーパーの駐車場にマルガイが車を停めてから二十分後やな。一キロ弱離れとるけど、二十分あれば、歩けるやろ」

そういって高橋はマウスのボタンをクリックした。映像が動きだす。小暮とおぼしき女性はショルダーバッグから携帯電話を取りだした。耳にあて、話をしながらきびすを返し、ドラッグストアを出ていく。

ふたたび刑事たちはそれぞれのパソコンの前に戻った。十分もしないうちに今度は山羽が声を発した。

「いた、いた」

刑事たちが集まり、山羽が見ていたノートパソコンを一斉にのぞきこむ。

「時刻は午後一時五十分、スポーツ用品店の駐車場です。ぼんやりとしか映ってませんが、おおよその服装とショルダーバッグを掛けているのはわかります」

ドラッグストアの防犯カメラに小暮が顔を向けている映像と山羽が見つけた映像をそれぞれキャプチャしてプリントアウトを取ると、刑事たちは特別捜査本部の一角に置かれたホワイトボードの前に集まった。ホワイトボードにはスーパー周辺の街路図が貼られている。

高橋がドラッグストアのところに女の写真を赤いプラスチックカバーのついた磁石で留め、次いで山羽がスポーツ用品店の南側にある駐車場に同じように写真を留めた。

そこへ入ってきたのが刑事課長の船越と一係長の鈴木である。二人はまっすぐホワイトボードの前に行く。

「ドラッグストアが午後一時四十五分です」

高橋がいい、山羽がつづける。

「スポーツ用品店の駐車場は午後一時五十分」

山羽が留めた写真の左にはもう一枚写真が貼ってあった。鈴木が本田と山羽に見せたぼんやりとした人影がサンドイエローの四輪駆動車に乗りこもうとしているところをプリントしたものだ。

「これ、一時五十五分?」

船越が写真を見て訊き、鈴木がうなずく。

「時間的には整合します」

「よし」船越は周囲を見まわした。「今度は被疑車輛の方だ。スーパーの南側駐車場を撮っとる防犯カメラや周辺のものをあたってくれ」

船越は四輪駆動車を被疑車輛と呼んだ。真犯人に近づいたことを確信したのである。

手分けして映像解析が始まった。本田はスーパーの南側を撮影している防犯カメラの映像チェックにかかった。

午後一時五十五分のところから巻き戻し再生していく。画面の左側を後退していく被疑車輛がすぐに出てきた。そして南側駐車場の中央付近に停まるとしばらく動かなくなった。逆再生をいったん止め、通常の再生にしてからすぐに逆転させ、駐車場に停まったところで一時停止をかけて時刻を確認した。午後一時五十二分である。巻き戻しのスピードを上げ、被疑車輛が後退しはじめたところで止めた。通常再生にして、被疑車輛が駐車場に入れた時刻を記録する。午後一時二十七分だった。

ドラッグストアで小暮らしき人影が映ったのは午後一時四十五分、携帯電話を取りだしたのはそれから間もなくだ。その間、被疑車輛は南側駐車場に停まっていた。被疑車輛を運転している者が小暮に電話を入れた可能性がある。すでにスーパーの駐車場に到着していることを告げ、小暮はあわててドラッグストアを出たと考えると自然だ。

さらに巻き戻しをつづけた。被疑車輛が後退していき、南へ向かった。そちらには県道があった。

本田は目を凝らした。

バックで県道に出た被疑車輛は左に大きく曲がった。つまりスーパーの南側を走る県道を被疑車輛は東からやって来て、県道を右折し、駐車場に入ってきたことになる。

「見つけた」

集まってきた刑事たちにいった。

「車が入ってきたのは午後一時二十五分。それからいったん南側駐車場の中央付近に停まるのが二十七分、五十二分に動きだす。車は南側の県道を東方向から来て、スーパーの駐車場に入ってきている」

「午後一時二十五分、県道を東方向からだ」船越が後ろで声を発した。「被疑車輛の事前行動《マエアシ》をあたれ」

ほどなく県道に面した理容店の防犯カメラに東から来た被疑車輛が映っているのが確認された。時刻は一時二十四分で符合する。さらに数百メートル離れたところにある学習塾の防犯カメラが被疑車輛をとらえていたのが午後一時十八分だった。被疑車輛は県道をまっすぐ西進してきたのではなく、住宅街を斜めに走る狭い通りをやって来た。防犯カメラを避けようとしたのかも知れない。だが、県道に入る手前、道路の東側にある学習塾までは避けられなかった。

一方、別の捜査員たちは小暮が乗りこんだあとの被疑車輛の動きを探っていた。二時間ほどでスーパーを出たあとの動きが明らかになり、刑事たちはホワイトボードに貼った街路図の前に集まった。写真が次々と貼られていく。

スーパーの駐車場を出た被疑車輛が右折し、県道を東に向かったのはわかっていた。午後二時三分、県道沿いにあるコンビニエンスストアの防犯カメラには東に向かっていく被疑車輛が映っている。そのまま東へ進み、午後二時七分、交差点の信号機に設けられた交通監視用カメラが右折する被疑車輛をとらえていた。

そこから県道を南下する被疑車輛が信用金庫の本店、地方銀行の支店のカメラでチェックされた。とくに地方銀行の防犯カメラの映像は注目を集めた。

カメラは駐車場の出入り口に設けられており、県道を南下してくる被疑車輛を正面からとらえていた。高性能の機材らしくナンバープレートが読みとれる。街路図にはナンバープレートの拡大画像が貼られ、すでに照会がかけられていた。

間に合えよ——本田は壁の時計に目をやった。

午後九時四十五分。解析作業を始めて、五時間以上が経過している。あっという間にしか感じられなかった。


中華料理〈生馬軒〉は辰見にとって数少ない馴染《なじ》みの店だ。住まいであるアパートから歩いて数分で週に二、三度は利用していた。ガラス戸を押し開け、店内に入るとみつ子が声をかけてくる。

「いらっしゃい」

「おう」

うつむいたまま、足は自然と店の奥にある四人掛けのテーブルに向かった。指定席というわけではないが、いつも同じテーブルを使っていた。

「辰《たつ》ちゃん」

　みつ子に呼びかけられ、足を止めた。顔をあげかけたとき、いつものテーブルに先客がいるのがわかった。若いカップルで男が背中を向けている。向きを変え、レジ前のテーブルに行って腰を下ろした。みつ子が水の入ったコップを目の前に置いた。

「水は要らなかったかな」

　テーブルにつくなり注文するのは生ビールと決まっていた。だが、辰見はコップを手にして水をひと息に飲みほした。

「いや、今日はいい。ラーメンをくれ」

　なぜかビールでさえ重く感じられ、飲みたいと思わなかった。疲れているのかも知れない。

「醬油《しょうゆ》？」

　うなずいた。みつ子は何かいいかけたようだが、何もいわず厨房《ちゅうぼう》に向かってラーメン一丁と告げ、空になったコップに冷たい水を注いでくれた。

　長い一日だった。昨夜はついに一睡もしないまま街を走りまわった。分駐所を出たのは昼過ぎで、まっすぐ〈不眠堂〉に向かった。澁澤と話したあと、あてもなく浅草寺の周辺を歩いた。数少ない馴染みのうちのもう一軒である喫茶店でコーヒーを飲み、ふと犬塚に礼をいおうかと思ったが、気が進まないまま、また歩きつづけた。

落ちつかなかった。中島の電話が気になっていたせいだ。亜由香に電話を入れようと思って携帯電話を取りだし、またポケットに戻したのも二度や三度ではなかった。

「はい、お待ち」

「ありがとう」

目の前に醬油ラーメンの丼が置かれた。湯気とともにスープの香りが立ちのぼり、鼻をくすぐる。割り箸を手にして、今日一日、コーヒーを飲んだ以外何も口にしていないことに気がついた。空腹すら感じていなかった。

「たまにはいいわね」

かたわらに立ったみつ子がぼそりという。顔を上げた。

「何が？」

「休肝日。辰ちゃんって、毎日飲んでるんでしょ」

「仕事がある日は飲んじゃいない」

ラーメンに胡椒《こしょう》を振りかけ、箸を割る。さすがに当務に就いた日は飲まないが、それ以外は毎日飲んでいる。

「結構飲むでしょ」

みつ子の言葉に取りあわず、首をかしげてみせただけで麵をすすった。

「五十を過ぎるとね、ビールなら大瓶一本、お銚子は一合を二本、ウィスキーなら薄い水割り二杯が適量だって」

「それだけ飲めば、結構な量になるだろう」

脂身のラインが入ったチャーシューを口に運んだ。

「馬鹿ね。一晩にどれか一つってことよ。ビールだけとか、日本酒だけとか」

「中途半端だな」

五十過ぎどころか、あと三年で六十だと胸のうちでつぶやく。ビールを一口飲めば、日本酒、ウィスキーとより重たい酒を飲みたくなる。生ビールを注文しなかったのは、生馬軒で飲めば、アパートに帰ってウィスキーをストレートで呷《あお》るのが目に見えているからだ。

ラーメンを食べ終え、灰皿を引きよせた。タバコをくわえ、火を点ける。煙をふっと吐いたとき、胸ポケットで携帯電話が振動した。取りだして、開いた。液晶画面には携帯電話の番号だけが表示されている。

胃袋が身もだえする。いやな予感がした。

「はい、辰見です」

「夜分に恐れ入ります」女の声がいった。「富山の佐原《さはら》と申します。亜由香の伯母の……」

椅子にもたれた姿勢を変えなかったが、予感は恐怖に取って代わり、口の中が瞬時にして乾いた。何とか声を圧《お》しだす。

「ああ、どうも」

「実は亜由香がまだ帰宅しておりませんで、ちょっと心配になったものですから」

目をつぶった。

「今まで帰宅が遅くなることは？」

「たまにありますが、そういうときは電話が来るんです。夕食の支度をしておりますので、帰りが何時頃になるとかいってきます。さっき亜由香の部屋を見てきたんですが、机の上にメモと真知子の携帯が置いてありまして。メモには辰見さんの電話番号とこの携帯を渡して欲しいとあったんです。急に心配になりまして」

「わかります」

頭の中で警報をがんがん鳴らされている気分になった。一瞬、中島に連絡するように告げようかと思った。だが、単に帰りが遅いというだけで警察が動くとは思えない。

そう――辰見は胸のうちでつぶやいた――警察では動けない。

「一時間後に電話します。その前に亜由香が帰ってきたら、また、この電話に連絡をください」

立ちあがった辰見はズボンの尻ポケットから財布を抜き、レジの前に立った。千円札をみつ子に差しだす。

「何かあったの?」

「いや、大したことじゃない。ラーメン、旨かったよ」

金を受け取り、釣り銭を返す間、みつ子はじっと辰見を見ていた。なぜか今にも泣きだしそうな顔をしていた。

いったんアパートに戻ると冷凍庫の扉を開け、手を突っこんだ。奥に張りついているポリ袋を剝がす。中には一万円札が百枚入っている。ポリ袋を捨て、金だけを内ポケットに入れるとすぐにアパートを出た。

歩きながら携帯電話を取りだして、お好み焼き屋〈河童〉の店主渡邊の番号を選んだ。呼び出し音が三回つづいたところで渡邊が出る。

「はい、渡邊です」

「辰見だ。営業時間中にすまない。実は頼みたいことがある。裏の仕事の方なんだが、前科《マエ》のない拳銃《チャカ》が一挺欲しい。大至急だ」

「レンコンがいいですね」

レンコンは回転式拳銃を意味する。渡邊が訊いてきたのはそれだけだ。

「ああ」

「三十分後に。でも、ここじゃあれなんで……」

渡邊は浅草寺の裏にある病院の駐車場を指定してきた。

「まだ、営業時間中だろ」

「ええ、おかげさまで繁盛しております。ですが、今夜は店主が急病で早じまいすることになりまして」

「すまん」

「では、後ほど」

電話を切った。生馬軒の前を通りすぎ、商店街を横断して路地に入る。目指すスナックは右側にあり、店の前には紫色の行灯《あんどん》が出ていて〈ポイズン〉とカタカナで記されていた。

不眠堂に始まり、昼間の喫茶店、生馬軒と来て、ポイズンか——辰見は近づきながら思った——馴染みの店を一通りまわることになったな。

ドアを押し開け、店に入った。入口の前には汚れた水をたたえた水槽が置いてあり、金魚が数匹力なく尾ひれを動かしていた。

客の姿はなく、店主の臼井《うすい》がカウンターの内側に立っていた。

「珍しいね、こんな時間に。まだ宵《よい》の口だぜ」

「ああ」スツールに腰を下ろした。「コーヒーをくれ。それとあんたの車を借りたい」

「コーヒーってもうちにゃインスタントしかないぜ」

「濃いめで頼む。まだしばらく目を開いてなきゃいけない」

「目を覚ますならコーヒーよりもっと効くのがある……、って刑事《デカ》にいうセリフじゃないか」

それから臼井は車を置いてある月極駐車場の場所を教え、辰見の前にマグカップを置いた。

「砂糖とミルクはない」

「結構」

「駐車場に行けば、いやでも目につく。一番古くて、ボロなのがおれのだ。カーナビだけは新しいのを取りつけてある」

そういって臼井はカウンターの上にキーを置いた。

「すまん」

キーを取ってズボンのポケットにねじ込むとマグカップのコーヒーをすすった。ひどく苦い。

浅草寺の北側にある病院の駐車場に臼井の車を乗り入れた。焦げ茶色のフォードアセダンで、ボディの艶《つや》はなく、一番古くてボロなのは間違いなかった。サイドブレーキを引き、渡邊の携帯に電話を入れると二分としないうちにやって来て助手席に乗りこんだ。

すぐに紙袋を差しだす。

「何とかスミス・アンド・ウェッスンのＪフレームを手に入れました。ふだん辰見さんが使っているのと同じものです。銃身は二インチ、弾丸は五発装塡《そうてん》してありますが、予備までは手に入りませんでした」

「充分だ。恩に着る。いくらだ？」

「そんな辰見さんから……」

両手を上げる渡邊の言葉に被せた。

「今のおれはデカじゃない。いくらだ？」

「全部で三十五万です。急がせたんで、少し高くつきました」

「バブルの頃に較べれば、ずいぶん安くなったさ」

きっちり三十五枚の一万円札を渡した。渡邊は数えもせずに二つ折りにして尻ポケットに突っこんだ。

「辰見さん……」

目をやった。フロントグラスから射《さ》しこむ街灯の光に渡邊の顔が白く浮き上がって見える。生馬軒のみつ子と同様今にも泣きだしそうに見えた。だが、渡邊はそれ以上何もいわず小さく一礼すると車から降りていった。

辰見は携帯電話を取りだし、着信記録から亜由香の伯母の番号を選んで通話ボタンを押した。待ちかまえていたようにすぐにつながった。亜由香は戻っていない。辰見は自宅の住所を聞きながらカーナビゲーションシステムに打ちこんでいった。

「出ました」

四階の大会議室に若い刑事が駆けこんできて、そのまま街路図を貼ったホワイトボードの前に行った。全員が集まった。

刑事がＡ４判の用紙を磁石で留めていく。用紙は二枚あって、二枚目には拡大コピーされた運転免許証の写真がプリントされている。

「被疑車輛の所有者は廣本信夫、三十一歳、自宅は富山市内にあります。現在の職業は市内の私立高校の時間講師、そのほか進学塾……」

刑事は用紙をふり返って塾の名前を告げた。

ホワイトボードを囲んでいた刑事のうち、一人が声を上げる。

「その塾ならたしか小暮真由美の長男が通っとったはずだ」

別の一人がいう。

「浅川さおりも通っとった」

「結びついたな」

腕組みして廣本の写真を睨《にら》んでいた船越がつぶやく。

本田はホワイトボードに貼られた用紙の一行に目を留めていた。廣本は今年三月まで魚津市内の高校に時間講師として勤務している。現在二年生の大川亜由香とも結びつくことになる。

「こいつ……」山羽が写真を指さしていった。「見ました」

船越が山羽をふり返る。

「どこで？」

「ショッピングモールです。中島さんにいわれて、東京から来たデカを見張っていたときにすれ違って……」

4

本田は地階に下り、道場に敷きつめられた貸し布団の一つにくるまった。目をつぶったとたん、墜落するように眠りに落ちたというのに、あろうことか一時間もしないうちにはっと目を開き、そのまま眠れなくなった。夢を見ていたような気もしたが、思いだせなかった。

周囲の捜査員たちは凄《すさ》まじいいびきをかいている。疲れきっているのは本田も同じで、眠気は感じてもいた。目をつぶり、温かな眠りの世界に沈んでいこうとしたが、うまくいかなかった。

目を開き、暗い天井を見上げた。

サンドイエローの四輪駆動車に小暮真由美が乗りこもうとしているらしい映像が見つかってから捜査は急展開を見せた。まず小暮の足取りが確認され、四輪駆動車の動き、所有者が廣本信夫であることまで判明した。本田の直感は廣本が真犯人であると告げていたが、おそらく特別捜査本部の誰もが同じように感じていただろう。

だが、逮捕状請求までは詰めの作業が残されている。目標がはっきりしている以上、今までのようにあてもなく歩きまわることはないにせよ、もっとも細心な作業が必要となる段階だ。まずは五月二十日午後一時五十五分にスーパーの駐車場にやって来た四輪駆動車を運転していたのが廣本で、乗りこんだのが小暮であるという確証を得なくてはならない。

現時点で廣本を重要参考人として引っ張ることは可能か。事件は連続しており、いつ第三の被害者が出るかわからない。

辰見という刑事が大川亜由香とショッピングモール内のハンバーガーショップで会っていたとき、廣本は同じ場所にいて、山羽がすれ違い、本田自身も手を伸ばせば届くところにいた。辰見と大川の様子をうかがい、駐車場に行った自分を思いうかべると、胃袋が身もだえし、過去の自分を怒鳴りつけたくなる。

そっちじゃない、後ろをふり返れ、すぐそこに奴はいる……。

県道わきの自宅前に椅子を置き、黄色のでっかい奴を目撃した小室に廣本の車を見せて証言させるのは難しいだろう。突然、小室が記憶を取り戻し、何月何日の何時に目撃したかを正確に証言できたとしても車が通ったというだけで、廣本が運転していたとはいえない。

すっかり目が冴《さ》えてしまった。

毛布から抜けだし、枕元においた上着を手にすると道場を出た。上着に袖を通し、トイレに寄ってから階段を昇った。刑事部屋のある二階を通りすぎ、四階に向かう。もう一度、スーパーの見取り図と写真を眺めてみようと思ったのだ。道場で悶々《もんもん》としているより少しは気が紛れる。

見取り図を貼ったホワイトボードの前に中島が立っていた。近づくと、中島が片方の眉《まゆ》を吊りあげてみせる。

「どうしたがけ」

「何となく目が冴えしもうて。中島さんこそ何しとんがですか」

中島は特別捜査本部の応援要員となっているが、泊まり込みはせず、魚津市内にある自宅から通勤していた。

「何となく目が冴えてな」

中島はにやっとして見取り図に目を戻した。

「眠れんついでにここまでの経過を話してくれ」

中島に並んで見取り図に目をやり、話しはじめた。

「昨日の昼間、小室さんのところへ行ったがですよ。山羽の知り合いが畑田と同じ型の軽四駆を持ってまして、首実検したわけです。小室さんは黄色のでっかいがとくり返すだけでした。そのあと係長から電話が来て、その……」本田は小暮真由美が廣本の四輪駆動車のドアを開けている写真を指さした。「防犯カメラの映像を見せたいといわれて」

中島の横顔をうかがった。

「小室さんの証言はあてにならんって係長にいわれましたが、県警本部《ホンテン》の見方は違ったがですか」

「似たようなもんやろ。だが、防犯カメラ映像の解析はつづけとった」

「廣本の名前は挙がっとったがですか」

「いや」

「廣本が働いとった進学塾には小暮の息子も浅川さおりも通っていました。それに大川亜由香の件もあるし」

どうしてもなじるような響きが消せなかった。捜査を指揮しているのは県警本部長であり、実質的には本部の刑事課だ。現場《ジガタ》の刑事が集めた情報を全部並べて眺めわたせる立場にある。

「後付けやろ。廣本が浮上して、奴の側から見たからこそ被害者《マルヒ》の共通点が見えてきた。小暮の息子と浅川が同じ塾に通っとったことは本部もつかんどる。関連も調べとったちゃよ」

中島が言葉を切った。

本当か、と本田は思った。

「辰見の件……、大川いう子の件はお前が報告書を上げたがだろ？」

「ええ」

「山羽がショッピングモールで見かけたがが廣本だとわかったんは、車の所有者として割れてからだ」

それから中島は取りあえず一服しようといって会議室を出た。廊下の突き当たりにスタンド式の灰皿が置かれている。特別捜査本部用に急遽《きゅうきょ》設置されたもので囲い等はなかった。中島はタバコを取りだし、唇の端に押しこんで火を点けた。煙を吐き、本田を見る。タバコを差しだした。

「持っとらんがなら、こいつをやれよ」

「いえ」本田は背広のサイドポケットを叩いた。「大丈夫、あります。お気遣いありがとうございます」

「大げさやな」

ちらりと苦笑して中島はタバコをポケットに戻した。本田はうつむいたまま、ぼそぼそと話しはじめた。

「係長にいったんです。今すぐ廣本を引っ張るのは無理にしても、せめてすぐ張り込《は》《り》みかけましょうって。おれと山羽とで行きますって」

中島はタバコの煙を斜め上に向かって吐いてから訊きかえしてきた。

「それで?」

「もう手配はしたといわれました。我々については今夜は動きようがないから寝ておけと」

「だが、心配で眠れんくなった」

「いったんは眠ったがですけどね、目が覚めてもうて」本田は顔を上げた。「廣本はショッピングモールのハンバーガー屋を見張っとったがですよ。大川は不安だから相談したがじゃないですか」

「富山県警《うちら》じゃなく、警視庁にな」

「縄張り争いやってる場合じゃないでしょう。それに廣本を張るのは富山中央署《あっち》だとしても大川はうちの管内におるわけですから、せめて大川だけでも見張っておくべきじゃありませんか」

「エサか」

中島はぽつりとつぶやき、タバコを深々と吸った。煙が目にしみる。今ポケットに入っているタバコを捨て、今度こそきっぱりタバコをやめようと思った。


ダッシュボードに拳銃の入った紙袋を放りこんだ辰見はカーナビの案内開始ボタンを押した。画面には駐車場を出て、言問《こととい》通りを右へ行けとルートが表示されている。シフトレバーをDレンジに入れ、サイドブレーキを外すと車を発進させた。すかさず女の声――カーナビの音声案内がいう。

「この先、左方向、二百メートル先、馬道《うまみち》の交差点で左方向です」

指示通りに車を走らせ、言問通りに出て土手通りにぶつかると、音声案内は左に行けという。ハンドルを切り、少し行くと分駐所の前を通過した。三階の窓は明るかったが、隊員がいるかどうかはわからない。昨夜も分駐所に戻ることがほとんどなかった。

三ノ輪《みのわ》駅前で右折して昭和通りに入る。千住大橋《せんじゅおおはし》で隅田川、千住新橋で荒川を渡ったところでカーラジオのスイッチを入れた。ニュースは聞き逃したくなかったが、富山県で新たな死体遺棄事件が報じられるのが正直怖くもあった。

想像は悪い方向、悪い方向へと転がっていく。

首都高速環状線の千住新橋入口を上った。当務中に高速道路を使うことは滅多になかったが、まだ管轄内だ。だが、北に向かううちあっという間に埼玉県に入る。川口ジャンクションから東京外環自動車道を西へ向かい、東京に戻って大泉《おおいずみ》インターチェンジで関越自動車道に乗った。

眠気はまるで感じない。ポイズンで飲んだ胃袋にこたえるインスタントコーヒーが効いているせいだと思うことにした。

埼玉県を抜け、群馬県に入り、藤岡ジャンクションで上信越自動車道に入る。

辰見とすれば、カーナビの画像と音声に従って車を走らせているだけで、左右には防音壁が延々とつづき、地名を表示した標識で自分のいる位置が確認できるだけである。もっともカーナビにも同じ内容が随時表示されている。

速度は百キロ前後に保ち、走行車線をほかの車に混じって走っていた。高速機動隊に目をつけられるわけにはいかない。

日付が変わり、佐久平《さくだいら》のパーキングエリアに車を入れた。売店に併設されたトイレで用を足し、自動販売機で無糖の缶コーヒーを三本買って車に戻った。シートを倒して目をつぶり、熱っぽいまぶたに手を当てた。

まぶたの裏側がごろごろし、真っ暗な中にピンクやブルーの模様が浮かぶ。眠くはなかったが、目が疲れ、前を行く車のテールランプがにじんでいた。

二十分ほどそのままの姿勢で休憩し、缶コーヒーを一本飲みほし、ふたたび走りだす。

長野市を越えるとトンネルがつづき、新潟県に入った。さらに北上して上越ジャンクションを左折、北陸自動車道に入る。夜明けが近づき、大気が青く染まっていくと、開けた右側にぼんやりと水平線が見えた。

やがて糸魚川《いといがわ》を越え、富山県に入る。タバコに火を点け、運転席の窓を細めに開けた。風切り音が耳につく。ラジオはぶつぶついうだけになったが、チューニングしなおすのが面倒なのでスイッチを切った。

親不知《おやしらず》、朝日、黒部と高速出口を通りすぎ、魚津が近づいてきた。料金所では現金で支払い、魚津市街地に出る。信号を見ながらカーナビの音声に従って車を走らせる。

ふと見覚えのある通りだと思った。

「その先、魚津警察署前を右折です」

音声案内を聞いて苦笑する。信号が変わって走りだした広い通りはつい三日前、中島の車を降りて亜由香に会うためにショッピングモールに向かって歩いたばかりだ。

ショッピングモールの前を通りすぎ、北上をつづける。自動車用品店の前で左折し、海側に向かった。ひたすらカーナビの指示に従って右折し、左折するのをくり返しているうちに住宅街に入った。

「目的地周辺、音声案内を終了します」

取りあえず路肩に車を寄せて停めた。運転席から見える二階建ての家は灯《あか》りが点いていて、グリーンのカーテンが見えていた。エンジンを切り、車から降りた。二階屋に近づいて表札を確かめると佐原とあった。

カーナビは新型だと臼井はいっていたが、納得した。

腕時計を見た。午前四時三十七分だった。浅草から魚津までざっくり六時間半で走りきったことになる。

念のため、携帯電話を取りだし、亜由香の伯母に電話を入れた。またしても待ちかまえていたように相手は出た。

「佐原でございます」

「辰見です。たぶん、お宅の前におります」

「えっ……、そうですか。ちょっとお待ちください」

電話口から足音が聞こえた。携帯電話を耳にあてたまま、車のドアをロックした。ダッシュボードには実弾入りの拳銃が入っている。そうかといって佐原の家へ持ちこむ気にもなれなかった。

目の前の家の玄関ドアが開いた。開けたのは中年の女で携帯電話を手にしている。辰見は携帯電話を折りたたんでワイシャツの胸ポケットに入れた。

亜由香の伯母が門のところまで出てきた。

「その節はお世話になりました。亜由香の伯母でございます」

亜由香の伯母には一度会っている。三年前、亜由香が東京を離れるとき、見送りに行った。そのときは少し離れたところで互いに会釈をしただけだった。

「いえ……」

亜由香のことは訊くまでもない。何らかの進展があれば、のんびり挨拶などしていないだろう。

「車を何とかしたいのですが」

「うちのカーポートの前に横付けしてください。道路にははみ出さないと思います」

玄関前にカーポートが設けられ、ワゴン車と軽自動車が並んでいた。カーポートから道路までは数メートルあり、横向きにすれば、楽に一台は入れられる。まず車を移動させ、それから玄関に入った。

通されたのはリビングだ。向かい合わせにしたソファの前に瘦《や》せた男が立っている。五十前後でメガネをかけていた。簡単に挨拶を済ませ、勧められるまま、ソファに腰を下ろす。ほどなく伯母が戻ってきて、辰見の前に真知子が使っていたパールピンクの携帯電話と亜由香のメモを置くと台所に立った。

メモにはしっかりとした字で記されていた。

私に何かあったら辰見さんに連絡して、この携帯電話を渡してください。

そのあとに辰見の携帯電話の番号が添えてあった。奥歯を食いしばる。亜由香は自分に何かが起こることを予期していた。おそらくは何が起こるかも察していて、それで東京まで来たのだろう。

あのとき——辰見は思い返した。

上京していた亜由香と吉原に行った。ソープランド街を抜けたところで、亜由香は一軒のラブホテルを見ていた。それから思い詰めた眸《め》をして踏みだしてきた。辰見は後ずさった。

直後、亜由香の肩ががっくりと落ちた。

あの刹那こそ亜由香が辰見に何かを訴えようとしていたのではないか。気圧《けお》され、後ずさりするのではなく受けとめ、ストーキングをしている男について訊きだしておくべきだった。

真知子と同じように亜由香からも逃げた。苦い後悔が湧き上がってくる。だが、決定的に遅い。

いや、まだだ——辰見は諦めかけている自分を叱咤《しった》した。

「失礼します」

真知子の携帯電話を手にして、電源を入れた。ディスプレイが明るくなり、起動中のメッセージが表示される。手の中の携帯画面を見つめていた。メッセージが消え、待ち受け画面に切り替わる。鳩尾《みぞおち》に鋭い痛みが走った。

画面には化粧をしていない真知子と、おそらくは小学校高学年くらいの亜由香が顔をつけて映しだされていた。設定は真知子が使っていた頃のままにしてあるのだろう。

内蔵メモリーとマイクロSDカードにはメール、住所録、写真が残されていたが、着発信記録はなかった。メールを開いてみたが、いずれも三年前の日付で、残されているのは亜由香とのやり取りだけだった。住所録のチェックは後回しにして、写真を開いてみた。

一枚目を見て、ぎょっとする。年甲斐《としがい》もなく、ふてくされたような顔をしてそっぽを向いている自分が出てきたからだ。亜由香が辰見の腕を取り、ピースサインを出している。吉原を歩いたとき、亜由香が撮った。

『笑ってください。はい、チーズ』

そのあとに聞こえた間の抜けた電子音まで耳に残っている。

写真を眺めているうちにはっとした。亜由香が中央、辰見が画面の右端に寄っていて左肩が切れている。そして画面の左側にはすぐ後ろにあるソープランド〈伽羅〉の看板が写っていた。

〈伽羅〉はかつて真知子が働いていた店で、亜由香に場所を訊かれたとき、とっくに潰れたと答えた。店の前を通りすぎた直後のことだ。そして亜由香は記念撮影をしようといい出した。

亜由香は自分の母親が働いていた店を知っていた。写真は〈伽羅〉の看板と辰見が亜由香を挟む構図になっている。まるで両親の間で笑っている娘のように……。

「どうぞ」

亜由香の伯母が日本茶を出してくれた。

「どうも」

顔を上げずにほかの写真を見ていった。携帯電話としては使えないが、カメラは使えると亜由香はいっていた。現在の亜由香が制服や私服姿で写っていた。ほかの女子高校生が映っているものもある。

ずっと見ていくうちにいきなり今よりはぐっと幼い——といっても中学生くらいか——亜由香の写真になった。真知子が撮ったのだろう。逆送りにしてもう一度写真を見ていった。

何度か往復しているうちに一枚の写真が目に留まった。亜由香ともう一人が制服を着てカメラに収まっている。辰見と撮った写真と同じ構図だ。

辰見は伯父、伯母の前に携帯電話を置いた。

「ここに写っている女子生徒ですが、心当たりはありませんか」

伯母が身を乗りだし、写真を一目見るなりいった。

「同級生の彩愛《あやめ》ちゃんです。飯沼彩愛という子ですが」

「この子に至急……、といっても今すぐというわけにはいかないと思いますが、朝になったら会って話を聞きたいんですが」

連絡してみます、と伯母は答えた。


午前八時、あらかじめ連絡してあったので飯沼彩愛が登校する前に自宅を出たところで捕まえることができた。伯母が辰見といっしょに来て、伯父は車で待っていた。彩愛は小太りで背が低く、髪はポニーテイルにしていた。

辰見は自己紹介抜きで真知子の携帯電話に残されていた写真を見せた。

「この写真なんだが」

「ああ、ハンバーガーショップで撮ったやつですね。亜由香がいきなり記念撮影しようって……、変だなと思ったがです。これ、どうかしました？」

辰見は写真の左側、吉原の記念撮影でいえば、〈伽羅〉の看板のあったところに写っている男を指さした。オレンジ色のウィンドブレーカーを着ている。

「この男、誰かわからないか」

彩愛が顔を寄せる。眉間に皺を刻み、しばらく見つめたあとにいった。

「たぶん廣本じゃないかな」

「廣本？　知り合いか」

「去年までうちの学校で時間講師しとった人です。廣本がどうかしたんですか」

彩愛は辰見と亜由香の伯母を交互に見た。みるみるうちに顔から血の気が失《う》せていく。

「ひょっとして亜由香が……」

「何でもないの。ちょっと訊きたいことがあっただけ」

伯母が取りなすようにいう。だが、辰見は質問をつづけた。

「廣本について何かわかることはないかな、住所とか、電話番号とか」

「ちょっと待って」彩愛は鞄《かばん》からスマートフォンを取りだし、電話をかけた。「おはよう。あのさ、去年までうちの学校に廣本っておったでしょ。住所とかわかる？　ケンちゃんならわかるかなと思って……、そうそう……、いや、私じゃなく、友だちに訊かれたん……、そう？　ありがとう。助かる。じゃあ、学校でね」

電話を切った彩愛が辰見に目を向ける。

「今、調べてメールで送ってくれるそうです」

ほどなくメールが来た。辰見は表示されている住所、携帯電話の番号をメモした。

ケンちゃんというのは友だちかと訊ねると、彩愛は笑って、担任だといった。

第六章　箱の中のイヴ

1

体内のアドレナリンは燃え尽きてしまい、全身に倦怠《けんたい》が充満していた。辰見は助手席に置いてあった二本目の缶コーヒーを取り、プルリングを引いた。ぬるくて、苦いコーヒーを飲む。ついでにタバコを取りだした。一本しか残っていなかった。最後の一本を抜いて、唇の端に押しこみ、空になったパッケージを握りつぶして助手席の床に捨てる。火を点け、深々と吸いこんだ。咽《のど》がひりひりする。咳《せ》きこみそうになるのをこらえ、煙を吐く。

ルームミラーを見上げた。富山市内の住宅街で路肩に車を寄せていた。人影も車も映っていない。動くものといえば、時おり雀《すずめ》が横切っていくだけだ。三十メートルほど後方に廣本の自宅がある。

なかなか立派な住宅といえた。道路に面して二台分の車庫——どちらもシャッターが下りている——があり、車庫のわきに門があった。住宅は高さ二メートル弱のコンクリート塀に囲まれていたが、門は開けはなたれているので玄関までつづく敷石が見えた。

家屋は二階建てだが、車に乗ったまま通りすぎただけなのでざっと観察できたに過ぎない。

コーヒーを飲みほし、空き缶を助手席の床に捨てた。

廣本の自宅前に着いてから二十分ほど経過していたが、人も車も出入りはない。中に誰かいるのかはわからない。廣本か、家族か、それとも亜由香か。いきなり訪ねていって呼び鈴を鳴らし、亜由香がいるかと訊くのは間が抜けている。廣本が逆上して亜由香を傷つける恐れもある。

だが、いつまでも座っているわけにはいかない。

ダッシュボードを開け、ずっしりと重い紙袋を取りだした。周囲を見まわし、ルームミラーもチェックして人影がないことを確かめてから紙袋の口を開けて中をのぞいた。黒光りする短銃身の回転式拳銃が一挺入っていた。たしかに当務中に携帯している銃に似ている。

銃を取りだしたとき、紙袋の底に小さなビニール袋があるのに気がついた。取りあえず銃を背広の右ポケットに収めてからビニール袋を取りだす。透明なビニール袋は二センチ四方ほどの大きさで、中には化学調味料に似た白っぽい結晶が少量入っていた。間違いなくパケで、もちろん化学調味料などではない。

パケは馴染みがあった。警邏《けいら》中に不審車輛を見つけて職務質問をかけると、半数以上の車から見つかる。ごくふつうに生活しているサラリーマンや主婦の車からでも、だ。

『目を覚ますならコーヒーよりもっと効くのがある……、って刑事《デカ》にいうセリフじゃないか』

そういったのは〈ポイズン〉の臼井で、拳銃といっしょにビニール袋を用意したのは〈河童〉の渡邊だ。

覚醒剤《シャブ》。

拳銃とセットになっていたのだから生活安全課銃器薬物取締係《せいあん・じゅうたい》なら点数稼ぎになっただろう。長年刑事をやっていると、押収したパケを取りあえず机の抽斗《ひきだし》に放りこんで、その後忙しさに紛れて忘れてしまうことがある。所轄署で刑事をやっている頃にも機捜隊に配属になってからも似たようなことがあった。見つけると押収したときの様子も所持していた者の顔も鮮やかに思いだすが、書類を作り直して送検する気にはなれない。たいてい火を点け、灰皿の中で燃やしてしまう。

パケを左のポケットに入れたとき、ルームミラーに動くものが見えた。はっと目を上げる。だが、やって来たのは宅配便のパネルバンだ。

肩の力を抜き、タバコを喫った。

宅配便のパネルバンは廣本宅の前で止まった。灰色の制服を着た男が小さな段ボール箱を手にして降りてくると、そのまま門の中へと消えた。辰見は車を降り、廣本の自宅に近づいた。

　ほどなく宅配便業者が出てきたが、段ボール箱は持ったままだ。おそらく誰もいなかったのだろう。辰見は足を止め、うつむいてタバコを吸いこんだ。フィルターが焦げたところでようやく諦め、アスファルトの上に落として踏みにじった。

　傍らを宅配便のパネルバンが通りすぎていく。

　足早に廣本の自宅に近づいた。ためらわずに門を入る。門から十メートルほど奥に玄関があり、頑丈そうなドアで閉ざされている。門を入って左が車庫になっていた。車庫は母屋の一部が突きだした格好だ。

　車庫の壁にドアがあるのが目についた。焦げ茶色に塗られた簡素な金属製で上部が曇りガラスになっていた。近づき、ノブを回してみるが鍵がかかっている。ズボンのポケットには解錠するのに使うミニドライバー等を入れた小さな箱が入っていたが、ぐずぐずしている余裕はない。ドアに躰を寄せ、拳銃を取りだすと銃把《じゅうは》をノブの上部に叩きつけてガラスを割り、手を入れて内側にあるサムターンを回し、錠前を外した。

　中に入り、ドアを閉め、壁に背をつけて耳を澄ました。車庫の内部はしんと静まりかえっていて警報は聞こえなかった。母屋か、警備会社の司令室でベルが鳴りひびいているのかも知れなかったが、そちらは気にしてもしようがない。

　銃を右手に持ったまま、車庫を見まわす。大型の乗用車でも二台は楽に入れられる広さがあり、二分割されたシャッターが下りている。辰見の目の前に白いハイブリッド車があり、もう一台分のスペースは空いていた。

ハイブリッド車の後ろを通って奥へ進んだ。空いているスペースの後方にドアが二つ並んでいた。手前側のノブを回すと簡単に開き、三和土《たたき》になっていて廊下へ連なっている。おそらくは母屋へ行くのだろう。ドアを閉め、さらにもう一つのドアのノブを回してみる。鍵がかかっていた。

拳銃をポケットに戻し、ズボンのポケットからミニドライバーのセットを取りだすと、解錠した。簡単なシリンダー錠で手間はかからなかった。窃盗犯の手口を教える講習では鍵のかかったドアを開く方法を習い、実地訓練も受ける。あくまでも窃盗犯逮捕のための講習だが、応用は利いた。

ドアの奥は地下へつづくコンクリートの階段になっていた。階段の方向からすると地下は母屋の下にあるようだ。階段は下の方が闇に呑《の》まれていた。入ってすぐの壁に照明のスイッチがあったが、点けるかわりに上着の内ポケットからペンライトを抜いた。

階段を一段降り、ドアを閉めてドアに鍵をかけておく。壁を手探りし、ゆっくりと足を下ろした。靴底に階段を感じてから降りていく。階段は十段ほどあった。降りきったところは真っ暗で何も見えない。

思い切ってペンライトのスイッチを入れた。拍子抜けするほど近くにドアがあるだけで闇の中には誰もいなかった。ドアは金属製で窓はない。近づいてノブに手をかける。簡単にまわった。ペンライトを消し、そっと開けてみる。しばらくの間うかがったが、物音は聞こえなかった。

中に入り、そっとドアを閉める。

ペンライトを点け、ドアのすぐわきにあったスイッチを入れた。蛍光灯が点いて、周囲を照らす。物置として使っているようでタイヤが積みあげてあった。雪国であれば、スタッドレスタイヤは必需品だろう。四本は新品らしくプラスチックのカバーがかかったままだ。天井にはパイプが剝《む》きだしになっている。

突き当たりにまたドアがあった。アルミ製で上部の窓に磨《す》りガラスがはめてある。拳銃を抜き、右手に持って近づくとノブに手をかけた。

鍵はかかっていない。

ドアを開いたとたん、異臭が鼻をついた。

ラバースーツを身につけていないときの方が薄い膜を隔てて周囲を眺めているような気分になる。現実味が乏しいのだ。頰《ほお》に大気が触れていくのも、陽光が腕をぴりぴりさせるのも感じているというのに不思議でしようがない。

まるで護謨男になったときだけ夢から覚めるだと廣本は思った。

『どうして先生はいつも私のことを見ているんですか』

イヴの方から訊いてきた。去年の夏、一学期の最終日のことだ。職員用の駐車場に向かう途中、声をかけられてふり向くとイヴが一人で立っていた。

いきなりの質問に心臓が蹴つまずき、しどろもどろになって背中にどっと汗が噴きだした。口をぱくぱくさせているだけなのを見て、イヴが笑い、ようやく声を圧しだすことができた。

『君は……、何というか、いつも楽しそうじゃないなと思って……、そこのところがちょっと気になっただけで』

何をいってるんだ、と自分で驚いてしまった。

イヴはくすくす笑っていった。

『毎日楽しいですよ』

『そうかなぁ……』

翳りがあるとは口にできないまま、言葉を継いだ。

『心底笑わせてあげたいと思って……、って大きなお世話やね』

『いいえ』イヴの顔から笑みが消えた。『ありがとうございます』

『君のお母さんのこと……、ごめん。それこそ大きなお世話だった』

『彩愛ですね』

イヴはさらりと口にした。廣本に亜由香の母が強姦されて――事実は違うが――、殺されたと秘密めかして耳打ちしたのは飯沼彩愛という生徒だ。

イヴが眉根を寄せる。

『彩愛は母親から聞いたといって、私に本当なのって訊いてきたんです。私、無神経な人は嫌い』

『ショックだったろうね』口にしてからまた大汗をかいた。『ごめん。ぼくも無神経なことをいっちゃった』

だが、イヴは廣本の言葉などまるで聞いていなかったような顔をして首をかしげた。

『そうですね。でも、よくわからなかった。今でもよくわからない。私のお母さんは昼も夜も働いてて、うちにいないことが多かったから』

『寂しかったやろね』

イヴが目を上げ、廣本を見た。

『私が赤ん坊だった頃から母はずっと働いてました。父と離婚して、一人で私を育てなくちゃならなかったんです。収入がちょっとでも途絶えると、養育権を取られるからって』

また、イヴがくすっと笑った。

『まだ幼稚園にも入る前の子供だったんですよ、私。養育権なんていわれてわかるわけないっていうの』

廣本は思わず噴きだしてしまった。

『ごめん』

『寂しいという気持ちがわかりませんでした。だって物心ついたときには、夜は母はいないものだったんですよ。一人っ子でしたからいつも一人でテレビ見て、時間が来たら歯を磨いてお布団に入りました。母は昼と夜は別の仕事をしていることが多かったんで、夕方に一度帰ってきて晩ご飯をいっしょに食べて、朝ご飯もいっしょに食べました。真夜中に帰ってきて、私を起こさないようにお布団に入ってくるんですけど、目が覚めちゃいますよね』

廣本は何度もうなずいた。

『でも、気を遣ってる母に悪いと思ったので寝たふりしてました。母は私を背中から抱いて眠るんです。母がいびきをかきはじめると、私も安心して、もう一度寝ました。何時に帰ってきても翌朝は私より早く起きて、朝ご飯の支度して、いっしょに食べました。それから私は学校へ行って、母は昼間の仕事……』

『大変やったね、お母さん』

『今ならわかります。あの頃の母は一日に二、三時間しか寝てなかったんじゃないかと思います。その代わり日曜日とか祝日は二人で思いっきり朝寝してました。友だちはいつもお母さんがいなくて、私のことを可哀想《かわいそう》っていってました。それから自分のうちの家族がどれだけ仲がいいかって話ばかり』

イヴがまっすぐに廣本を見た。

『でも、嘘っぽいというか無理してるなと感じました。変な子ですよね』

ぽかんと口を開け、イヴを見返していた。ずいぶんと間抜けな顔をしていただろう。

『どうかしたんですか』

『あ……、いや。ぼくも子供の頃に同じことを思っとった。うちは両親の折り合いが悪くてね、家の中が暗かったんだ。わかったのはずっとあとになってからだけどね。子供の頃は友だちが家族旅行に行ったとか自慢すると無理してやがると思ったよ』

『似てますね、私たち。先生も変な子だったんですね』

似てますねといわれた瞬間、目には見えない鋭い剣がイヴから放たれ、廣本の胸を貫いていった気がした。

『変な子か』廣本はうなずいた。『たしかにそうかも知れん。自分が感じとることと、ほかの連中が感じとることが違う。多数決原理からすると、こっちはぼく一人だからね。お前は変わった奴だって、自分に言い聞かせとったよ。でも、ダメだったね。変わらんかった』

『大人になっても？』

イヴの眼差しは澄んでいた。ごまかしは許されないと思った。

『ぼくは大人になりきれんまま、年老いていくがかも知れん』

ふいにイヴがいった。

『先生、匣《はこ》っていう字、知ってますか。カタカナのコの字を反対向きにした中に甲乙っけがたいの甲って字を書くんですけど』

『はこがまえという』

『え？』

『カタカナのコの字を反対に……、漢字の部首だよ』

『先生ですね』

イブが眩《まぶ》しそうに目を細めて笑う。

『その字がどうかした？』

『小説のタイトルになってたんですよ。何とかの匣って』

『たぶん、パンドラの匣って作品だ』

『やっぱり先生だ』イヴがまた笑う。『小説は読まなかったんですけど、読めないのが何か気持ち悪くて、ネットで調べたんです』

読み方だけとイヴが付けくわえるのを聞きながら思いうかべたのは匣剣という言葉だった。箱の中に入った剣を指す。字面からの連想だったが、そのことが護謨男への変態には欠かせない三つのブレードにつながったのかも知れない。

イヴが鳩尾に手をあてた。

『私のここに……、奥の方に小さな匣があるんです。頑丈な蓋《ふた》がついた匣です。子供のときから寂しさを詰めてきたんです。独りぼっちで天井を見上げているとき、眠れなくて、泣きたくなって……、そのときの気持ちを匣に入れて鍵をかけて、もう大丈夫って自分にいって……』

パンドラの匣、匣剣、そしてイヴの胸の奥深くにある小さくて固い匣……。

声をかけられ、イヴの面影が消えた。

「お待たせいたしました。レギュラーがお車の方に四十二リッター……」

運転席のわきに立った店員が伝票を差しだしながらいったとき、後部扉が開いて、失礼しますと声が聞こえた。ルームミラーを見上げる。別の店員が緑色のガソリン携行缶をラゲッジスペースに置き、後部扉を閉じる。

「缶の方に二十リッターで、合計六十二リッター、消費税込みで九千八百九十九円になります」

一万円札を渡した。レシートと釣り銭を出してくる。

「山の中とか走られるがですか」

人のよさそうなガソリンスタンドの店員が訊いてくる。携行缶のことをいっているのだとすぐにわかった。

「なーん、モトクロスをやっとんがよ。まあ、真似事《まねごと》やけどね。練習場まではトラックでバイクを運ぶからガソリンは別に持っていかんならんが。バイクにはライトもナンバーもないから公道を走らせるわけにいかんくて」

「本格的ですね」

「真似事やちゃ」

四輪駆動車のエンジンをかけた廣本は店員に軽く手を振り、ガソリンスタンドを出ると富山に通じるバイパスへ乗りだした。


異臭を感じながら辰見はアルミ製のドアを開けていった。母屋の基礎部分を深く掘りさげ、地下室としているらしく壁は打ちっ放しのコンクリートが剝きだしになっている。物置のとなりの部屋には白く巨大な円筒が横倒しになっている。一部は透明になっていて、横腹にO_2と大書されているところを見ると酸素カプセルらしかった。そのほかにロッカーがあったが、人影はない。念のため、酸素カプセルの中をのぞいてみたが、空だった。

次のドアを開けると奥にパソコンが置いてあった。デスクトップタイプが二台、ノートパソコンが一台、それにどのパソコンにもつながれていない外付けのハードディスクがあった。いずれも電源は入っていない。

壁際には灰色のスチール製物品棚があって、下段の段ボール箱には酸素ボンベと印刷されている。中ほどの棚には赤い紐や革製品が置いてある。〈不眠堂〉のレジ回りに吊り下げてあった大人のおもちゃを思わせた。

さらに次のドアを開けたとたん、異臭はさらにきつくなった。入って右手にパイプベッドが二つ置いてあった。マットレス等はなく、骨組みが剝きだしになっている。病院などで使われている白いベッドのようで、並べてあるだけでなく、支柱同士をワイヤで縛り、一つにしてあった。

右の隅には大型のストーブが置かれていて、奥の壁にはさらにドアがあったが、アルミ製ではなく、合板が張ってある。レバーのような取っ手をつかんで動かす。施錠されてはおらず、その先には昇りの階段があった。母屋へ出るのだろう。

ドアを閉め、拳銃をベルトに差すとストーブに近づいて耐熱ガラスをはめた正面扉を開いた。中には灰が溜まっていて、小さな角のある物体がのぞいていた。つまみ上げてみると溶けかかった電子部品で、ひょっとしたら携帯電話を燃やしたのかも知れないと思ったが、はっきりとはわからなかった。

ベッドに近づいてみる。枕元の壁際の床には溝が切られており、溝の端には排水口があった。ベッドのわきには高圧洗浄機が二台ある。異臭の正体はおそらく血だろう。それも大量だ。被害者をベッドで刺殺し、死体を運びだしたあと、高圧洗浄機できれいに洗いながしたつもりだろうが、幾分かは残り、腐敗しているに違いない。

壁や床は乾いていた。亜由香が自宅に帰らなかったのは昨日の夜だ。少なくともここで殺され、血を洗いながしたとすれば、ベッドの周囲はまだ濡れているはずだ。だが、亜由香が殺されていないという保証にはならない。

酸素カプセルのある部屋に戻った。カプセルにはコンプレッサーがつながっていて、いつでも使えるようになっていた。辰見は壁際にあるロッカーに目をやった。高さは一メートル八十センチほどで五つ並んでいる。

手前の一つを開けたとたん、思わず声が漏れた。

「これは……」

ロッカーには鈍く黒光りしているゴム製のつなぎが吊りさげられていた。六着あった。頭部を覆うフードが後ろにだらりと垂れて、力なくぶら下がっている死体のように見えた。上部の棚にはガスマスクと箱に入ったままのフィルターがあった。

現場から犯人の遺留品が見つからなかった理由がわかった。

扉を閉め、次のロッカーを開いた。ベージュのジャケットにシルクシャツ、黒いスラックスがハンガーにかけてある。上部の棚には派手な刺繍《ししゅう》をほどこしたブラジャーや黒いパンティが置いてあった。下に目をやるとパンプスがそろえられている。となりのロッカーを開けた。ミントグリーンのスプリングコートとニットシャツ、ピンクのスカートが吊り下げられており、ハーフブーツがあった。

心臓がきりきり痛む。

歯を食いしばってさらにとなりのロッカーを開いた。

三日前、亜由香が着ていた制服が下がっていた。

2

カーラジオが時報とともに午前九時を告げた。廣本は無断欠勤したが、土曜日の特別進学クラス――特進組といわれる――の授業は定刻通り始まっている。生徒たちは講師が代わっても動揺などしない……、いや、講師が代わっていることに気づきもしない。生徒たちは教室にびっしり並んだ個人用ブースに入り、東京の講師が行う授業の録画をパソコンで見る。音声はイヤレシーバーを通じて聞いているので八十ものブースが並んでいるというのに教室内で聞こえるのは教科書をめくり、ノートにシャープペンシルを走らせる音くらいでしかない。

画面で講師がまくし立て、黒板に走り書きするのを見ながら生徒たちはノートを取っていく。同じ授業だが、ブースごとに再生速度は違う。ノートを取るため、一時停止している生徒もいたが、たいていは一・四倍速で再生していた。講師の声は甲高く、さらに早口になるが、九十分の授業を六十五分で終わらせ、授業が終わるごとに実施されるテストを受ける。テストで九十点以上を取らないと次の授業に進めない仕組みになっていた。テストもさっさと終わらせ、合格点を取れば、次を再生できる。

ブースの間を歩きまわる講師の仕事の第一は生徒の邪魔をしないこと、第二は機器に不備が生じた場合、すぐに予備の席へ移動させることくらいでしかない。それゆえ廣本が無断欠勤しても塾は痛くも痒《かゆ》くもない。週末の特進組以外は講師が教室に立ち、生徒たちに向かい合う旧来通りの授業を行っているが、特進組が目指すのは大半が東大、京大であり、競争相手は全国にいる。地方の塾講師の授業を聞いていたのでは、勝てないというわけだ。

制限速度を十キロ上回るくらいのスピードで走らせている廣本のわきをブルーの車が凄《すさ》まじい勢いで追い越していった。四輪駆動車の一段高くなった運転席から遠ざかっていく車を見て思う。

お前が急がなくちゃならないほど、世間はお前を必要としていない。

週末の特進組でブースの間を歩きまわっているときにも似たような気持ちになる。試験用紙に印刷された四角い枠に書きこむ正解をひたすら効率よく憶《おぼ》える受験術を身につけ、希望通りの一流大学に合格したとしても……。

お前が考えているほど、世間はお前を必要としていない。

『先生がやったんですね』

昨夜、ハイブリッド車の助手席に乗りこむなりイヴはいった。廣本は肯定も否定もせず、どうしてそう思うのかと訊いた。

イヴは自分の鳩尾に手をあてていった。

『ニュースでここを刺したといっているのを聞いて、廣本先生だなと思いました。ここに匣があるっていったのは私ですけど』

イヴは廣本に目を向けた。

『匣につながろうとしたんですね』

『ありましたか』

『匣がそこにあるのか、確かめようとしたのかも知れん』

『なかった。ブレードはすんなり入りよって、何にも触れんかった』

『匣があっても、中には何にもありませんよ』

『何もない？』

廣本はくり返した。

イヴはうなずき、前方に顔を向けた。

『そうです。暗いだけで何もないんです』

去年の夏休みが始まる前、駐車場でイヴの方から声をかけてきたのをきっかけとして二学期になると立ち話をするようになった。どれも短い会話だったが、会話は長さではなく、深さだと思った。話せば話すほどイヴは自分に似ていると思った。翳りを帯びているどころか、イヴが背負っていたのは無限の虚無だった。

『二人目の被害者は浅川さんでしたからね』

『そやね』

イヴが少しばかり恐ろしくなって、距離をおこうと思った廣本は浅川から好意を寄せられていると話した。実際には何とか進学させたいと思ってメールのやり取りをしているだけだったが、交際しているように装った。イヴはまったく反応せず、反応がないことに廣本は焦りを感じた。いつの間にかイヴをふり向かせようとあがいていたのだ。

それでも小暮の母については一切触れなかった。自分より十歳も年上の女との情事がひどく薄汚いものに思えたし、情事そのものもうまくいかなかった。

自宅に着いて、車庫にハイブリッド車を入れたときも地下室へ降りたときもイヴは何もいわなかったが、酸素カプセルにもパソコンにもまるで興味を示さなかった。マットを外してフレームだけになっているパイプベッドに並んで座ったとき、イヴが訊いた。

『何があったんですか』

向かい合っていなかったせいで話しやすかったのかも知れない。しっとり落ちついたイヴの声に導かれるまま、廣本は話しはじめた。初めて教室でイヴを目にしたときから気になっていたこと、言葉を交わしたときの衝撃、その間の気持ちの動きを一つひとつ話していった。そして恐怖を感じたこと……。

イヴはまたしても鳩尾に手を当てていった。

『ここにある匣のせいかも知れませんね』

『でも、その中には何もない。ただ暗いだけやろ』

『そうです』

『怖いね』

『はい』

『怖いもの見たさ……、後付けやな』

次いで小暮の母のことを話した。今度はありのまま、出会いから最初のときはどうしてもダメだったこと、二度目は小暮の母が赤い紐を持ちだして縛ってといったこと、そのときにラバースーツを着た男が出ているポルノ映画をたまたま目にしたこともすんなり話すことができた。

イヴはうなずき、時おり言葉を挟みながら聞いていた。

昨夜、つい十時間ほど前のことなのにはるか昔の出来事のようにも、一片の夢を見ていただけのような気がする。

富山市に入ったとたん、国道は混雑しはじめた。極端にスピードが落ち、前の車に合わせてのろのろと走るしかなかった。廣本は笑みを浮かべた。三台前にブルーの車があった。凄まじい勢いで追い越していった車だ。

所詮《しょせん》そんなもんだ——胸のうちでつぶやく——どうせ、どこかで必ず行き詰まる。

ふたたび廣本はゆうべ見た夢の中へと戻っていく。

浅川さおりの話も、薬学部への進学を諦め市役所の臨時職員となったのは、夫を失って気弱になった母親のそばにいるためだといったときもイヴは黙って聞いていた。偶然を装って近づいたとき、浅川は何も疑うことなく、車に乗ってきたといっても反応は乏しかった。

そして護謨男について話した。

『ぼくは護謨男になったときだけ、本当の自分になれる。おかしかろ、こんなん』

イヴが顔を上げ、廣本をまっすぐに見ていった。

『護謨男さんに会いたい』

『それがどういう意味かわかっとんがか』

イヴは黙ってうなずいた。

護謨男に変態し、姿を見せたときのイヴには驚かされた。

自ら服を脱ぎはじめたのだ。

あるがままの自分を見てもらうのだ、といって……。

自宅前にたどり着いたときもまだ夢の中にいるような気持ちがした。自宅を出たときにはまだ夜明け前で暗かった。

シャッターのリモコンを操作し、車庫の入口を開けると四輪駆動車をバックで入れた。定位置に停め、シャッターを閉じながら車から降りる。

地下室につづくドアのノブに手をかけようとしたとき、右の頬にふわりと風を感じた。いきなり鼻の頭に衝撃が来た。

地下室を出て、車庫に戻った辰見はハイブリッド車の陰にしゃがみ込み、携帯電話を取りだして見つめていた。ロッカーに亜由香の制服が吊されていた。その前に見た二つに入っていたのは被害者が行方不明になったときに身につけていたものだろう。導きだされる答えは簡単だが、脳は理解も推測も拒否していた。

アドレナリンは燃え尽きていた。手にした携帯電話がにじみ、目の焦点を合わせられない。

中島に連絡するべきか。

亜由香からのメッセージ、真知子の携帯電話に残されていた写真を見た同級生飯沼彩愛が特定した廣本、自宅の地下にあった証拠品の数々……、廣本の自宅住所と氏名を告げれば、今車庫にはない車が特定でき、緊急配備をかけられるだろう。母屋は調べていないが、宅配便業者が来て、荷物をそのまま持ち帰っているところを見ると中には誰もいなかったことになる。

一刻も早く廣本の車を見つけなくてはならない。亜由香が乗せられている可能性が高い。

だが、乗っていなかったらどうなるのか。証拠品がそろっている以上、廣本の身柄を拘束することはできる。それから亜由香の居場所を自白させ、捜索にかかる……、ダメだ、警察のやり方では間に合わない。

はっとして瞬きした。考えごとをしているうちに目を開いたまま、意識を失いかけていた。とっくに体力の限界を振りきっているのかも知れない。背広の左ポケットに入れてある覚醒剤入りのパケが脳裏を過ぎっていく。

携帯電話をワイシャツの胸ポケットに戻し、パケに手を伸ばそうとしたとき、シャッターが音を立てて巻きあげられはじめた。ハイブリッド車に寄り添う。エンジン音がして、サンドイエローの四輪駆動車がバックで入ってくるのが見えた。床に這《は》いつくばり、車の下から四輪駆動車のタイヤが動くのを見ていた。匍匐《ほふく》してハイブリッド車の後ろに回り、しゃがみこむ。

シャッターが下ろされる音と車のドアを勢いよく閉める音が重なった。不用意に音を立てないよう靴を脱ぎ、四輪駆動車の陰に移動する。

背の高い男が地下室に通じるドアに手を伸ばしかけたとき、辰見は襲いかかった。ふり返りかけた男の鼻を正面から叩きつぶすように拳《こぶし》を打ちこむ。鼻血がほとばしり、ぐらりとしたところを背後に回りこみ、左腕を男の首に回した。左手首を右肘の間に挟み、締めあげ、背をのけぞらせて男を持ちあげた。

自分の体重で頸動脈《けいどうみゃく》を圧迫された男はもがく間もなくぐったりした。男はグリーンのヨットパーカに白いTシャツ、ジーパンという格好でスニーカーを履いていた。腋《わき》の下、ヨットパーカの左右ポケット、ジーパンのポケットと探っていく。パーカの右ポケットから鍵束、ジーパンの尻ポケットから二つ折りの財布を抜き取った。

男の躰を引きずって助手席に乗せ、ドアを閉める。手錠を持ってないのがもどかしかった。はっと思いだし、地下室にとって返すとパソコン部屋の物品棚にあった赤い紐をまとめてつかみ、すぐ車に戻って運転席に乗りこんだ。

男はまだぐったりしたまま、目を閉じている。両手首を縛りあげ、ドアハンドルに結びつけた。もう一本紐を取り、男の首に一重巻きにするとヘッドレストの後方で縛った。締まりすぎず、ゆるまない程度に調整する。

財布を取りだし、中身を調べる。一万円札が五十枚ほど詰まっており、中にレシートがあった。魚津市内のガソリンスタンドのもので、給油量六十二リッター、九千八百九十九円の代金の下に日付と時刻が印字されていた。今から一時間ほど前だ。

中島とまわった二つの死体遺棄現場の様子が浮かぶ。

クレジットカード、銀行のカードといっしょに運転免許証が見つかった。免許を取りだす。廣本信夫、生年月日からすると三十一歳になる。写真ととなりで目をつぶっている男の顔を見比べる。廣本に違いなかった。身長は百八十センチほどで痩せ形、整った顔立ちをしていた。二人の女が次々に殺された理由が少しわかった気がした。いかにも女受けしそうだが、今は大量の鼻血で汚れ、鼻が暗紫色に染まって腫《は》れはじめている。

辰見は廣本をじっと見つめた。真知子が使っていた古い携帯電話に残っていた写真はぼやけていたが、それでも亜由香の同級生飯沼彩愛はすぐに廣本だとわかった。体つきか服装で判断したのか、あるいは彩愛にとっても廣本は気になる存在だったのかも知れない。

目を細め、記憶をまさぐる。どこかで見たような気がした。背が高く、顔が小さな男……。

ほんの一瞬だが、情景が浮かんだ。ショッピングモール内のハンバーガーショップで亜由香と会っているとき、男が通りすぎた。魚津署のグレーのスーツを着た方——山羽が商品の陳列棚に姿を消した直後に現れた。明るい色のジャケットを着た背の高い男だ。

目を伏せて歩いており、辰見が目をやったときに顔を背けた。ちらりと横顔を見ただけだが、人相を記憶しておくのは刑事の習い性といえる。

間違いなく廣本はあのときショッピングモールにいて、辰見と亜由香を監視していた。廣本は今年三月まで亜由香が通っていた高校で時間講師をしていた。だからこそぼやけた写真でも飯沼は廣本だとわかった。だが、亜由香はストーカーに面識はないと辰見にいった。

亜由香には廣本をかばう理由があるのか。

本人に訊けば、わかることだ。財布を背広の右ポケットに入れると廣本の顎をつかんで顔を向けさせ、思い切り平手打ちを食らわせた。

護謨男の前に立つとイヴは制服のジャケットを脱いで枠組みだけのベッドに置いた。ネクタイをゆるめ、片手で抜き、ジャケットに重ねて置く。スカートを脱ぎ、紺色のハイソックスも取った。それからためらいもなく、ブラジャーを外し、パンティも下ろして足から抜いた。

全裸になったイヴは右手で胸を左手で股間を押さえ、まっすぐに護謨男を見ていた。蛍光灯の白けた光の下でイヴの肌は白く輝いている。

フィルター越しに吐きだされる息の音に護謨男は意識を集中しようとしたが、果たせなかった。信じられないことが起こっていたためだ。

イヴが目の前にいるというのにラバースーツの内側で下腹がはち切れそうに膨張している。痛みすら感じたのでディルドを固定した腰のハーネスを外した。

決して薄くはなく、簡単には伸びないにもかかわらずラバースーツの股間が盛りあがっていた。

『見せてくれ』

護謨男の声はくぐもっていたが、イヴには届いていた。

まず右手がだらりと垂れさがった。乳房はわずかに隆起している程度でしかなかった。乳暈は淡紅色で肌の白さと溶けあっている。小さな乳首が固く尖《とが》っている。

左手もだらりと下がり、護謨男は息を嚥《の》んだ。

股間の翳りは淡く、ほんの申し訳程度でしかない。くっきりと見えた。

イヴはゆっくり近づいてくると、護謨男の胸から突きだしているブレードの先端に指をあてた。まるで下腹の膨張に触れられているようで意識が遠のきそうになる。後ずさりしそうになるのを何とかこらえていた。

『どうやって……』

イヴはブレードに触れたまま、訊いた。

『きつく抱くんだ。それで……』

『胸の奥の匣に届く』

　ゆっくりと顔をあげたイヴが頬笑む。

『次は私の……』

　いきなり抱きついてきた。

　衝撃を感じて、廣本は目を開いた。自分がどこにいるのかわからなかった。両手が赤い紐で縛られ、ドアハンドルに固定されているのが目に入った。どうしてこんなことに、と考えようとしたとき、誰かに顎をつかまれているのがわかった。

　目を動かした。坊主頭の男がのぞきこんでいる。

「お、まえ……」

　声はひどくかすれていて、鼻が詰まっていた。男の顔は憶えていた。イヴがハンバーガーショップで会っていた相手だ。

「亜由香をどうした？」

　黙っていると男がまた手を上げた。殴られるのを避けようと顔を動かしたとたん、気管が絞まった。息ができない。顔を元に戻し、咳きこんだ。

「亜由香をどうした？」

　男がもう一度訊いた。廣本は目を伏せたまま、答えた。

「殺しちゃいない」

叫んだつもりだったが、声はかすれ、咽がひどく痛んだ。直後、また平手打ちを食わされ、顔が動いた反動で気管がすぼまる。また、噎《む》せた。涙があふれてきた。

「嘘じゃない」

「魚津にいたな？　一時間ほど前だ」

「山の中だ」

男の躰がびくっと動き、廣本は目をつぶって顎を引いた。

「嘘じゃない。案内するからもう殴るな」

顎をつかんでいた手が離れ、シャッターを巻きあげる音が聞こえはじめた。エンジンがかけられる。

四輪駆動車が車庫を出るとき、廣本は気がついた。男はリストバンドに気がついていない。手首を縛っているのは赤い紐だ。

イヴのところへたどり着く前に紐を切り、男に反撃しなくてはならない。

ダガーナイフがある――胸のうちでつぶやいた――おれはまだ護謨男だ。

3

両手首を赤い紐で縛られ、助手席側のドアハンドルに結びつけられた廣本はぼんやりとバイパスの対向車線を眺めていた。ついさっき自分が走っていたとは信じられなかった。やや背が高いだけの四輪駆動車の運転席で世の中を睥睨《へいげい》していたのに今は口をぽかんと開き、咽がひりひりするのを我慢して息をしている。咽の痛みは首を絞められてからずっとつづいていたが、鼻が腫れあがって空気が通らないので口を閉じるわけにもいかなかった。

運転している男は何者だろうと思ったが、目は相変わらず前に向けたままだ。唐突で容赦ない暴力には恐怖を感じていた。いまだかつて親に殴られたこともなければ、友だちと喧嘩《けんか》したこともない。

右足を左足に重ねた。左の太腿で縛られている手首を男の視線から隠せる。男がちらりと廣本の足を見たが、何もいわなかった。

血行を妨げないためなのか手首はそれほどきつく縛られてはいなかったが、手首を抜いたり、一センチ以上動かすことはできなかった。合掌するように手のひらを向かい合わせにして縛られているのでいつものように中指でリストバンドの上端を押し、ダガーナイフを飛びださせることができない。

車の振動に合わせ、手首を動かしてみる。

「何をもぞもぞしてるんだ？」

男は前を向いたままいった。

「トイレに行きたくなって」

顔を向けようとして、首に巻きつけられた紐が締まり、後悔した。慌てて顔の位置を元に戻し、横目で男を見る。丸坊主にした髪は数ミリほどでしかなかったが、それでも大半が白くなっている。

「そのまま漏らせよ。どうせお前の車だ。おれは気にしない」

男が喋っている間にもう一度手首を動かす。左手の親指が右手首の内側にあるリストバンドのストッパーに届きそうだ。男をうかがったが、気づいた様子はない。だが、訊かれた。

「おれの顔に何かついてるのか」

「いや」視線を正面に戻す。「あんた、何者だ？　ヤクザか」

イヴの母親は売春をしていたとネット上に書かれていた。真偽のほどは定かではないにしても浅草で起こった連続殺人のほかの被害者が性的サービスをしていたというのだから、イヴの母親についても根も葉もない噂《うわさ》とはいいきれないだろう。どのような仕組み、裏事情があるのかは知らないが、ヤクザと無関係ではないだろう。

男はしばらく黙っていたが、やがてぽつりといった。

「もっとたちが悪いだろう」

「ヤクザより？」

「ああ、元警官だ」

そういって男は助手席の背に左手を伸ばしてきた。思わず首をすくめようとするが、うまくいかない。直後、首に巻きつけられた紐が締まった。息ができなくなり、次第に目の前が暗くなっていく。

落ちると感じた瞬間、紐がゆるみ、ふたたび視界が明るくなった。男はまだ助手席の後ろに手を伸ばしたままだった。

「落とすっていうんだ。頸動脈を締めあげてな。今まで何度もやってきた。どんな奴でも二度、三度とやられると泣きわめくようになる。臨死体験って奴だ」

「わかった」

答えたものの、不思議と闇へと墜落していく感覚に恐怖は感じなかった。酸素不足で意識を失いかけるのは護謨男に変態したときに何度も感じている。ときには快感すらあった。

「山の中だな?」

ふいに男がいった。

「何?」

「ガソリンスタンドまではバイパスをまっすぐ行く。そのあと右折して山に入る。手口は変わらない」

それから男はガソリンスタンドの名前を口にした。イヴを埋めたあと、バイパスに出て立ち寄ったスタンドの名前に違いなかった。だが、今まで利用したことはない。どうしてわかったのか。

答えはすぐに見つかった。尻ポケットの財布がなくなっている。おそらく男に抜き取られたのだろう。ガソリンを入れたときのレシートが入っている。

右側を走っていたダンプが追い越しざま、強引に前へ割りこんでくる。男が罵《のの》りながらブレーキを踏む。首が絞まり、咽が鳴った。

「すまんな。紐をつかんだままだった。お前は簡単に死ぬ。わかったろ」

「ああ」何とか声を圧しだす。「わかったよ」

「ガソリンスタンドを越えて、どこから右へ入るんだ？」

また紐が締まるが、わずかに動いただけだ。

「やめろ。いうよ」

スタンドを越えた先にある交差点の名前、その先につづく県道を口にした。同時に左手の親指でリストバンドのストッパーを探った。指先が探りあてた。何とか押すことができそうだ。

「亜由香が死んでいたら、おれはお前を殺す」

「だから殺してないと……」

首に巻きついた紐が締まり、声が途切れた。今度はすぐには緩まなかった。廣本は闇の中へ墜落していった。

取調室を出た本田は係長席までまっすぐに行き、たった今作成し終えたばかりの弁解録取書を差しだした。未明に魚津市郊外のコンビニエンスストアに強盗が押し入り、柔道場で仮眠をとっていた本田と山羽が起こされて臨場した。被疑者の身柄はすでに地域課によって確保されていたのだが、魚津署まで連行し、取り調べを行う役は本田、山羽にまわってきたのである。

書類を受けとった鈴木がうなずく。

「ご苦労さん」

早速、メガネをかけ、書類を読みはじめた鈴木の前で本田は足踏みをした。鈴木が目を上げる。眉間に深い皺を刻んでいたが、かまわず本田は鈴木の机に手をついた。

「その後、廣本に関しては？」

「何にもいってこない」

「何もって……、何か進捗《しんちょく》があったでしょう」

廣本信夫については富山市内在住なので、県警本部と居住地を管轄に持つ富山西警察署の刑事課が担当することとなった。本部の刑事課が廣本の身辺を調査し、西署が張り込みをかけている。四階大会議室の特別捜査本部はそのままになっていたが、本田としては廣本だけが気がかりだった。

鼻を膨らませて大きく息を吐いた鈴木は携帯電話を手にした。本田は躰を起こした。山羽は自分の席についてノートパソコンを開いている。

「メールのチェックけ」

本田はつぶやき、口元を歪めた。

「お疲れさん、魚津の鈴木だけど。例の廣本の件、そっちで張り込《ハリ》みかけてるだろ。何かあった？」

口調からすると西署にいる誰かに電話しているようだ。本田は腕組みし、じっと鈴木を見つめた。

「あ、そう……」

鈴木の表情が曇る。本田は下唇を嚙《か》んだ。

「そうなのか。いや、ありがとう。特別捜査本部《とくそう》はこっちにあるんだけど、肝心なところをホンテンに持ってかれてね」

ちらりと本田を見上げた鈴木だったが、すぐ前に向きなおるとうなずいた。

「事情はお互いさま、似たり寄ったりだね。すまんかった。それじゃ、また」

電話を切ると、鈴木は本田を見上げた。

「今電話したのは西署の刑事課にいる奴で、警察学校の同期なんだ」

「はあ」

そんなことはどうでもいいという言葉が咽まで出かかったが、何とか嚥みくだした。

「今朝早く西署の人間が廣本の自宅に行ったときには車庫には一台しか車がなかったっていうんだ。廣本はサンドイエローの四輪駆動車のほかに白いハイブリッドの乗用を持っているらしい」

本田はふたたび鈴木の机に両手をついた。

「今朝早くって、どういうことですか。廣本については昨夜《ゆうべ》のうちに割れてるじゃありませんか」

「廣本の車が防犯カメラに映っていたのと山羽がショッピングモールで目撃しただけじゃないか。行動確認《こうかくにん》して証拠固めしなくちゃならん。そのためのハリじゃないか。それくらいお前だってわかるだろうが」

「だけど、車がないがでしょ。それも四駆の方が」

「そうだ。だから捜査員は廣本の勤め先の方を張ってる。土曜日は進学塾で講師をしてるじゃないか」

「勤め先には現れたがですか」

本田の問いに鈴木は顔をしかめた。

「それがまだ姿を見せてないらしくて」

本田は腕時計に目をやった。午前十時をまわっている。一瞬にしてこめかみが膨れあがった。

「もうこんな時間じゃないですか。とっくに授業は始まってるでしょう。もし、奴が出勤する気ならとっくに塾に来てるはずじゃありませんか」

思わず声が大きくなった。鈴木の表情が険しくなる。本田は机についた手を上げた。

そのとき、山羽がノートパソコンを手にして近づいてきた。

「ちょっとこれを見てください」

そういって鈴木の机にパソコンを置く。文字が羅列されている。鈴木は目を細めた。

「見づらいな。何だ、これ？」

「ツイッターなんですけど」山羽はディスプレイに手を伸ばした。「ここです」

指さしたとたん、書き込みが増えたと見えて画面が動く。鈴木が舌打ちした。山羽は平然と指をずらした。

「ここに大川亜由香の名前が出てるんです。書きこんだのはアヤポンという人物ですが」

「アヤポン？」鈴木が山羽を見る。「まともな奴か」

「わかりませんけど、問題は書き込みの内容なんです。同級生の大川亜由香が行方不明、今朝、うちに刑事が来て、廣本のことをきいていった。これってあの連続殺人？　皆さん、亜由香を探してくださいって」

「刑事って、そんな奴……」

鈴木がいいかけたが、かまわず本田は刑事部屋を出た。階段を一段飛ばしにして四階まで上がる。大会議室に入ると見まわした。中島は応接や簡単な打ち合わせ用に使われているソファにいて新聞を開いていた。

駆けよった。中島がびっくりしたように本田を見る。

「どうしたんけ」

「ツイッターに書き込みがありました。大川亜由香の同級生のようですが、今朝うちに刑事が来て廣本のことを訊いていったって」

中島が新聞を閉じ、テーブルに投げ捨てた。

「辰見やな？」

「間違いありませんね。管轄違いだから身分証は提示せんかったがでしょうけど、あの男の風体なら誰が見てもデカや思うでしょう」

中島は携帯電話を取りだすと番号を選んで通話ボタンを押した。宙を睨んで毒づく。

「野郎……、いったいいつ来やがったがよ」

右頰に衝撃が来て、廣本は目を開いた。瞬きする。道路の両側は水田で、二十センチほどに伸びた苗が一面に広がっている。

「県道に入った」

男がいった。廣本は荒い息を吐いて返事をしなかった。男の左手が助手席の後ろに伸びる。

「よせ」声はさらにかすれていて、咽の痛みも激しくなっていた。「案内する」

「次は？」

「まだ、まっすぐ。しばらく行くとT字路交差点がある。直角じゃなく、斜めになった道路にぶつかる。それを右へ」

「それから？」

廣本は男の横顔をうかがった。また紐がわずかに動く。

「その先が立体交差になっていて北陸自動車道の上を通りぬける」

「一般道が上か」

「そうだ」

「その先は？」

「道なりに行くと道路工事の現場があって、その先で比較的大きな交差点にぶつかる。信号があってそこを左折する」

男は何もいわず車を走らせつづけた。高速道路の上を越え、ゆったりとした造りの道路を走った。行き交う車はほとんどなかった。男は左手を助手席の後ろに回したままにしていた。

道路の両側にはぽつりぽつりと家が建っている。やがて信号のある交差点が見えてきた。

「これか」

「そうだ。左に鋭角に曲がる」

信号が青だったので男は減速しただけで交差点に入った。右手だけでウィンカーレバーをはねあげ、ハンドルを切る。

「それで？」

「しばらく道なりだ」

「なかなか優秀なカーナビだ」

皮肉っぽい言葉を廣本は無視した。橋を渡り、両側に田んぼの広がる道路を走った。

正面に信号が見えてくる。

「あの交差点で県道にぶつかる。右折して、山に向かう」

交差点では赤信号に引っかかった。廣本は左手の親指をリストバンド上端にあてがった。信号が変わり、エンジンの回転が上がった瞬間を狙ってダガーナイフを飛びださせた。緊張で胃袋が強《こわ》ばったが、男には気づかれなかった。直進する対向車をやり過ごして、右折にかかったときに素早く手首に目をやった。ダガーナイフは紐の間に滑りこんでいて、上からは見えない。

そっと切りにかかった。


左手で廣本の首に巻きつけた紐を握ったまま、右手だけで運転をつづけていた。オートマチック車なので支障はない。右側は田んぼがつづいていたが、左側にはこんもりとした森——山の端が迫ってきている。

助手席に目をやった。廣本はまっすぐ前を見ている。

「次は？」

「しばらくは道なりだ。右側に小学校がある」

「何という小学校だ？」

廣本は答えず、横目で辰見を見た。左手でつかんだ紐を少し下げる。顎を上げ、すぐに小学校の名前を答えた。やがて集落を通過した。標識を見て、地名を確認する。道なりに来ていたが、県道のナンバーが変わっている。

「次を左」

集落を過ぎて少し行ったところで廣本がいった。道が屈曲していて、急なUターンを強いられる。両手でハンドルを切る。景色が一変し、道路の両側は深い森になる。上り勾配《こうばい》がきつくなったが、大排気量のエンジンはトルクが太く、さほどアクセルを踏みこまなくても走りつづける。

道路の左側に建物があり、ダムという看板が出ていた。どこがダムになっているのかはわからなかったが、かまわず走りつづけた。ダムの先がT字路になっている。

「どっちだ？」

「左。さらに山奥へ向かう」

一本道がうねうねとつづいている。時おり林道の入口があったが、廣本はまっすぐ、まっすぐという。そしてついに舗装が切れ、勾配もきつくなった。アクセルを踏みこみ、登っていく。中島といっしょにまわった第一現場、第二現場の光景と重なって見えたが、位置関係はよくわからない。

さらに二十分ほど走ったところで廣本が声をかけた。

「ここだ。右が少し開けている。そこに車を停めるんだ」

開けているといっても草地がほんの申し訳程度あるだけだ。車を乗り入れ、ギアを抜いてサイドブレーキを引いた。

廣本に顔を向けた。廣本は前方を顎でしゃくった。

「この先だ。十メートルほど下ったところ……」

左手を助手席の後ろに伸ばそうとすると廣本はあわてて言い添えた。

「スコップが突きたててある。だけど、それほど深く埋めたわけじゃない。殺してない。信じてくれ」

「すぐにわかる」

そのとき、ワイシャツの胸ポケットで携帯電話が振動した。取りだして、開く。中島からだった。通話ボタンを押し、耳にあてる。

「あんた、自分が何やったんかわかっとんがか。今、ネットじゃ大騒ぎになっとるぞ」

「なんの……」

視界の隅で廣本が動くのが見えた。左腕を下ろしたのは反射的な動きだ。だが、廣本の右手は辰見の腕の下をくぐって腹に来る。

鋭い痛みが脇腹を貫き、息が詰まった。

4

どこに隠してたんだ?——辰見は歯を食いしばり、廣本が突きだした右手をつかんでいた。噴出する生温かい血でぬるぬるしている。

廣本が動くのを視界の隅でとらえ、左手を下げたのは反射的な動きでしかない。首に巻きつけた赤い紐はそのままで、座ったままくり出された拳など簡単に受け、ひねり上げられると思った。だが、そこに落とし穴があった。

廣本の右手を押さえつけたまま、右肘を顔面に叩きこんだ。二発目が鼻の下に入り、廣本がひるむ。そのすきに運転席のドアを開け、車の外に転がり落ちた。

したたかに腰を打ち、うめき声が漏れる。

ふり返る。廣本が右手に持ったナイフで首の紐を切ろうとしていた。その下、シフトレバーの根元に携帯電話が開いたまま、落ちている。

「廣本」

怒鳴りつけたが、廣本は辰見に目をくれようともせず首の紐を切り、ドアハンドルに手をかける。携帯電話がまだつながっているのかわからなかったが、県道のナンバーと途中で見かけた地名を口にした。

廣本が車から転げ落ちるように出ていく。

辰見は腹の傷口を左手で強く圧迫し、右手を車の床につき、立ちあがろうとした。だが、傷に痛みが走り、尻餅《しりもち》をついてしまった。

「クソッ」

罵り声すら弱々しい。ワイシャツの裾《すそ》から下着までぐっしょりと濡れている。もう一度、車の床に手をついて躰を起こす。膝になかなか力が入らない。ドアにもたれるようにして何とか立ちあがったとたん、めまいに襲われ、視界が真っ白に輝いた。

瞳孔が開きかけているのか……。

傷口を押さえていた手を離し、上着のポケットを探った。パケをつかみ出すと歯で食いちぎり、中の結晶を口に入れる。

舌が痺《しび》れるほどの苦みが広がり、咽がすぼまって食道を熱い塊がせり上がってくる。歯を食いしばってこらえ、咽を灼く黄水とともに口中の唾を嚥みくだす。

固く閉じたまぶたの裏側を白い顔が過ぎっていった。

亜由香……。

まだ、気を失うわけにはいかなかった。ドアにもたれかかっていた躰を引きはがし、ボディに手をついて車の後方へ回りこもうとする。黄色の車体に血の跡が尾を引いた。がくがくと震え、崩れそうになる膝を踏んばりながら歩きつづけた。ズボンが血に濡れ、太腿に張りついてよけいに歩きにくい。

車の後ろに回りこんだが、廣本の姿はない。さらに前へ進む。車の陰から廣本が襲ってきそうな気がしたが、かまわずに回りこみ、車の左側に出た。

助手席のドアは開きっぱなしで廣本の姿はどこにも見当たらなかった。

ダガーナイフで首を絞めていた紐を切り、ドアを開けて車外に転がり落ちた廣本は両手、両膝を地面についたまま、唾を吐いた。血が混じっていて、思ったより大量だ。白いものが混じっているのを見て、目を凝らす。

折れた前歯が四本、血のあぶくに紛れている。

「チクショウ」

だが、ぐずぐずしている暇はない。腕を縮め、車の下をのぞきこむ。車体の後部へ回りこもうとしている男の靴が見えた。

殺してやる——廣本はまた唾を吐き、四つん這いのまま後ずさりした。

鼻が潰れていて、呼吸が苦しい。めまいを感じた。脳が酸欠状態に陥っているのがわかる。

時おり車の下をのぞきながら車の前方に出る。バンパーに手をかけ、躰を起こしたが、立ちあがりはしなかった。車の右側に回りこむ。運転席のドアは開いたままになっていて、ボディについた血まみれの手の跡が後方へとつづいている。

ダガーナイフを突きだしたときに手応えは感じなかった。だが、うまく腹を突き刺したようだ。

斬《き》れ味のよいナイフを使うと、人の躰を突き刺しても溶けたバターに突きたてるように手応えがない。小暮の母、浅川さおりの二人を抱きしめたときに学んだ。相手が裸でなければ刃が届いていないと思ったことだろう。

口の中に溜まった血をそっと地面に吐き、口元を手で拭った。

腰をかがめたまま、運転席のドアを回りこみ、また車の下をのぞいた。男は足を引きずるようにして歩いている。すでに車の左側に達して、前に向かっていた。足取りに力はなく、後ろを警戒している様子もない。

足を少しずつ前へ出すのが精一杯のようだ。

躰を起こし、車の後方へ回りこむ。左手の中指でリストバンドの上端を押し、ダガーナイフをくり出した。

男は廣本が右手にナイフを持っていると思っているはずだ。背後から襲いかかり、気づかれなかったら両手のナイフを背中に突き刺す。ふり向かれたらまず右手を突きだし、男がつかみに来たところを狙って、左のダガーナイフでとどめを刺してやる。

脳裏に次々浮かびあがる光景にアドレナリンが噴出した。痛みが遠のいただけでなく、躰に力がみなぎるのを感じた。

殺してやる――もう一度胸の内でつぶやくと四輪駆動車の左後方角からそっとうかがった。

男は助手席のドアにつかまってゆっくりと足を踏みだしていた。まるで後ろを警戒していない。

こっちだよ、といってやりたい。自然と口元がほころぶ。

車の陰から出た廣本は腰をかがめたまま、男の背後に忍び寄った。右手を躰の前で構え、左手を躰の後ろにだらりと垂らした。

あと少しで手が届きそうなとき、枯れ枝を踏んだ。

枝の折れる音に男がふり向く。左手で脇腹を押さえていた。ワイシャツは真っ赤でズボンまで黒く濡れている。

廣本は地面を蹴り、右手を突きだした。予想した通り男は両手で廣本の右手をつかんだ。どこにそんな力が残っていたのかと思うほど凄まじい力で絞りあげられたが、腹はがら空きだ。

左のダガーナイフを男の腹に突きたてた。

吸いこまれていくはずの刃先が止まり、硬質な響きが脳天に伝わった。

いつの間にか廣本が背後に回りこんでいた。低い姿勢から右手に持ったナイフを突きだしてくる。辰見は両腕で廣本の手首をつかみ、絞りあげた。

そのとき、陽光にきらりと光るものが弧を描いた。

左にもナイフ？

驚く間もなく躰ごとぶつかってきた廣本が左手を突きあげてくる。反射的に腹筋に力が入る。

だが、新たな痛みは襲ってこなかった。

ナイフの切っ先がベルトに差してあった拳銃にあたり、廣本が目を剝いている。一方、溶けだした覚醒剤が奔流となって全身を駆けめぐっていた。二つ目のナイフが刺さらなかったことに安堵《あんど》しなかった代わり恐怖もまるで感じなかった。

廣本の右腕をたぐり寄せ、鼻の上に頭突きを食らわせる。

ひたい上部に鈍い衝撃があり、廣本がのけぞる。すかさず前へ出て胸ぐらをつかみ、右手首を引きよせて廣本の腋の下に躰《たい》を入れた。同時に右足を廣本の両足の後ろに踏みこんだ。

腰に廣本の腰を乗せ、右手首と胸ぐらをつかんで跳ねあげる。

廣本の両足が地面を離れ、バク転を打つような格好となった。だが、空中で一回転させるつもりはなく、辰見は自ら倒れこんで廣本の脳天を地面に叩きつけた。

腕の中、廣本の首の辺りで湿った、鈍い音がした。

殺すつもりで叩きつけたが、下が草地なのでどれほどダメージがあったのかはわからない。

両手をつき、躰を起こす。両手両足を投げだした廣本の様子を確認することもなく、斜面を降りはじめた。左の靴は泥水につかったようにぐちゃぐちゃと音をたてた。ふたたび左手を傷にあてる。

前のめりに倒れそうになるのをこらえて、斜面を下っていった。

開きっぱなしになっている目に陽光が容赦なく注ぎこんでくる。眼球の中に楕円《だえん》の模様が重なった。

草いきれが鼻をくすぐり、すぐに生臭い血の匂いに変わった。

脳天から首、背中にかけて痺れている。脈動を感じた。腰から突きあげてきた血の塊が首筋から後頭部へと流れていく。

両手の指先を動かした。右手の中指がダガーナイフに触れ、鋭い痛みが走った。痛みのおかげで覚醒する。仰向けに寝転んだまま、ヨットパーカの袖をまくりあげ、両手のリストバンドを外して放りなげた。

廣本はゆっくりと躰を起こした。

「殺してやる。殺してやる。殺してやる……」

つぶやきながら起きあがり、四輪駆動車に近づく。後頭部から背中にかけてすっかり痺れていて、動かすこともできない。頸椎《けいつい》が潰れてしまったのかも知れないと思ったが、その理由がよくわからない。

「殺してやる。殺してやる……」

呪文《じゅもん》のように唱えつつ、四輪駆動車の運転席に這い上がる。運転席のドアは閉めたが、助手席のドアに手を伸ばすのがひどく億劫で、そのままにしておくことにした。

自分が何をしようとしているのか、何をしなければならないのか——わかっているのはたった一つだけだ。

イヴを渡すわけにはいかない。

男を殺し、イヴを救いださなくてはならない。

差したままになっているイグニッションキーに手を伸ばした。

ふわふわとやわらかなものを踏んでいるように足元が頼りない。ともすれば、前に倒れそうになるのを膝でこらえ、一歩ずつ足を踏みだしていた。

もはやどれほど降りてきたのか、自分がどこにいるのかもわからなくなっていた。

地面に突きたててあるスコップを見つける。辰見は目をしばたたき、よろけるように近づいた。

携帯用の小さなスコップだ。

その周囲は掘りかえされ、埋め戻されたらしくそこだけ色が変わっていて少し盛りあがっている。

土盛りのわきにひざまずき、スコップを抜いた。突き刺し、土を払いのける。両手は血まみれでスコップの柄が滑る。

三度掘ったところで段ボール箱の角が露出した。スコップを投げ捨て、両手を突っこんで箱の角をつかんだ。

強引に引きあげる。

段ボールの蓋は簡単に折れ、土や石がぼろぼろと落ちた。

唸り声を発して蓋を払いのける。

中には胎児のように背を丸め、両足を抱えこんだ亜由香が横たわっていた。全裸で、肌は真っ白だ。

「亜由香」

声をかけたが、反応はなかった。

四輪駆動車のエンジンをかけた廣本はのろのろとした動作でギアを二速に入れ、サイドブレーキを外した。

ブレーキペダルに載せていた足をアクセルに移し、踏みこむ。

エンジンが吠《ほ》え、車が飛びだした。車首が下がり、次いでギャップを拾って跳ねあげられる。

両手でハンドルを握り、前を睨んだ。

草を踏みわけ、低木をなぎ倒して四輪駆動車は突進した。

大きくバウンドして着地したときに、うずくまっている男の背中が見えた。男をひき殺し、イヴを救う。

「殺してやる、殺してやる、殺してやる……」

呪文はまだつづいていた。

背後から大排気量エンジンの咆吼《ほうこう》が響いてくる。辰見はベルトに差してあった拳銃を抜き、撃鉄を起こした。

ひざまずいたまま、ふり返り、右手を伸ばす。

斜面を激しく上下しながら四輪駆動車が降りてくる。助手席のドアがぶらぶらしていた。運転席に廣本が見える。

照門の間に照星をとらえ、廣本に重ねると引き金を絞りおとした。

銃が跳ねる。だが、銃声は情けないほどに軽い。

四輪駆動車のフロントガラスほぼ中央に蜘蛛《くも》の巣状のひび割れが入ったが、突進は止まらない。

撃鉄を起こし、引き金をひいた。

二発目も蜘蛛の巣を広げただけだ。ひどく無駄なことをしている気がしたが、もう一度撃鉄を起こした。それ以外に為《な》すべきことはなかった。

引き金をひく。

四輪駆動車の前輪が地面のへこみにはまって前のめりになったときに撃鉄が落ち、撃ちだされた三発目はちょうど廣本の顔の近くに命中した。

フロントガラスが割れ、陽光を反射した破片がきらきら輝きながら飛散した。

ふいに四輪駆動車は右へ首を振った。右の前輪が大きく落ちこみ、車はそのまま横倒しになる。

銃を構えたまま、辰見は斜面を転げ落ちていく四輪駆動車を見ていた。

胸の悪くなるような破裂音が車内に響きわたり、フロントガラスにひびが入った。

拳銃？――廣本はアクセルを踏みこんだ。

車の上下動が激しくなり、車をまっすぐに走らせるのが難しい。小刻みにハンドルを操作して、何とか男に車首を向けようとしているときに二発目が来た。

また、フロントガラスにひびを入れただけだ。

直後、前輪が地面のくぼみに落ちこみ、ボンネットが下がった。手が届きそうな距離に男が見える。

「殺してやる」

廣本はぼそりといい、アクセルを踏みこんだ。

銃口に小さな炎が見え、フロントガラスが砕けて、銃弾が左の頬を抉《えぐ》っていった。目をつぶり、思わずハンドルを右に切った。

右の前輪が沈む。

ふたたび目を開いたとき、正面に男の姿はなく、地面すらなかった。

ブレーキを踏む間もなく、四輪駆動車は右斜め前に向かって落ちこんでいく。両手でハンドルを握りしめたまま、叫んでいた。

金属がひしゃげる鈍い音がして、幾重にもひびの入ったフロントガラスが一瞬にして白濁する。

天地がひっくり返る。ルームミラーの中で緑色のガソリン缶が宙を舞った。

四輪駆動車が斜面を転がり落ちていき、鈍く重い音が二度、三度と響いた。辰見は座りこんだまま、拳銃を持った右手を下ろした。手がゆるみ、銃が地面に落ちる。

背後で咳きこむ音がする。

ふり返った。

亜由香が顔をしかめ、激しく咳をしていた。

膝でにじり寄り、手を伸ばす。

「亜由香……」

咽がつまり、怪我はないかのひと言が出てこない。亜由香が顔を上げ、辰見を見上げた。

直後、爆発音がとどろき渡り、ガソリンの燃える臭いが周囲に広がった。

終章　少女は消えた

警察が作成するさまざまな書類においてもっとも大切なのは、筋道が通り、最後まで辻褄《つじつま》が合っていることだ。警察にかぎらず、あらゆる役所の文書はすべて同じかも知れない。必ずしも記されている内容が事実、真実である必要はない。

辰見は自分の供述調書を読んでいた。

あのとき、廣本を撃った拳銃は二年前に手に入れたことになっている。足を洗いたいというヤクザから預かり、自宅に保管してあったまま、失念していた、と。

「拳銃の入手ルートを話すつもりはありませんか」

机を挟んで向かい側に座っている魚津警察署の本田が訊いた。相勤者の山羽は取調室の入口付近に置かれた机の前で腕組みしている。机上にはノートパソコンが開いて置いてあったが、画面はしばらく前からスクリーンセーバーに切り替わっていた。

「ここに書いてある通りだ。もう二年も前なんだ。憶《おぼ》えちゃいない」

辰見の答えに満足したようには見えなかったが、本田はボールペンの尻を向けて差しだしてきた。ボールペンを取り、署名する。次いでわきに置かれた朱肉に親指をつけて、名前の横に拇印《ぼいん》を押した。

供述調書を本田の方へ押しやる。

本田は書類には目もくれず、机に両手を置くと、辰見をまっすぐに見ていた。

「大川亜由香が持っていた古い携帯電話を見ました。事件当時は辰見さんが持っておられましたが。あれ、大川亜由香の母親のものだったんですね」

「そうだ」

「大川亜由香が辰見さんに託したものだそうですが」

「ああ」辰見はうなずいた。「調書にある通り、亜由香がメモ書きを添えていっしょに置いてあった。亜由香の机の上にあるのを伯母が見つけて、おれに連絡してきた」

「型は古かったけれど、カメラは使えたようです。大川亜由香はスマートフォンを使っていましたが、なぜか最近でも母親の携帯で撮影していた写真が何枚かありました。その理由がわかりますか」

「何らかの意味があるかも知れないが、おれにはわからん」

本田が目を細める。

「古い携帯の方に大川亜由香が同級生の飯沼彩愛と並んで自分で写した……、いわゆる自撮りと思われるカットがあった。構図から見るとシャッターを切ったのは大川亜由香本人です。その後ろに廣本が写っていた。それを見て辰見さんは飯沼彩愛のところへ行った。どうして、あの写真の廣本に注目したのか、そこがわからないんですよ。ピンポイントで廣本にたどり着いている。自分らは廣本を割るまでに苦労しましてね」

辰見はうなずいた。

本田が言葉を継いだ。

「辰見さんが写っているカットもありましたね」

「亜由香が浅草に来たとき、あの子が撮った。記念撮影だといってね」

〈伽羅〉の看板と辰見の間に自分が挟まるような構図にしてシャッターを切っていた。

亜由香の母、真知子は辰見と結婚できたらと話していたという。本当のところはわからなかったが、自分が逃げたことを責められている気がしたものだ。

真知子と辰見の子供であったらよかったのにと思っていたのか。それが写真の意味なのか。

答えはいまだわからない。まして本田には〈伽羅〉の意味など察しようもないだろう。

本田は椅子の背もたれに躰をあずけた。

「うちが辰見さんから話を聞くのは、これが最後です」

壁に向かった山羽は腕組みし、宙を睨んでいる。膝を小刻みに動かしていた。少なくとも事件の結末に満足しているようには見えない。

　廣本の事案について、警視庁と富山県警の間でどのような話し合いがもたれたのか、辰見には知る由もなかった。本田、山羽にしても同じだろう。辰見は押収した拳銃の申告を失念していたこと、無断で管轄を離れたことで五十日間の停職処分を受けた。銃刀法違反、発砲罪は亜由香の行方不明と廣本の逮捕とで相殺という形になったのかも知れない。少なくとも廣本にナイフで襲われているので拳銃使用は正当防衛にあたる。

　廣本の自宅からは小暮真由美、浅川さおりの衣服や所持品が押収され、パソコンには浅川さおりと亜由香の写真、そして廣本の日記が残されており、その中には犯行の記録もあった。そのほかゴム製のつなぎ、サバイバルナイフ——柄は外され、刃だけになっていた——、ガスマスクなどが見つかった。ベッドが置かれていた部屋の排水口から血液反応が出て、二人の被害者のものと一致している。

「傷の方はいかがですか」

「ほぼ治った。あの節は世話になった。おかげで命拾いしたよ」

　亜由香を救いだした日から二ヵ月が経っている。四輪駆動車の運転席で中島と電話で話しているときに刺され、車外に転がり出た。ふり返ってシフトレバーの根元に落ちていた携帯電話を見つけ、廣本の名前と県道のナンバー、地名を怒鳴った。携帯電話は生きていて中島がすぐに手配した。

　廣本の運転する車が崖《がけ》から転がり落ち、爆発炎上した直後、本田たちが臨場した。すでに手配してあったらしく、ほどなく救急車も到着したのである。廣本のナイフは腸の一部を傷つけていたが、救急隊員の応急処置によって失血死は免れた。

もともとナイフの刃渡りが十センチほどしかなく、しかも手首に巻く特殊な器具から飛びだす仕掛けになっていたため、それほど深い傷にならなかったのが幸いした。ナイフと手首に巻く器具は現場で発見され、廣本の指紋、辰見の血液が検出されている。

辰見は魚津市内の救急病院に搬送され、応急手当によって容態が落ちついたところで富山市内の大学病院に移送された。入院はほぼ一ヵ月半におよんだ。その間、感染症を引き起こし、入院が長引いたのである。

停職処分のうち、大半を大学病院で過ごした格好になった。

籍は機動捜査隊浅草分駐所に置いたままだが、新たな隊員が配属されて小沼の相勤者となっていた。停職は明けたものの辰見の処遇は決定していない。取りあえず班長の成瀬が画策してくれていた小岩署指導係の話は立ち消えになった。

今回は富山県警の事情聴取に応じるため、魚津に来ている。

本田は何かいいたそうに口を開きかけたが、結局口を突いて出たのはお疲れさまでしたのひと言であり、山羽はそっぽを向いたまま、鼻を鳴らした。

二階の刑事部屋から玄関ホールまで来たとき、ベンチで人影が立ちあがり、近づいてくるのを見て辰見は足を止めた。

　亜由香だった。

「連絡もせずにごめんなさい」

「いや……」辰見はうなずいた。「しばらくだったな」

　ひどく硬い表情をしている。とぼけた顔つきの犬が描かれたTシャツにブルージーンズ、スニーカーという格好は制服のときより幼く見える。キャンバス地の白いバッグを肩に掛けていた。

「今日は？」

「本田さんから連絡をもらったんです。辰見さんが来るって。それでお詫《わ》びとお礼をいわなくちゃと思って」

「本田とは何度か会ってるのか」

　亜由香はうなずいた。

「病院に来て、それからうちにも来ました」

　辰見は周囲を見まわし、亜由香に視線を戻した。

「一人か」

「はい。教えれば、伯父と伯母も来るというと思ったので友だちに会ってくるといって出てきました」

亜由香はまじろぎもせずに辰見を見ていた。うなずき返した。

「もう東京に戻らなくちゃならないんだ。駅まで歩くくらいの時間しかない。それでいいか」

「はい」

いっしょに警察署を出ると駅に向かってぶらぶら歩きはじめた。

廣本の四輪駆動車が転がり落ち、近づいてくるサイレンを耳にした直後、辰見は失神した。意識を取り戻したのは救急病院に搬送されたあとで、実のところ本田たちが臨場したのも救急車に乗せられたのも憶えていない。息を吹きかえして、すぐに亜由香のことを周囲に訊いたらしい。憶えてなかった。亜由香に怪我はなく、命に別状はないと聞いて、意識を失ったといわれた。

富山の病院に移されたあと、中島、本田、山羽と亜由香の伯父、伯母は毎日のように病院に来た。だが、退院して東京に戻るまで亜由香は一度も顔を見せず、会うのは事件以来なのだ。

「助けてもらったのにお見舞いにも行かないでごめんなさい」

「心配はしてたがな。でも、伯父さん、伯母さんから亜由香は順調に回復してると聞いていた。それに今日、こうして顔を見られたから、もういいよ」

嘘はなかった。解決されていない疑問もあったが、顔を見るとほっとして何もかも忘れてしまってもいいという気持ちになった。

しかし、亜由香は違った。

「前の日の夜、廣本先生は車で私のうちに来たんです。少し話をしないかっていわれました」

亜由香に目をやった。キャンバス地のバッグのベルトを固く握りしめ、歩道を見つめていた。辰見は何もいわずに前方に視線を戻した。

廣本は今年三月まで亜由香が通っている学校の時間講師をしており、同級生の飯沼彩愛が真知子の携帯電話に残されていた写真を見て特定している。さらに亜由香が〈伽羅〉の看板を入れた写真と同じ構図で廣本を撮影していた。

伯母を通じて辰見に携帯電話を託したのは、ストーカーが廣本であることを知らせようとしたためだ。だが、なぜ浅草に来たときにストーカーが顔見知りではないといったのか。辰見が顔見知りかと訊いたとき、亜由香は躊躇《ちゅうちょ》し、それから否定した。

亜由香は歩道に視線を落としたまま、言葉を継いだ。

「それで廣本先生の自宅に行きました」

地下室に並んだロッカーを思いだした。ゴム製のつなぎ、それから三つのロッカーに女物の衣類、下着がきちんと入れられていた。

「そこで先生から二人の人を殺したことを告白されたんです。でも、最初に遺体が発見されて、ニュースで鳩尾に傷があるっていっているのを聞いたとき、犯人は廣本先生じゃないかと思いました」

「どうして？」

亜由香が辰見を見上げると、鳩尾に手をあてた。

「廣本先生にいったことがあるんです。私のここには小さな箱があるって。寂しさを詰めてきた箱があるって。私は私の寂しさを箱に押しこめてしまえば、自分は寂しくなんかないんだってずっと思ってきました。廣本先生はそれをわかってくれたんです」

亜由香と廣本とが頻繁にメール交換をしていたことは本田から聞いていた。だが、中身は直接的な捜査資料であるため、見せてはもらえなかった。本田にしても一度読んだだけで、県警本部ががっちり握って離さないといっていた。

かなり親密な関係をうかがわせます、と本田はいった。

「廣本は自分の胸にナイフを取りつけて被害者を抱きしめた。それは胸の奥にあるっていう箱とつながるためだったのか」

辰見の問いに亜由香はうなずいた。

廣本がパソコンに残していた犯行の記録を読めば、性的不能者だったことは容易に想像できるという。このことも本田が話していた。病的な潔癖症ゆえにゴム製のつなぎを着て、ガスマスクを装着しないと女に触れられず、ディルドとナイフを使ったのは代償行為であり、破壊衝動の発露だとされているようだ。

どのような理由をつけようと、単なる変態趣味だと辰見は見なしている。また、ゴム製つなぎの着用は事件の発覚を極度に恐れていたからにほかならない。〈不眠堂〉の店主澁澤であれば、いくらかまともな解説を聞かせてくれるかも知れないが、納得できるとも思えなかった。

歩きだし、亜由香は話しつづけた。

「だから二人が死んじゃったのは私のせいじゃないかと思ったんです。私さえ、おかしなことをいわなければ、廣本先生は何もしなかったんじゃないかと……」

「先に声をかけたのは、どっちなんだ？」

亜由香はわずかにためらったあと、答えた。

「私です。去年の夏でした。先生は授業中何度も私を見ていたから」

「それから話をするようになったのか」

亜由香はうつむいたまま、小さくうなずいた。

「直接話をする時間は短かったけど、メールとか、電話とかではよく……」

亜由香は足を止め、辰見を見た。思い詰めた顔をしている。

「先生の自宅に行った夜、ゴムオについて話してくれたんです」

「ゴムオって？」

「先生はラバースーツを着て、マスクを被るとゴムオに変態《メタモルフォーゼ》するといってました。それが本当の自分の姿なんだって」

辰見は黙って亜由香を見返していた。自分が何者かなどと決めつけるのは欺瞞《ぎまん》に過ぎないと思っていた。

「だから私もありのままの自分になって、そして私の方から先生に抱きついていったんです。だけど先生は私の肩を抱きとめ、箱につながろうとはしませんでした」

亜由香の双眸《そうぼう》はきらきらしていたが、涙がこぼれることはなかった。

「それでせめて私を埋めて欲しいといいました。前の二人のように」

廣本に殺意はなかったということか——辰見は亜由香を見つめて思った。

飛びついてきた亜由香を制止し、前の二人と同じように段ボール箱に詰めて埋めはしたが、浅かったし、亜由香のスマートフォンも箱の中にあった。

「お前、何考えてたんだ？　罪滅ぼしでもしたかったのか」

辰見の声はひどくかすれていた。

亜由香は首を振った。

「あの二人は違うと思ったんです。やっぱり私じゃないと……」

しばらくうつむいて歩いていた亜由香だったが、やがて話しだした。

「廣本先生だけが私のことをわかってくれているように感じました。でも、あんなことになってしまって……」

二人の女が鳩尾を貫かれて死んだ。亜由香にしてみれば、ショックだったに違いない。

「先生をあんな風にしちゃったのは私だと思って。先生を止めなきゃ、助けなきゃと思って……、でも、自分じゃどうしたらいいのかわからなかった。それで辰見さんなら何とか先生を助けてくれると思ったんです」

「で、東京へ来た？」

亜由香はこくんとうなずき、次いで空を見上げると笑みを浮かべた。あっけらかんとした明るい笑みに少なからず驚かされた。

「でも、もう二人死んじゃってるし、警察に捕まれば死刑になっちゃうだろうし。浅草とか吉原とか歩きながらいろいろ考えているうちに気がついたんです。辰見さんのところへ行ったのは、先生を助けて欲しいと思ったからじゃなく、私を助けて欲しかったんだって。そうしたら私がすごくズルい奴に思えてきて、何だかイヤになっちゃって。辰見さんには何も話せず魚津に帰ってきたんです。その後もやっぱり何にもできなかった。そうしているうちに先生が突然うちに来ました」

「でも、お前はいつか廣本が来るだろうと予想していた」

「やっぱりズルい奴ですよね、私。お母さんの携帯を残していけば、辰見さんなら助けに来てくれると思ってました。たとえ私が死んじゃったとしても、私に何があったのかわかってくれると思いました」

たしかに真知子の携帯電話に残された写真から廣本にたどり着き、結果的に亜由香を救うことになった。だが、廣本は亜由香に対して殺意を抱いていなかった。辰見が来なくても亜由香を掘り出しに行ったのではないか。

そして今、話をしている亜由香を目の前にしても二人の間に何があったのか理解できずにいる。結局、辰見は亜由香と廣本が胸の奥に抱えているという闇に光を投げかけることはできなかった。

廣本はゴムオなる者に変態してまで亜由香の闇に近づこうとした。だが、おれは亜由香が歩みよってきたときに後ずさりしてしまった、と思った。

「よくわかんない奴ですよね、私」

亜由香は天に向かって笑みを投げかけているが、胸の奥にあるという箱を開放したわけではないだろう。まだ、抱えたままなのだ。廣本の事件があったことでますます開けられず、捨てられなくなった。

ふと気づいた。今の亜由香には、出会ったとき以来つきまとっていた翳りが消えうせている、と。そこには思い詰めた少女の面差しではなく、ずっと大人びた顔があった。

いや、と否定する。亜由香はとっくに大人になっていたのに辰見の方が目を背けていたのかも知れない。

「ひょっとしたら三年して、辰見さんといっしょにお酒が飲めるようになったらお話しできるのかも知れません」

亜由香とは駅前で別れた。駅舎に入ると、右の奥にあったベンチから中島が立ちあがった。

「このたびはいろいろと……」

近づいてきた中島に辰見は一礼した。

「本田から連絡があってね」

うなずいた。亜由香と警察署を出て間もなく、古い黒の乗用車が道路に出たのは見ていた。中島の自家用車だ。

中島は上着の内ポケットから封筒を取りだした。封はしておらず、膨らんでいる。

「廣本と大川亜由香のメールの記録だ。廣本のパソコンに残っとった」

「恐れ入ります」

辰見は封筒を受けとり、内ポケットに収めた。

「我々の世代でいえば、交換日記いうところかねぇ」中島が顔をしかめる。「でも、愛だの恋だのは一切なし」

「何が書かれているんですか」

「読んでもらえばわかるが、匣についてだ。ちょっと変わった字でね。はこがまえの中に甲という字を書くがだ。それがどうしたこうしたと同じようなことばっかりくり返しとる」

わからんねぇとつぶやき、中島は言葉を継いだ。

「廣本は大川亜由香をイヴと呼んどったみたいだ」

「アダムとイヴの？」

「たぶん。知恵の実を食べる前のイヴだと。純潔さを求めておったがか。イヴといっしょにおれば、エデンの園いうわけでもなかろうに」

エデンの園などどこにもなかったのではないか、とふと思った。そして廣本はアダムではなく、ゴムオになることを選んだ。

中島が半ば独り言のようにつづけた。

「廣本は少女から女へ変わろうとする大川亜由香に振りまわされとった印象がある。それで独り相撲をやらかした」

振りまわされたのは廣本だけではない、と辰見は胸のうちでつぶやいた。自分も同じだ。そして自分は逃げ、廣本は逃げなかった。

辰見は思いをふり払い、話題を変えた。

「廣本はどうですか」

「変わらんね。おそらくずっとあのままやろ」

四輪駆動車が崖から落ちた直後、廣本は車から放りだされ、奇跡的に一命を取り留めた。だが、頭部と頸椎をひどく損傷しており、二ヵ月が経った今でも意識不明のままだ。ずっとあのままとは、意識を取り戻す可能性はないということだ。

「お世話になりました」

「世話になったがはこっちの方やちゃ。真犯人《ホンボシ》をパクれたがやからね」

「いずれ廣本は逮捕できたでしょう」

「でも、我々だけじゃ三人目を防げんかった」

廣本には亜由香を殺すつもりはなかったかも知れないが、本人が供述でもしないかぎり亜由香も殺されていたと警察は考える。廣本の逮捕は連続死体遺棄事件の特別捜査本部が行ったことになっている。富山県警と警視庁が話し合った結果だ。表向き辰見の存在は消されていた。

「仕事には復帰したがだろ？」

「籍は戻りましたが、今のところベンチ要員です」

あと半月もすれば、班長の成瀬は異動になる。そのとき機動捜査隊浅草分駐所内の人事も行われるだろう。また小沼と組むことになるのかはわからない。

中島とは握手をせずに別れた。中年というより初老に近い二人には照れくさすぎる仕草だ。

ホームで列車を待つうち、ふいに亜由香の言葉が蘇った。

ひょっとしたら三年して、辰見さんといっしょにお酒が飲めるようになったら……。

そのとき、亜由香はすっかり大人になり、おれはもう刑事《デカ》じゃない——辰見はそう思いながら近づいてくる列車を見ていた。

本書は書き下ろしです。

本作品はフィクションであり、実在の個人および団体とは、一切関係ありません。

実業之日本社文庫　好評既刊

鳴海 章
オマワリの掟
北海道の田舎警察署の制服警官〈暴力と平和〉コンビが珍事件、難事件の数々をぶった斬る！　著者入魂のポリス・ストーリー！（解説・宮嶋茂樹）
な21

鳴海 章
マリアの骨　浅草機動捜査隊
浅草の夜を荒らす奴に鉄拳を！──機動捜査隊浅草日本堤分駐所のベテラン&新米刑事のコンビが連続殺人犯を追う、瞠目の新警察小説！（解説・吉野 仁）
な22

鳴海 章
月下天誅　浅草機動捜査隊
大物フィクサーが斬り殺された！　機動捜査隊浅草分駐所のベテラン&新米刑事が謎の殺人犯を追う、好評シリーズ第2弾！　書き下ろし。
な23

梓 林太郎
信州安曇野　殺意の追跡　私立探偵・小仏太郎
北アルプスを仰ぐ田園地帯で、私立探偵・小仏太郎と安曇野署刑事・道原伝吉の強力タッグが姿なき誘拐犯に挑む、シリーズ最大の追跡劇！（解説・小梛治宣）
あ33

内田康夫
風の盆幻想
富山・八尾町で老舗旅館の若旦那が謎の死を遂げた。警察の捜査に疑問を抱く浅見光彦と軽井沢のセンセの推理は？　傑作旅情ミステリー。（解説・山前 譲）
う13

小川勝己
ゴンベン
ゴンベンとは警察用語で「詐欺」のこと。負け組人生から脱するため、サークルのノリでカモを騙す計画を練る学生詐欺グループの運命は!?（解説・杉江松恋）
お31

黒田研二
クレイジー・クレーマー
クレーマーとの対立は日々激化、ついに殺人事件に!?　騙しのテクニックを駆使した大どんでん返しミステリー！（解説・東川篤哉）
く31

実業之日本社文庫　好評既刊

実業之日本社文庫 な24

刑事《けいじ》の柩《ひつぎ》　浅草《あさくさ》機動《きどう》捜査《そうさ》隊《たい》

2013年8月15日　初版第一刷発行

著　者　鳴海《なるみ》　章《しょう》

発行者　村山秀夫
発行所　株式会社実業之日本社
〒104-8233　東京都中央区京橋 3-7-5 京橋スクエア
電話 [編集]03(3562)2051 [販売]03(3535)4441
ホームページ http://www.j-n.co.jp/
印刷所　大日本印刷株式会社
製本所　株式会社ブックアート

フォーマットデザイン　鈴木正道(Suzuki Design)

ISBN978-4-408-55137-1（文芸）